KJB

Foto: Paul Wilkinson

Steve Cole wurde 1971 geboren und studierte an der University of East Anglia, England. Er war Herausgeber einer Zeitschrift, Lektor für verschiedene Verlage und ist heute ein erfolgreicher Autor. Er ist schon sein Leben lang großer Fan von James Bond und führt nun die Young-Bond-Serie weiter, auf deren Fortsetzung Fans weltweit sehnsüchtig gewartet haben. Mehr Informationen über Steve Cole und den James-Bond-Erfinder Ian Fleming gibt es unter *www.stevecolebooks.co.uk* und *ianfleming.com*

Folgende Young-Bond-Bände von Steve Cole sind bisher bei Fischer KJB erschienen:

Young Bond – Der Tod stirbt nie
Young Bond – Tod oder Zahl
Young Bond – Schneller als der Tod

Weitere Informationen zum Kinder- und Jugendbuchprogramm der S. Fischer Verlage finden sich auf *www.fischerverlage.de*

STEVE COLE

YOUNG BOND

SCHNELLER ALS DER TOD

Aus dem Englischen
von Leo H. Strohm

KJB

IAN FLEMING PUBLICATIONS LIMITED

MIX
Papier aus verantwortungsvollen Quellen
FSC® C083411

Erschienen bei FISCHER KJB

Die englische Originalausgabe erschien 2016 unter dem Titel ›Young Bond – Strike Lightning‹ bei Doubleday, an imprint of Random House Children's Publishing, London

Umschlaggestaltung: atelier seidel verlagsgrafik nach einer Idee von Blacksheep.
Mit freundlicher Genehmigung von Random House Children's Publishers UK, einem Unternehmen der Random House Group Ltd.
Umschlagabbildung: Blacksheep unter Verwendung von Motiven von Getty Images und Shutterstock

Satz: Dörlemann Satz, Lemförde
Druck und Bindung: CPI books GmbH, Leck
Printed in Germany
ISBN 978-3-7373-4017-5

Für Amy

PROLOG

DAS TOTE LAND

Ein neuer Tag, ein neues Spiel. Duncan zwängte sich durch die winzige Lücke im Zaun, vorbei an dem Schild mit der Aufschrift LEBENSGEFAHR. Die anderen Jungen rechneten bestimmt niemals damit, dass er sich auf das Tote Land wagte, aber genau darin lag ja das Geheimnis des Sieges: Nur durch wagemutiges Handeln kannst du deine Feinde überrumpeln.

»Duncan, du bist der deutsche Scharfschütze, und wir sind die britischen Soldaten, die dich jagen.« Die älteren Kinder hatten ihn, wie jedes Mal, zum Feind gemacht, zur Zielperson. Nur deshalb ließen sie ihn überhaupt mitmachen, wenn sie die Schule schwänzten. *»Wir lassen dir zehn Minuten Vorsprung, dann verfolgen wir dich und schießen dich in Stücke.«* Und wenn sie ihn dann aufgestöbert hatten, kannten sie kein Erbarmen und bewarfen ihn mit Steinen – entweder mit vielen auf einmal (das waren die Maschinengewehre) oder mit einzelnen (das waren die sorgfältig gezielten Revolverschüsse). So oder so, es tat jedes Mal verdammt weh.

Dieses Mal nicht, dachte Duncan. Dieses Mal würde er ihnen in den Rücken fallen und sie zuerst bewerfen. Dieses Mal würden sie seine »Kugeln« zu spüren bekommen, und dann würden sie ihm endlich einmal ein kleines bisschen Respekt entgegenbringen. Und das nicht nur, weil er gesiegt hatte, sondern weil er sich auf das Tote Land gewagt hatte, und das mit gerade einmal dreizehn Jahren!

Zahllose Geschichten rankten sich um dieses Land: seltsame Lichter am Himmel ... Felder voller toter Tiere ... ein fauliger Gestank, der über die Highlands hinwegweht ... Geistersoldaten, die bei Nacht durch die Wälder marschieren ...

Duncan huschte so lautlos wie nur möglich durch die unberührte Landschaft. Zwischen den Büschen und Bäumen waren Felsen jeder Form und Größe zu erkennen, aber der mächtige Binean, der »Berg der Vögel«, überragte alles. Trotz des schönen Sommerwetters war jetzt kein Vogelgezwitscher zu hören. Früher war dieses Land Teil eines gepflegten Parks gewesen, es hatte zum Anwesen eines Generals gehört, doch dieser General war aus dem Ersten Weltkrieg nicht mehr zurückgekehrt. Jetzt patrouillierten bestimmt keine Wildwächter mehr durch den Wald, da war Duncan sich sicher – es gab keine Fasane und Rebhühner mehr, keine Schädlingsfallen und keine Schlingen, mit denen Hermeline oder Wiesel gefangen wurden. Er war noch keine fünfzig Meter auf das Gelände vorgedrungen, da waren schon keine Trauerbirken mit ihren tiefhängenden Ästen und umherwehenden, geringelten Zweigen mehr zu sehen, sondern nur noch nackte Erde und verkohlte Baumstümpfe.

Offensichtlich trug das Tote Land seinen Namen völlig zu Recht.

Duncan traute dieser unnatürlichen Stille nicht. Es kam ihm vor, als ob der Boden vergiftet sei und die ganze Umgebung gleich mit. Vögel und Tiere mieden das Land, als spürten sie genau, dass hier eine tödliche Gefahr lauerte.

Früher vielleicht, dachte Duncan. *Aber jetzt ist hier gar nichts mehr.*

Schnell wurde ihm klar, dass er, wenn er sich immer am Rand des Toten Landes hielt, nicht weit kommen würde. Hier war der Wald einfach zu dicht. Gestrüpp und dornige Zweige griffen nach seinen Armen und Beinen und fügten ihm zahlreiche Kratzer zu. Entweder kehrte er um, oder er wagte sich noch weiter auf dieses unbekannte Territorium vor, ehe er versuchte, seinen Mitschülern in den Rücken zu fallen.

Duncan malte sich seinen Triumph aus, stellte sich vor, wie seine Steine auf die Hinterköpfe der anderen Jungen prasselten. Wie ihre Mienen bisher unbekannten Respekt ausdrückten. Er kämpfte sich noch etliche Minuten lang weiter, begleitet vom regelmäßigen Knacken dürrer Zweige.

Aber als er dann schweißgebadet und mit brennenden Muskeln stehen blieb, verstummten die Geräusche in seinem Rücken keineswegs.

Zitternd vor Angst hörte Duncan, wie Gestrüpp und Unterholz niedergewalzt wurde, als würde eine kleine Armee sich hastig durch das tote Gehölz kämpfen. Und dann war da noch ein anderes Geräusch. Es wirkte seltsam fremd in dem leblosen Wald: ein zischendes, sirrendes Blubbern, das Duncan sich beim besten Willen nicht erklären konnte.

»Die Geistersoldaten ...«, stieß er atemlos hervor.

Von tödlichem Entsetzen gepackt, stürmte er los, ohne auf die Zweige zu achten, die schmerzhaft gegen seinen Körper schlugen. Er musste sich keine Mühe geben, leise zu sein, denn was immer ihm auf den Fersen sein mochte, es machte einen Höllenlärm. Mittlerweile hörte es sich auch nicht mehr an wie ein Soldatentrupp, sondern wie ein gewaltiges, mechanisches Ungetüm, das sich erbarmungslos mit immer gleichem Tempo vorwärtsfraß.

Duncan prallte gegen einen Zaun und kletterte, ohne nachzudenken, darüber hinweg. Als er sich über die Spitze schwang, verfingen sich seine Kleider in dem rostigen Stacheldraht. Mit zusammengebissenen Zähnen rappelte er sich auf und rannte über ein Feld mit langen Grashalmen. Die Stängel waren bräunlich verfärbt, und über allem hing ein beißender Chemiegestank. *Es stimmt also tatsächlich*, dachte er mit tränenden Augen, während er seine blutigen Hände zu einem verzweifelten Gebet faltete. *Alles hier ist tot. Bitte, lass mich hier wieder rauskommen. Bitte.*

Er sank auf die verdorrte Grasfläche und lauschte. Das unwirkliche Knirschen und Krachen im Wald war etwas schwächer geworden. Es entfernte sich von ihm, so dass Duncan jetzt auch das leise Rauschen eines Wasserlaufs hören konnte. Er stieß einen tiefen Seufzer aus. Erst jetzt wurde ihm bewusst, dass er Schmerzen am ganzen Körper hatte. Der Stacheldraht hatte ihm zahlreiche tiefe Schnitte zugefügt, und sein Hemd war blutgetränkt.

Duncan biss auf die Zähne und taumelte dem Wasserrauschen entgegen. Wie tief war er schon in das Tote Land vorgedrungen? *Du kommst hier bestimmt wieder raus*, sagte er sich, als ein kleiner, strudelnder Bach in Sicht kam. *Aber zuerst Wasser. Etwas trinken. Die Wunden ausspülen. Wasser.*

Allerdings war das Wasser trüb und roch faulig. Dazu kam der ölige Film auf der Oberfläche. Duncan wagte nicht einmal, die Hand hineinzustecken, geschweige denn, etwas davon zu trinken.

Er hüpfte auf das andere Ufer und bahnte sich einen Weg durch das vertrocknete Unterholz, bis er eine Art Schlucht vor sich liegen sah. *Ich muss hier raus.* Riesige Felsblöcke versperrten ihm den Weg, höchstwahrscheinlich die Überreste eines Steinschlags. Und wenn er auf einen dieser Felsen kletterte? Vielleicht konnte er ja von dort oben den besten Ausweg erkennen?

Doch noch bevor er das versuchen konnte, hörte er ein lautes Zischen, wie einen Pressluftstoß, und dann das sirrende Pfeifen eines Projektils. Im nächsten Augenblick wurde er in einer Wolke aus Steinen und Staub zu Boden gerissen. Er rollte sich zu einer Kugel zusammen, kniff die Augen zu und atmete in hastigen Stößen, während unzählige kleine Steine auf ihn herabregneten.

Das letzte Echo der Explosion verhallte, und eine kräftige, gebieterische Stimme ließ sich vernehmen. Allerdings waren die Worte nicht so leicht zu verstehen, da der Sprecher lispelte. »Der BR-12-Mörser schießt mit speziellen, hochexplosiven Projektilen, Herr Generalleutnant.« Das kam von der anderen Seite der Felsbrocken. »Die Granate besitzt einen Raketenantrieb in Miniaturformat. Damit prallt sie gewissermaßen von der Oberfläche des Zielgebietes ab. Die Explosion erfolgt in der Luft und führt so zu sehr viel größeren Schäden …«

Nachdem die Staubwolke sich gelegt hatte, sah Duncan eine kleine Menschengruppe in der Schlucht stehen. Ein großgewachsener, wettergegerbter Mann betrachtete gerade die Auswirkungen der Granate auf den Felsblock. Neben ihm stand …

Duncan schauderte, als er die gebeugte Gestalt in Augenschein nahm, die immer noch über den Granatwerfer sprach wie ein stolzer Vater über sein Kind. Obwohl es sehr warm war, trug der Mann einen schweren, schwarzen Mantel. Seine Gesichtszüge wurden durch eine Kapuze verdeckt, und seine behandschuhte Hand umklammerte einen Spazierstock. Zwei kräftige Männer standen hinter ihm und schienen jederzeit bereit, ihn aufzufangen, falls er stürzen sollte.

»Das ist eine außerordentlich zufriedenstellende Waffe, Mr Blade, wenn auch ein wenig konventionell.« Der Mann im Anzug sprach ein etwas umständliches Englisch. *Das muss der Generalleutnant sein*, dachte Duncan. *Ein deutscher Offizier*. Was hatte der denn hier zu suchen, mitten in den schottischen Highlands? »Wie war noch einmal die Mindestbestellmenge? Helfen Sie mir ...«

»Wollen wir sagen ... dreißigtausend?«

Duncan machte die Augen zu. Dreißigtausend Mörser? Das hier waren keine Gespenster eines vergangenen Krieges. Diese Männer bereiteten, nach allem, was er jetzt gehört hatte, einen neuen vor, und zwar hier, mitten auf dem Toten Land.

»Aber zuerst müssen Sie mir noch etwas verraten«, entgegnete der Deutsche. »Dieser so hochentwickelte und durchdachte Granatwerfer, den Sie mir anbieten ... Können seine Geschosse auch den Stählernen Schatten zerstören?«

»Sie würden ihm kaum einen Kratzer zufügen«, erwiderte der Buckelige mit heiserem Lachen. »Wir gehen bei der Erschaffung des Stählernen Schattens an die Grenzen des technisch Machbaren. Sobald mein Mitarbeiter den Geschwindigkeitstest abgeschlossen hat, können Sie den Apparat persönlich mit dem Mörser unter Feuer nehmen. Danach sprechen wir uns dann wieder.«

Duncan kauerte immer noch auf dem steinigen Untergrund. Plötzlich blickte er sich um. Bildete er sich das nur ein oder ...?

Nein. Da war dieses Krachen wieder. Jetzt ertönte ein lautes Platschen, als das Ding – was immer es sein mochte – den trüben Bach durchquerte, gefolgt von dem Rumpeln und Jaulen seltsamer Motoren. Das Ding, das er vorhin schon gehört hatte, war auf dem Weg hierher, um weitergetestet zu werden.

Vollkommen außer sich vor Angst brach Duncan aus der Deckung hervor und rannte los, so schnell ihn seine schmerzenden Beine trugen.

»Erschießen Sie den Eindringling!«

Darauf ertönten Schüsse. Kugeln pfiffen und schlugen rings um Duncan in die Erde ein oder prallten gegen die Felsen. *Die wollen mich umbringen!*, dachte er und rannte nach links, weg von der Schlucht. Er musste so schnell wie möglich wieder zurück zum Zaun, zurück zu den anderen. Sie würden ihm niemals glauben, was sich hier abspielte. *Es gibt tatsächlich einen deutschen Scharfschützen, und er hat einen Mörser, und dann war da noch ein ...*

Duncan blieb ruckartig stehen und erkannte, dass das zischende, blubbernde *Ding* irgendwo zu seiner Rechten sein musste und jetzt durch ein Waldstück brach. Er sah Metall zwischen den abgestorbenen Zweigen aufblitzen.

Schneller! Lauf schneller! Mit blutverschmierten Händen schlug Duncan das dichte Unterholz beiseite und schlängelte sich kreuz und quer durch das Gestrüpp. Endlich erreichte er mit brennenden Lungen ein freies Feld. Hoffnung keimte in ihm auf. Dort, am hinteren Ende, war wieder Wald zu sehen, dort würde er Deckung finden. Er rannte los, ohne das umgekippte Schild ganz in seiner Nähe zu beachten. Vielleicht konnte er sich ja im Unterholz verstecken und der unheimlichen Bedrohung entkommen, die da auf ihn zu...

Die Explosion hüllte ihn in eine Wolke aus Feuer und Hitze und schleuderte ihn in die Luft. Duncan landete auf dem Rücken, blutig und zu Tode entsetzt. Dann fiel sein Blick auf das verblasste Schild: BETRETEN VERBOTEN! MINENFELD!

Im ersten Moment war seine größte Sorge, dass der Lärm der Explosion seine Verfolger direkt zu ihm locken würde. Duncan wollte aufstehen, aber er konnte sich nicht bewegen. Verständnislos starrte er die Fleischbrocken an, die ihn umgaben. Der Schock und das Adrenalin ersparten ihm wohl den Schmerz.

Doch vor dem rumpelnden, zischenden Ding, das mitten durch den Rauch und mit erstaunlichem Tempo auf ihn zukam, gab es kein Entrinnen. Ein klobiger Schatten fiel auf Duncan, und endlich drang auch ein lauter Schmerzensschrei aus seiner Kehle.

Ein gespenstisches Echo hallte durch die Schlucht.

»Was ist denn los?« Der deutsche Generalleutnant wirkte besorgt. »Blade, dieser Eindringling ...«

»Diese verdammten Kinder.« Die gebeugte, wütend vor sich hin murrende Gestalt schob die Kapuze zurück, so dass ein schiefes, verzerrtes Gesicht mit scharfen, habichtartigen Zügen zum Vorschein kam. »Sie hören alle möglichen Geschichten über unser Versuchsgelände und machen dann Mutproben. Diese kleinen Narren.«

»Ein höchst bedauerlicher Zwischenfall. Was wollen Sie unternehmen?

»Bedauerlich, in der Tat, aber wir können nicht zulassen, dass unsere Arbeit gefährdet wird. Wir müssen den Leichnam irgendwohin schaffen, wo er nie gefunden wird ...« Blade schnaubte. »Und dann brauchen wir einen höheren Zaun.«

KAPITEL 1

GANZ EGAL, WELCHE AUFGABEN DAS LEBEN DIR STELLT

James Bond flog durch die Luft und erhaschte dabei einen Blick auf die hohe Decke mit den dicken Balken. Dann landete er mit dem Rücken auf dem Holzfußboden. Der krachende Aufprall hallte laut durch die ganze Turnhalle. Kaum hatte er ein erstes Stöhnen hervorgebracht, da sprang sein Gegner ihm auf die Brust, bohrte ihm links und rechts die Knie in die Seiten und wollte ihn am Kragen packen.

Wenn er mich jetzt in den Schwitzkasten nimmt, dachte James, *dann ist es vorbei.* Er riss die Arme hoch, so dass sein Angreifer keinen festen Griff zustande brachte, und versuchte, ihn mit einem kräftigen Hüftstoß abzuwerfen. Gleichzeitig drehte er sich nach rechts. Da sein Gegner sich nicht festhalten konnte, landete *der* jetzt auf dem Fußboden, rollte sich jedoch blitzschnell ab und war wieder auf den Beinen. James kam gleichzeitig mit ihm in die Senkrechte, schlug zu und streifte den anderen mit der Faust am Kinn.

»Hab ich kaum gespürt.« Sein Gegner keuchte und grinste über das ganze Gesicht. Seine Wangen waren genauso rot wie seine dichten Locken. »Schwächelst du etwa, Bond?«

»Das wirst du gleich sehen, Stephenson.« James wollte seinen Gegner verunsichern und täuschte einen Angriff an, aber Marcus Stephenson wich ihm einfach aus und startete seinerseits einen Scheinangriff. Beide Jungen versuchten fieberhaft, irgendwie einen Griff anzusetzen, um ihren Gegner zu besiegen.

Die eine Hand am Jackenaufschlag seines Gegners, die andere an seinem Ellbogen, zog James Marcus zu sich heran und hob ihn gleichzeitig ein wenig hoch, um ihn aus dem Gleichgewicht zu bringen. Doch dann landete Marcus einen Schlag an James' Kinn, so dass sein Gegner rückwärtstaumelte, und setzte einen *Uchi Mata* ein, einen Oberschenkelwurf, mit dem er James aus dem Gleichgewicht brachte.

Unmittelbar bevor er auf dem Boden landete, wurde James klar, dass es ein sehr harter Aufprall werden würde. Dann krachte er mit dem Kopf auf die Holzbretter, sah Sterne und schnappte nach Luft. Behutsam betastete er seinen dichten, schwarzen Haarschopf und den darunterliegenden Schädelknochen. Alles intakt, soweit er das beurteilen konnte. Also dann, aufstehen. Aufgeben kam jedenfalls nicht in Frage.

Aufgeben kam niemals in Frage.

»Hast du immer noch nicht genug?«, wollte Marcus wissen.

Langsam rollte James sich auf die Seite. Staubflusen umschwebten ihn im Schein der Wintersonne, die zu den hohen Fenstern hereinschien. Er stemmte die Handflächen auf den Boden und verdrängte mit aller Macht den Schmerz. Ihm war klar, dass er diesen Kampf nur gewinnen konnte, wenn er hundertprozentig konzentriert war.

Marcus wartete, bis er sich aufgerappelt hatte. Dann begann der Wettkampf von neuem. James machte einen

Schritt auf ihn zu, wich wieder zurück, täuschte einen Ausfallschritt nach links, dann einen nach rechts an. Seine Finger streiften zwar Marcus' Jacke, aber noch bevor er richtig zupacken konnte, wurde ihm schwindelig.

Eine Hand packte ihn am Ärmel. Er schüttelte sich, um den Nebel aus seinem Kopf zu vertreiben, und hatte plötzlich eine Ahnung, was als Nächstes kommen würde. Marcus' Fuß schnellte zur Seite. Er wollte James das Standbein wegschlagen und ihn erneut auf die Bretter schicken. James wartete bis zum letzten Augenblick, dann drehte er sich blitzschnell und unerwartet um die eigene Achse und packte Marcus an dessen linkem Oberarm und am Handgelenk. Er bekam Sehnen und Muskelfasern zu fassen und bückte sich nach vorne, so dass sein Gegner wie eine Wippe quer über seinen Rücken fiel. Mit einem lauten Aufschrei segelte Marcus durch die Luft und landete flach auf dem Rücken.

Jetzt bin ich dran, dachte James. Er hockte sich mit gespreizten Beinen auf seinen Gegenspieler, packte mit überkreuzten Händen dessen Jackenaufschläge und drückte die Unterarme nach innen, um Marcus' Hals von beiden Seiten zuzudrücken. Marcus wollte sich aus seinem Griff winden, stöhnte und spannte alle Muskeln an ...

Schließlich klopfte er zweimal auf den Boden.

James ließ los und sprang auf. Er atmete schwer und fühlte sich großartig. »Na? Wie war das?«

»Du Schwein!« Marcus grinste zu ihm hinauf und reichte ihm die Hand. »Mit einem *Kata Juji-jime* habe ich nicht gerechnet.«

»Wende ich immer wieder gerne an. Aber frag mich nicht, wie man das buchstabiert.« James reichte Marcus die Hand und half ihm aufzustehen. »Du bist aber nicht ernsthaft verletzt, oder?«

»B-b-bloß sein Stolz!« Am Rand der Turnhalle des Fettes College, auf einem großen Haufen Sprungmatten, saß Perry Mandeville und klatschte in die Hände. »Wenn man bedenkt, dass ihr gute Freunde seid, dann war das ein wirklich erbitterter Kampf. Zumindest für das Auge des ungeübten B-B-Betrachters.« Er lehnte sich ein Stückchen zurück, wie um das Gesagte noch einmal zu unterstreichen.

»Für das Auge des *faulen* Betrachters, meinst du wohl.« James fuhr sich mit den Fingern durch die schweißnassen Haare, aber trotzdem rutschte ihm eine starrsinnige, schwarze Locke immer wieder quer über die Stirn. »Wir haben dich nicht nur zum Zuschauen eingeladen, Mandeville. Wenn wir wirklich einen vernünftigen Judoclub gründen wollen, dann brauchen wir Leute, die mitmachen.«

»Und ein paar neue Kampfanzüge für unsere Mitglieder.« Marcus, ein schlaksiger Junge von siebzehn Jahren, zog mit einem spitzbübischen Grinsen an James' alter, zerschlissener Judojacke. Sie hatte früher einmal ihm gehört, aber mittlerweile war sie ihm zu klein geworden. »Du hast zwar gesiegt, aber wohl kaum besonders stilvoll.«

»Ich versuche, die Oberschwester zu überreden, dass sie mir noch einen besorgt«, erwiderte James. »Und den hier überlasse ich Perry, sobald er sich uns angeschlossen hat.«

»Sehr interessant, alter Freund, aber so weit wird es nicht kommen.« Perry lächelte. »Ich suche die Gefahr. Ich genieße das Risiko, womöglich auf dem Rücken zu landen. Aber wenn es von Anfang an klar ist? Das kann mich nicht locken.«

»Judo ist immerhin gesünder, als eine Schafherde ins Zimmer des Direktors zu treiben«, neckte Marcus ihn. »Ich kann es immer noch nicht fassen, dass du das tatsächlich gemacht hast, Mandeville. War doch klar, dass das schmäh-äh-äh-ählich enden musste.«

»Ja, ja, ja. Warum listest du nicht gleich m-m-meine ganze kriminelle Vergangenheit auf? Habe ich nicht schon genug erduldet, indem sie mich aus Eton weggejagt und g-g-gezwungen haben, bei Leuten wie euch zu wohnen?« Perry sprang auf und nahm Fechthaltung ein. »Wenn ich jetzt m-m-mein geliebtes Florett bei mir hätte, dann würde ich meine Ehre sofort wiederherstellen, das kann ich euch versichern.«

»Ach, tatsächlich?« Marcus hob eine Augenbraue. »Du scheinst die Gefahr ja wirklich zu lieben.«

»Sonst wäre das Leben nicht lebenswert, nicht wahr?« Perry lächelte James zu. »Hier, frag doch m-m-meinen guten Freund. Alles, was er kann, habe ich ihm beigebracht.«

James schnaubte gutmütig. In Eton war Perry tatsächlich ein guter Freund gewesen, und außerdem Mitbegründer der »Gefahren-Gemeinschaft«, einer geheimen Vereinigung von Schülern, die gegen die Autoritäten aufbegehren wollten. James hatte keinen Wimpernschlag lang gezögert und war Mitglied geworden. Und obwohl er in der Zwischenzeit etliche Abenteuer erlebt hatte, die das heimliche Ausbüchsen aus dem Schafsaal, um eine verbotene Zigarette zu rauchen, ziemlich harmlos aussehen ließen, dachte er gerne an jene weit unschuldigeren Tage zurück.

Jetzt höre ich mich schon an wie ein Kriegsveteran, wurde es James bewusst.

»Also, meine Freunde, hört mal zu. Jetzt, wo ihr mit eurem ach so wunderbaren japanischen Gegrapsche fertig seid ...« Perry senkte die Stimme und winkte James und

Marcus näher zu sich heran. »Natürlich sind wir George und M-M-Marina von Herzen dankbar, dass sie sich an einem Donnerstag das Jawort geben wollen. Aber das bedeutet gleichzeitig, dass wir die heilige Pflicht haben, unsere kostbare Freizeit nicht zu verplempern ...«

James lächelte. Heute, am 29. November 1934, würde Seine Königliche Hoheit Prinz Georg, der Herzog von Kent, seine Cousine zweiten Grades, Ihre Königliche Hoheit Prinzessin Marina von Griechenland, heiraten. Daher hatte der König einen landesweiten Feiertag angeordnet. Gewöhnlich rückte der Schuldirektor erst am Samstag einen Shilling pro Schüler heraus, was zur Folge hatte, dass der Kiosk sonntags von einer gewaltigen Masse Jugendlicher überrollt wurde, die sich mit Schoko-Vanille-Mokka-Biskuits eindecken wollten. Aber anlässlich der königlichen Hochzeit hatte er das Geld bereits heute Morgen ausgespuckt, damit die Schüler in den lebhaften Straßen von Edinburgh angemessen feiern konnten – wenn auch nur an ausgewählten, von der Schule genehmigten Orten.

»Also, was machen wir?«, sagte James. »Wollen wir uns wirklich ins Kings Cinema in der Home Street setzen und uns einen lehrreichen Film anschauen, wie es die Lehrer gerne hätten?«

Perry lächelte. »Ich würde sagen, wir machen uns selbständig und gehen ins Coliseum auf der West Fountainbridge. Dort läuft der neue Tarzan-Film.«

»Mit Johnny Weissmüller als Tarzan. Ich kann es immer noch nicht fassen, dass ich ihm im Sommer persönlich begegnet bin.«

»Das ist doch nicht wahr, Bond!«, rief Marcus. »Wie, um alles in der Welt ...«

»Auf einer Party in Los Angeles ...« James ließ den Satzanfang in der Luft hängen, und es lief ihm eiskalt den Rücken hinunter. Es war besser, wenn seine Erlebnisse in Hollywood begraben und vergessen blieben. »Aber nur ganz von weitem, ganz kurz.«

»Wie b-b-bescheiden!« Perry klopfte ihm auf den Rücken. »Da du so ein enger persönlicher Freund des Hauptdarstellers bist, willst du doch bestimmt sein Werk unterstützen, oder? Ich habe gelesen, dass es schon im ersten Teil zu gewaltigen Auseinandersetzungen mit eingeborenen Dschungelbewohnern ...«

»Ich bin dabei«, unterbrach ihn James.

»Aber mit unseren Ausgehuniformen fallen wir doch viel zu sehr auf. Wenn sie uns erwischen ...« Marcus fuhr sich mit den Händen durch die roten Locken. »Ach, was soll's. Der Mensch lebt nicht von anständiger Körperertüchtigung und naturwissenschaftlicher Forschung allein, stimmt's?«

»So spricht ein wahrer Philosoph.« Perry sprang auf. »Also dann, wer kann mir die drei Pence für den Eintritt zur Verfügung stellen, hmm? Ich habe mein Tascheng-g-geld an einen Jungen verloren, der viel zu g-g-gut Karten spielen konnte. Und jetzt bin ich bankrott.«

»Natürlich«, sagte James.

»Ich stelle hiermit fest«, fügte Marcus hinzu, »dass ein Freund in Not in erster Linie eine Plage ist.«

KAPITEL 2

ANWEISUNGEN BEFOLGEN

Es war kurz vor zwölf Uhr mittags, als James, Perry und Marcus die Turnhalle verließen, um sich für ihren Ausflug fertig zu machen. Da der Nachmittagsunterricht ausfiel und James' Muskeln durch das Judo schon ausgiebig zu tun bekommen hatten, wurde er von einem Gefühl großer Zufriedenheit ergriffen. Das war ungewöhnlich, und er hatte nicht damit gerechnet.

»Du machst gute Fortschritte im Judo, Bond«, sagte Marcus. »Vielleicht solltest du in den Weihnachtsferien mal richtig trainieren ... Vielleicht sogar einen Gürtel in Angriff nehmen.«

James musste an das Landhäuschen seiner Tante denken. »Ich weiß nicht, ob sie in Pett Bottom überhaupt schon mal das Wort Judo gehört haben. Aber wenn ich bei Mandeville in London ...«

»So wie letztes Jahr?« Perry grinste. »Das würde meine Ferien in der Tat gewaltig aufwerten.«

Das Ende des ersten Trimesters war in Sicht, und James konnte es immer noch kaum glauben. Zu frisch waren die Erinnerungen an seine ersten Wochen hier am Fettes College und an das niederschmetternde Gefühl, dass sie nie zu Ende gehen würden – das Gefühl der Fremdheit, der auf die Minute genau durchgeplante Tagesablauf, der durchaus vertraute, aber bedrückende Mangel an Privatsphäre. Doch jetzt, hier und heute, konnten er und seine Freunde machen, wonach ihnen der Sinn stand.

»Treffpunkt in der Einfahrt? In zwanzig Minuten?«, rief James, als Perry bereits mit schnellen Schritten auf das Haus Carrington zulief, in dem er untergebracht war. James wohnte im Haus Glencorse, zusammen mit fünfzig anderen Jungen, und jedem stand nur ein winzig kleines, privates Abteil zur Verfügung. Das oberste Gebot lautete hier, sich einzufügen, während »Standesdünkel« oder Allüren als das schlimmste Laster überhaupt galten. Die Hauspräfekten, die so etwas wie der verlängerte Arm des Hausvorstandes waren, standen nur allzu gerne bereit, einem jeden noch so kleinen Hauch von Überheblichkeit auszutreiben. Marcus, der die vorletzte Klasse, die sogenannte Unterprima, besuchte, war auch ein Präfekt, aber einer von der netteren Sorte. Er hatte das Hausmotto *Numquam Onus*, »Keine Mühe ist zu groß«, wirklich verinnerlicht. Durch ihr gemeinsames Interesse für den Judosport – Marcus besaß den blauen Gürtel, und James wollte es unbedingt lernen –, hatte es nicht lange gedauert, bis die beiden Freundschaft geschlossen hatten.

James zog sich in seinem kleinen Abteil im Erdgeschoss um. In der Trennwand steckten drei Nägel. Am ersten hing der Frack für den Sonntagsstaat, am zweiten sein Mantel und am dritten die Uniform des Kadettenkorps. Seine Schuluniform lag fein säuberlich zusammengefaltet auf dem Tisch am Fenster: ein schwarz-grauer Anzug aus dichtgewobenem Fischgrät-Tweed, ein Flanellhemd, eine schwarze Krawatte und ein gestärkter Kragen mit altmodisch abgerundeten Spitzen, wie ihn sein Großvater vielleicht auch schon getragen hatte. Spitze Kragen waren allein den Präfekten vorbehalten.

Doch die Hemdkragen waren nicht das einzig Großväterliche hier an der Schule. Als »Frischling« hatte James sich zunächst mit einer Menge uralter Traditionen und Gewohnheiten vertraut machen müssen, genau wie in Eton. Um Punkt sieben Uhr klopfte der Hausdiener in Gestalt des unförmigen und stets unwillkommenen Watson an jede Tür und schellte mit seiner Glocke. Dann hieß es, hastig die obligatorische kalte Dusche zu ertragen und sich, immer noch feucht, in die Uniform zu zwängen.

Um 7.20 Uhr trank James zusammen mit den anderen eine Tasse Kakao, und um 7.25 Uhr läutete es schon zum Beginn der Frühstunde. James nahm seinen Platz in einer langen Reihe von Jungen ein, die sich von Glencorse über die grünen, baumbestandenen Hänge auf das wunderschöne, inmitten einer ausgedehnten Parklandschaft gelegene Schulgebäude zubewegten. Das auffällige Bauwerk mit seinen Türmen und Erkern, seinen Wasserspeiern und den vergoldeten Eisengittern sah eher aus wie ein gewaltiges Märchenverlies. Und oft genug kam es James auch genau so vor.

Während der Herbst allmählich in den Winter überging, konnte nur die Kälte verhindern, dass James im Lauf der langweiligen, staubbedeckten dreißig Minuten der täglichen Frühstunde wieder einschlief – sie und der Frühstücksduft, der bereits durch das Gebäude zog. Die Andacht bot die Möglichkeit, in Ruhe die Gedanken schweifen zu lassen und sich auf das anschließende Frühstück zu freuen: heiße Schokolade und Brötchen mit Butter und Zucker.

Dann kam der morgendliche Unterricht. Die Klassiker – das Griechisch der Antike und römische Literatur – dominierten den Stundenplan, was James überhaupt nicht gefiel. Warum konnten sie nichts wirklich Nützliches lernen? Marcus, der sich sehr für Physik und Biologie interessierte, hatte ihm einmal erzählt, dass einer der Lehrer sogar versucht hatte, die Naturwissenschaften ganz abzuschaffen, weil »die Beschäftigung mit der Naturwissenschaft im Widerspruch zur lateinischen Verskomposition steht.«

James fand die naturwissenschaftlichen Fächer durchaus auch interessant, aber sein Lehrer war ein merkwürdiger, exzentrischer Tyrann: Dr. Randolph Whittaker, allgemein nur Captain Hook genannt. Es war ein naheliegender Spitzname, da Whittaker seine rechte Hand durch eine Explosion im Krieg verloren hatte und wegen seiner diktatorischen Art bei allen unbeliebt war. Erst im September war er an die Schule gekommen, und zwar mit der Aufgabe, die naturwissenschaftliche Bildung in Fettes voranzutreiben. Niemand wusste genau, woher er so plötzlich aufgetaucht war, aber nach seinem Rolls-Royce zu urteilen, schien er mehr als genügend Geld zur Verfügung zu haben. Whittaker sei ein echtes Genie, hieß es. Er verhielt sich sehr zurückgezogen und unnahbar und ließ sich außerhalb der Schulstunden kaum irgendwo blicken. James fragte sich, wo er wohl vorher unterrichtet hatte. Oft begegnete er seinen Schülern mit Verständnislosigkeit oder offener Ablehnung und verteilte wahllos Strafen für »schwerwiegende Vergesslichkeit« oder »Ignoranz im Umgang mit dem Stofftaschentuch«. In jeder Stunde hatte man den Eindruck, als wäre er am liebsten irgendwo anders gewesen. Das konnte James sehr gut nachempfinden.

Außerdem war die Fettes eine Rugby-Schule. Nach dem Mittagessen wurden die Spiele des Nachmittags an dem Schwarzen Brett vor dem Speisesaal ausgehängt. Regelmäßig kam es zu Tumulten, weil jeder zuerst erfahren wollte, ob, auf welcher Position und in welchem Team er spielen durfte. James ließ die Spiele eher über sich ergehen, als dass er Spaß daran hatte. Mannschaftssport war einfach nichts für ihn, er war lieber ganz auf sich allein gestellt. Daher wurde er zwar manchmal für das Team der Schwächeren eingeteilt, aber noch öfter tauchte sein Name auf der Liste gar nicht auf. Man konnte aber auch Squash spielen oder ganz auf den Schläger verzichten und beim Hand-Tennis den Ball mit der flachen Hand an die Wand schlagen, aber am liebsten waren ihm die traditionellen Querfeldeinläufe – der Fünfmeilenlauf oder der kürzere und weniger befriedigende sogenannte Quarry Circle.

Der Nachmittagsunterricht begann um 16.00 Uhr, und um sechs wurde Tee getrunken. Dann folgten die Hausaufgaben, das Abendgebet und, endlich, das Abendessen, bei dem der Hausvorstand, der alte »Ho« Cooper, große Klumpen traditionelles, schottisches Porridge an alle verteilte. Anschließend ging es zu Bett, das Fenster in der winzigen Kammer zur Belüftung etwa dreißig Zentimeter nach oben geschoben, die Tür weit geöffnet. Dann lauschte er den Lauten der nachtaktiven Vögel und dem verbotenen Flüstern der jüngeren Jungen im Schlafsaal, das allmählich von Schnarchgeräuschen oder gänzlicher Stille abgelöst wurde. Und am nächsten Morgen ging das Ganze dann wieder von vorne los.

James zog seine gestreifte Hose an, schlüpfte in den Mantel, griff nach seinem Hut und seinem Schirm und ging die

Treppe hinunter, wo Marcus ihn schon erwartete. Er hatte den Hut bereits aufgesetzt und den Schirm aufgeklappt. Mit den roten Locken, die unter seiner feierlichen, schwarzen Hutkrempe hervorlugten, machte er eher eine ungewollt komische Figur, anstatt, wie es ihm eigentlich vorgeschwebt hatte, weltmännisch und elegant zu wirken.

Perry trug identische Kleidung und erwartete sie an dem roten Geländer am Ende der Einfahrt. Dann machten die drei sich auf den Weg.

»Das ist doch mal eine willkommene Abwechslung«, sagte Perry. »Praktisch zwei Sonntage in einer Woche.«

»So können wir sogar zweimal unseren Sonntagsstaat ausführen«, fügte Marcus ein wenig kläglich hinzu. »Jippie.«

James zuckte nur mit den Schultern. In Eton hatte er ganz ähnliche Sachen getragen und war an die neugierigen Blicke gewöhnt, die er und seine Schulkameraden bei ihren Ausflügen »in die Stadt« auf sich zogen. Er war einfach nur froh, dass er die Enge der Schule gegen die lebhaften, pulsierenden Straßen von Edinburgh eintauschen konnte, umhüllt vom Rauschen des Verkehrs und dem Geplapper der Menschenmenge. Was für ein Unterschied zu dem stillen Dörfchen Pett Bottom, wo seine Tante Charmian lebte und das in den letzten Jahren, seit dem Tod seiner Eltern, auch seine Heimat gewesen war. Aber war Heimat wirklich das richtige Wort? Schließlich brachte er den größten Teil des Jahres im Internat zu und unternahm darüber hinaus zahlreiche Reisen. Manchmal hatte James das Gefühl, als hätte er nicht nur seine Eltern, sondern auch seine Wurzeln verloren. In seinem Inneren brannte eine große Unruhe, eine Gier nach Abenteuern. Manchmal fragte er sich, ob er sich nur dann zu Hause fühlte, wenn die Gefahr ihm auf den Fersen war.

Hör endlich auf, so viel nachzudenken, sagte er sich dann. Selbstanalyse war reine Zeitverschwendung. *Du bist, wer du bist.* Und jetzt im Moment war James Bond mit zwei Freunden unterwegs, um den Duft der Freiheit zu schnuppern. Es war ein kühler Tag, obwohl die Sonne ihre kräftigen Strahlen auf die prachtvollen Straßen scheinen ließ. James sog die Luft tief in seine Lungen ein. Wie immer man über das Leben dachte, letztendlich zählte allein die Gegenwart.

Marcus, der einen halben Kopf größer war als James und Perry, ging zwischen den beiden. »Ihr wisst doch, dass die Schulabgänger ihre Hüte und Schirme immer in den Inverleith Pond werfen«, sagte er zu seinen Freunden. »Und genau das habe ich auch vor, wenn es so weit ist, 1936.«

James malte sich aus, wie er seinen Schirm erst zu Tode prügelte, bevor er ihn in das schwarze Wasser warf, und musste lächeln. »Du Glücklicher«, sagte er. »Wir hängen hier fest bis zum bitteren Ende der Dreißigerjahre.«

Perry nickte. »Wie die Welt dann wohl aussehen wird?«

»Wenn es stimmt, was ich in meinem Detektorradio über die Nazis und ihre gewaltige Aufrüstung höre, dann wird vermutlich die Armee draußen vor dem Schultor stehen, um euch alle zu rekrutieren.« Marcus schüttelte den Kopf. »Herr Hitler macht ja kein Geheimnis daraus, dass er den slawischen Völkern Land wegnehmen will. Ich bin mir sicher, dass das über kurz oder lang zum Krieg führen wird.«

»Endlich mal ein bisschen Abenteuer«, warf Perry dazwischen.

»Ich glaube, ich würde lieber einem Soldaten in die Schlacht folgen, als von irgendeinem Lehrer eine Einführung in die klassische Literatur zu bekommen«, sagte James in bedauerndem Tonfall. »Da kann man wenigstens etwas bewirken.«

»Süß und ehrenvoll ist der Tod fürs Vaterland, was?«, murmelte Marcus. »Wie sagt doch gleich der Dichter? Die alte Lüge.«

»Solange man überzeugt ist, dass der Kampf sich lohnt, ist es keine Lüge«, widersprach James.

»Die Politiker behaupten, dass es ein lohnenswerter Kampf sei, aber die Angehörigen der Soldaten, die nie wieder nach Hause kommen ... Wie würden sie das wohl sehen?« Marcus steckte die Hände in die Taschen, während sie nach rechts in den Coates Crescent mit seinen hübschen Stadthäusern abbogen. Die Menschen waren anlässlich der königlichen Hochzeit gerade dabei, die Bäume in den gepflegten öffentlichen Parks mit Union-Jack-Wimpeln zu schmücken. »Würdest du nicht auch lieber hier in diesem herrlichen, grünen Land leben, als in einer Ecke des vergessenen Feldes zu verrotten, wie der Dichter sagt?«

»Selbstverständlich würde ich das«, stimmte James ihm zu. »Aber ich könnte nicht zulassen, dass andere für meine Freiheit kämpfen, ohne selbst meinen Beitrag zu leisten.«

»Es gibt viele unterschiedliche Möglichkeiten, wie man seinem Land dienen kann.« Marcus legte die Stirn in Falten. »Ich habe zum Beispiel erfahren, dass ich nicht eingezogen werde, weil ich in einer Stellung arbeiten werde, in der ich unabkömmlich bin.«

»Interessant!«, sagte Perry. »I-i-ich dachte, so was gibt es b-b-bloß für Bauern und Bergwerksarbeiter.«

»Es ist eine Stellung in der Wissenschaft«, erklärte Marcus. »Ich habe ein Angebot für einen Posten in der Elektronikindustrie bekommen, sobald ich mit der Schule fertig bin. Forschung und Entwicklung.«

»Ich gratuliere!«, sagte James und meinte es auch so. »Über die Karrieremesse?«

»Äh, nein, nicht direkt ...« Marcus zögerte kurz. »Über Dr. Whittaker.«

James zog die Augenbrauen in die Höhe. »Du sollst Captain Hook unterstützen?«

»Aha!« Perry tippte sich mit wissendem Grinsen an die Nase. »Der missmutige Hüter der M-M-Mysterien von F-F-Fettes. Na los, raus mit der Sprache.«

»Ich war ihm nur ein-, zweimal bei etwas behilflich«, sagte Marcus ausweichend. James spürte genau, dass er jede weitere Frage möglichst schnell im Keim ersticken wollte. »Ihr wisst schon, dieses und jenes eben.«

Perry grinste gehässig. »Ist wahrscheinlich gar nicht so einfach, einen Stecker einzustecken, wenn man nur eine Hand hat.«

»Das ist unter deiner Würde, Mandeville.« Mit wütendem Gesichtsausdruck bog Marcus auf die Canning Street ab. »Whittaker hat die Hand verloren, als er einem verwundeten Soldaten in der Schlacht von Neuve-Chapelle zu Hilfe geeilt ist. Er ist ein guter Mensch, trotz seines aufbrausenden Temperaments.«

»Ich habe da g-g-gewisse Informationen.« Perry zeigte keinerlei Anzeichen des Bedauerns. »Arbuthnot – ihr kennt doch Arbuthnot aus der Untersekunda? Wohnt in Haus Carrington? Jedenfalls hat er v-v-vor ein paar Wochen in Algebra etwas falsch gemacht, und Hook hat ihn zum Direktor geschickt, damit der ihm ein paar Stockschläge verpasst. Arbuthnot hat also draußen vor der T-T-Tür gewartet und gehört, wie der Direktor sich bei irgendjemandem am Telefon über den guten alten Hook beschwert hat. Er wollte, dass Hook die Schule verlässt. Als Arbuthnot dann r-r-reingegangen ist und gesagt hat, dass Hook ihn geschickt hat, da hat der Direktor ihn praktisch nur gestreichelt.«

Marcus schnaubte. »Arbuthnot redet nur Müll.«

James war geneigt, ihm zuzustimmen. »Mit wem könnte der Direktor denn telefoniert haben? Letztendlich entscheidet er doch ganz alleine, wer eingestellt und wer entlassen wird.«

»Irgendetwas stimmt nicht mit ihm, d-d-das könnt ihr mir glauben«, beharrte Perry. »Ich habe vor Beginn des Schuljahres mitbekommen, wie die Pedells gestöhnt haben, weil sie die D-D-Dachkammer ausräumen mussten, damit Hook dort sein geheimes Laboratorium einrichten kann.«

»Ganz da oben?«, wunderte sich James. Die Dachkammer befand sich an der Spitze eines Turmes in der Mitte des Gebäudes. Normalerweise wurden dort die Koffer der Internatsschüler aufbewahrt. »Was ist mit den Schullaboratorien?«

»Veraltet.« Marcus war rot angelaufen. »Whittaker hat seine eigenen Geräte mitgebracht. Ich bin ihm bei einem ... einem Projekt behilflich. So etwas wie eine Vorführung.«

»Schwarze M-M-Magie?« Perry hielt inne, blieb plötzlich ruckartig stehen und packte Marcus am Arm. »Gerade haben wir noch vom Teufel gesprochen, und jetzt hast du ihn mit deinem Gerede heraufbeschworen!«

James blieb ebenfalls stehen. Ein elegantes Automobil, ein mitternachtsblauer Rolls-Royce 20/25, war an den Straßenrand gerollt. Der Chauffeur war nicht zu erkennen, weil die Sonne sich in der Windschutzscheibe spiegelte, aber den großgewachsenen, hageren Mann, der jetzt von der Rückbank ins Freie kam, kannten sie alle.

»Captain Hook höchstpersönlich«, murmelte James, während das Herz ihm in die Kniekehlen rutschte.

Dr. Randolph Whittaker sah aus wie ein ausgemergelter, viktorianischer Patriarch: Sein bleiches Gesicht stand im krassen Gegensatz zu seinen tiefschwarzen Haaren, Augenbrauen und Koteletten. Auch sein Mantel und seine Hose waren schwarz. Seine künstliche, rechte Hand bestand aus emailliertem Holz, Metallfedern mit ledernen Spitzen bildeten die Finger. Die einzige farbliche Abwechslung bestand in der schweren Goldkette, die quer über seiner Weste hing.

Er kam auf das kleine Grüppchen zu, und James wappnete sich innerlich bereits gegen das unausweichliche Donnerwetter: Er, Perry und Marcus waren von der erlaubten Strecke zum Lichtspieltheater abgekommen, und Whittaker würde sie teuer dafür bezahlen lassen. Heute Abend, nach ihrer Rückkehr an die Schule, würden sie entweder den Pantoffel oder den Rohrstock zu spüren bekommen …

Aber Whittaker beachtete James und Perry gar nicht. Sein Zorn war ausschließlich auf Marcus gerichtet. »Wir haben schon ganz Edinburgh nach dir abgesucht, du verantwortungsloser kleiner Idiot. Wenn du dich schon fürs Lichtspieltheater eingetragen hast, wie ich vom Pedell erfahren habe, warum bist du dann nicht auf dem vorgeschriebenen Weg geblieben, hmm?«, fuhr er ihn mit gepresster, näselnder Stimme an. »Deine Leiterplatte ist fehlerhaft, Junge, und nun stehst du hier, vollkommen und auf geradezu abscheuliche Weise ahnungslos. Sie muss so schnell wie möglich fertiggestellt werden.«

James und Perry tauschten ein paar unbehagliche Blicke

aus und warteten, dass Whittakers Zorn auch über sie hereinbrach. Aber allem Anschein nach handelte es sich um ein Drama, das nur den Lehrer und Marcus etwas anging.

»Sir, der Direktor hat uns heute frei gegeben, wegen der Hochzeit, und ich habe gedacht, ich könnte ...«

»Glaubst du etwa, wir machen das alles nur zum Spaß? Wir liegen hinter dem Zeitplan zurück. Laut Vorhersage soll der Gewittersturm heute Nacht losbrechen, und wir müssen die Anweisungen unseres ... unseres Geldgebers strikt befolgen.«

Marcus wurde blass. »Aber, Sir, ich dachte, das Risiko ...?«

Whittaker hob seine hölzerne Hand. »In Abwägung mit den höheren Zielen ...« Dann wurde ihm klar, dass er von den Passanten neugierig beäugt wurde. Er blickte sich gebieterisch um. »Was denn? Das Schicksal hat mich dazu verdammt, diese verabscheuungswürdigen Missgeburten zu unterrichten. Steig ein, Stephenson. Es gibt noch viel zu tun, bevor der Sturm kommt.«

Marcus widersprach nicht. Mit aschfahlem Gesicht hastete er zu dem wartenden Rolls-Royce und setzte sich auf die Rückbank. Ohne James oder Perry noch eines Blickes zu würdigen, drehte Whittaker sich um, stolzierte ihm hinterher und zwängte seinen knochigen Körper in das Automobil.

»Ich kann gar nicht fassen, was wir für ein Glück gehabt haben!«, sagte Perry, während er und James davonrannten. »Los, verdünnisieren wir uns, bevor der alte Hook noch mal zurückkommt.«

James drehte sich um. Der dunkelblaue Rolls-Royce fuhr gerade los und reihte sich in den Verkehr ein. Am Steuer saß eine junge Gestalt mit blonden Haaren. Ob das auch ein Schüler war, den der alte Tyrann zum Mitmachen gezwungen hatte?

»Es gibt noch viel zu tun, bevor der Sturm kommt …«, murmelte James vor sich hin. »Was wohl?«

Dann blickte er dem Wagen hinterher, bis er nicht mehr zu sehen war.

KAPITEL 3

EIN STURM ZIEHT AUF

Rechtzeitig zum Beginn von *Tarzans Vergeltung* erreichten James und Perry das Lichtspieltheater. Aber obwohl er sich auf ein wenig nackte Haut und ausführliche Kampfszenen gefreut hatte, war James mit seinen Gedanken immer wieder bei dem Geheimnis, das Marcus und Whittaker miteinander teilten, und bei dem mysteriösen Laboratorium in der Dachkammer. Was sollte denn passieren, sobald der Sturm an den Giebeln rüttelte? Wo hatte Marcus sich da bloß hineingeritten? James mochte Whittaker nicht, genauso wenig wie die Art und Weise, wie er seine Schüler behandelte.

Als der Film zu Ende war und die Zuschauer sich von ihren Sitzen erhoben, beugte James sich zu Perry hinüber. »Whittaker hat uns überhaupt nicht beachtet. Wir waren ihm völlig gleichgültig, ganz im Gegensatz zu diesem Projekt.«

»Das i-i-interessiert ihn jedenfalls viel mehr als sein U-U-Unterricht«, meinte Perry zustimmend. Auch er hatte anscheinend noch länger über die Begegnung mit Captain Hook nachgegrübelt. »Stephenson hat gesagt, dass er ihm bei einer wissenschaftlichen Vorführung behilflich ist.«

»Er hilft ihm? Ich finde, er benimmt sich viel eher wie ein gehorsamer Soldat.« James spitzte die Lippen. »Und was soll das eigentlich für eine Vorführung sein? Wieso ist sie so wahnsinnig wichtig? Und wieso braucht er dafür einen Gewittersturm?«

»Vielleicht will der alte Hook ja Frankenstein spielen?«, schlug Perry vor. »Um seine Hand wieder zum Leben zu erwecken! Eine dunkle, stürmische Nacht, grelle Blitze, dröhnende Donnerschläge, das ganze Programm ...«

»Irgendetwas hat er vor, das steht fest. Und Stephenson kann dazu nicht nein sagen.« James grinste. »Sag mal, Mandeville, als gebührender Abschluss dieses freien Tages ... Was meinst du wohl, könnten wir uns später, nachdem die Lichter aus sind, nach oben zur Dachkammer schleichen und Whittakers Laboratorium auskundschaften? Nur rein theoretisch natürlich.«

»Das könnte sich als ausgesprochen schwierig erweisen.« Perry grinste ebenfalls. »Aber natürlich nur rein t-t-theoretisch.«

Auf dem Rückweg nach Fettes schmiedeten die beiden einen Plan für ihr nächtliches Abenteuer, und James merkte, wie sein Herz schneller schlug. Nach ein paar ereignislosen Monaten voller immer gleicher Tage jagte jetzt der Drang, ein riskantes Abenteuer zu bestehen, durch seine Blutbahnen. Darüber hinaus war Marcus ihm sehr sympathisch. Er wusste, dass es einen gewichtigen Grund geben musste, wenn dieser über seine Arbeit mit Whittaker nicht sprechen wollte. Sie waren schließlich Freunde. Wer weiß, vielleicht wollte Marcus ihm ja beim Abendessen ein bisschen davon erzählen, wie es war, für den alten Sklaventreiber zu schuften.

Am Abend, während seine Mitschüler sich gegenseitig erzählten, wie sie ihren freien Tag zugebracht hatten, blickte James sich erwartungsvoll im Speisesaal um. Aber Marcus war nicht zu sehen. Und auch, als sie zu Bett gehen mussten, fehlte immer noch jede Spur von ihm.

James war unruhig. Bei der Vorstellung, einem Freund hinterherzuspionieren, kam er sich ziemlich schäbig vor. Aber der Gedanke, einem schlechtgelaunten Satan wie Whittaker hinterherzuspionieren, der war ausgesprochen reizvoll. Und wenn Whittaker Marcus – warum auch immer – tatsächlich im Schwitzkasten hatte, dann war es vielleicht ganz gut, ein wenig mehr zu erfahren. Vielleicht konnten sie ihrem Freund im Notfall sogar helfen.

Bevor das Licht ausgeschaltet wurde, beschloss James, sich bei »Ho« Cooper, dem Hausvorstand von Glencorse, nach Marcus zu erkundigen.

»Mach dir keine allzu großen Sorgen wegen Stephenson, Bond.« Im Gegensatz zu den meisten anderen Lehrern war Cooper ein gutaussehender Mann. Mit seinen wohlgeformten Gesichtszügen und den kräftigen Augenbrauen erinnerte er an eine griechische Statue. »Wenn er für Dr. Whittakers Projekt eine solche Bedeutung hat, dann lässt dies keinen anderen Schluss zu, als dass er alles, was er in Fettes gelernt hat, sehr angemessen umzusetzen in der Lage ist. Du kannst stolz auf ihn sein.«

»Aber dass Dr. Whittaker Stephenson an einem freien Tag so hartnäckig hinterhergefahren ist«, beharrte James. »Ich habe eben gedacht …«

»Aber, aber! Er dient der Schule, und dadurch dient er allen seinen Landsleuten.« Coopers Lächeln war freundlich, aber abweisend. »*Numquam Onus*, nicht wahr, Bond? Das ist mehr als nur das Hausmotto. Es sind Worte, die das ganze Leben bestimmen sollten.«

»Keine Mühe ist zu groß«, murmelte James und wandte sich zum Gehen. »Sie haben bestimmt recht, Sir.«

Deshalb ist es auch keine übermäßige Mühe, Whittakers Privatlaboratorium in der ehemaligen Dachkammer auszuspionieren, dachte James und fühlte sich damit vollkommen im Recht. *Gar keine Mühe.*

Er lag in seinem harten, schmalen Bett und wartete, bis es still im Haus Glencorse geworden war – oder bis Marcus wiederkam und er seine Mission abblasen konnte. Mit Perry hatte er vereinbart, dass sie sich um halb elf bei den Bäumen hinter der Schule treffen wollten.

Es wurde zehn Uhr, begleitet von dumpfen Donnerschlägen in der Ferne. James hörte das leise Pfeifen und Trillern eines streng verbotenen Detektorradios, das Funkwellen in Worte und Rauschen umwandeln konnte. Er glaubte, das wütende Gebrüll des deutschen Führers, Adolf Hitler, erkannt zu haben, und erinnerte sich an Marcus' Worte am Morgen. Offensichtlich war er ein Gegner des Krieges, und doch hatte er Whittakers Befehlen gehorcht wie ein treuer, junger Soldat.

Jetzt drangen keine Worte mehr aus dem Empfänger, sondern Ragtime-Musik. Wenn diese Burschen erwischt wurden, dann hatten sie eine heftige Abreibung zu erwarten.

Genau wie ich, dachte James, während er lautlos in seine Kleider schlüpfte und zum offenen Fenster schlich. Er beugte sich hinaus und zitterte in der nächtlichen Brise. Der gefährlichste Teil seines Ausflugs stand unmittelbar bevor. Es war der dreieinhalb Meter tiefe Sprung in das Gebüsch, das direkt vor Coopers Arbeitszimmerfenster lag. Beim geringsten Geräusch würde Cooper sich auf ihn stürzen, und seine Expedition würde mit Schimpf und Schande und einem Rohrstock enden, noch bevor er überhaupt die Chance bekam, sich Whittakers Zorn zuzuziehen.

Aber jetzt zu zögern hatte keinen Sinn. James schwang sich aus dem Fenster und landete wie eine Katze auf allen vieren in einem raschelnden Durcheinander aus Grünpflanzen. Er verharrte regungslos und biss die Zähne zusammen, während der Aufprall seine Hand- und Fußgelenke erschütterte. Das Grollen des Donners war jetzt fast direkt über ihm. Der Vorhang des Arbeitszimmers bewegte sich nicht, also befreite James sich aus dem Gebüsch und lief quer über den Abhang, bis er die schützenden Bäume erreicht hatte.

Er musste die Schule einmal umrunden, um zu Perry zu gelangen, und hielt sich dabei immer möglichst tief im Schatten. Mit dem aufkommenden Gewitter wurde auch der Wind stärker, und James spürte bei jedem seiner verwegenen Schritte, wie er all die Routine und die stupide Auswendiglernerei immer weiter hinter sich ließ. Wie er wieder zum Leben erwachte.

Als seine Augen sich an das düstere, graue Licht des Mondes gewöhnt hatten, erblickte er Perry, der, wie vereinbart, im Gebüsch vor dem Kohlelager auf ihn wartete. Er sah aus wie eine dunkle, zusammengekrümmte Bestie.

»Ave Caesar!«, flüsterte Perry zur Begrüßung. *»M-Morituri te salutant!«*[1]

James lächelte. »Um Himmels willen, sag doch nicht so was, kurz bevor du diesen Schornstein hinaufkraxelst.

---

1 »Die Todgeweihten grüßen dich!«

Sonst stürzt du womöglich tatsächlich in den Tod. Und bei dem Gewitter, das sich da zusammenbraut, na ja …«

»Dann macht es doch erst richtig Spaß.« Perry schien es absolut ernst zu meinen. »Außerdem liegt die Dachkammer ganz oben im v-v-vierten Stock. Höher geht es nicht. Da kann man nur von der Spitze des Schornsteins aus reinsehen.«

»Und wie willst du da hochkommen?«, fragte James verwundert.

»Du kennst doch die Türme an den beiden Hausecken links und rechts vom Haupteingang, oder? In jedem Turm gibt es ein Fenster, durch das man auf ein Flachdach gelangt. Die P-P-Pedells benutzen das, wenn sie Flaggen an die Fahnenmasten hängen müssen. Oder die Oberprimaner, wenn sie heimlich irgendwo rauchen wollen. Von da aus muss man nur noch den drei Meter hohen Schornstein hinaufklettern und sich oben auf die Spitze stellen.«

»Vielleicht wäre es besser, wenn ich das probiere«, sagte James nachdenklich, »während du es von innen versuchst.«

»Diesen Ruhm lasse ich mir auf k-k-keinen Fall nehmen, James. Ich plane dieses Kunststück schon f-f-fast seit meinem ersten Tag an dieser Schule.« Perry grinste. »Die Ältesten bewachen diesen Ort mit Adleraugen. Ich ha-ha-hab schon immer davon geträumt, den Schornstein mit ein paar Bierflaschen in der Tasche hochzuklettern und ihnen dann v-v-von da oben zuzuprosten. Du weißt schon, um sie zu beeindrucken.«

»Lass mich raten … Das Bier war immer schon leer, bevor es so weit kommen konnte?«

»Wie gut du mich kennst, James.« Der Wind frischte auf und schüttelte die Zweige, so dass das Blätterrauschen immer lauter wurde. »Also, wir sollten uns nicht länger aufhalten. Ich behalte das Fenster im Auge, und du lauschst an der Tür. Um diese Uhrzeit sind die Lehrer bestimmt in ihren Zimmern, aber ein paar Diener und Hausmädchen werden trotzdem noch unterwegs sein. Also pass gut auf.«

James nickte. »Du aber auch.« Er warf einen Blick auf seine Armbanduhr, während die ersten Regentropfen fielen. »Sagen wir, es ist jetzt genau halb elf. In neunzig Minuten treffen wir uns hier wieder. Sollte einer von uns es bis dahin nicht schaffen, versuchen wir es alle halbe Stunde wieder.«

»Abgemacht.« Perry hob die Hand zu einem raschen Salut, dann stahl er sich in die Dunkelheit davon.

James richtete den Blick auf die hölzernen Luken, die in die Kohlenkeller führten. Er lief hinüber und hob eine davon an, bückte sich ins Innere und tastete mit den Füßen nach der Kohlenschütte. Sobald er sie gefunden hatte, ließ er sich in den Keller gleiten und machte die Falltür hinter sich zu. Der Regen platschte laut und deutlich gegen das Eichenholz, und dann hörte er noch etwas ... leises Getrippel in der Dunkelheit. *Ratten*, schoss es ihm durch den Kopf.

Vorsichtig schlich James auf den Gang zu, aus dem ein schwacher Lichtschimmer hervordrang. Irgendwo in seinem Rücken hörte er das Rauschen und Flüstern einer Zisterne. Hier unten verliefen ja auch die unterirdischen Tunnel für die Rohrleitungen, die den Dampf und das heiße Wasser von den Heizkesseln in die Häuser beförderten. Stöhnend und ächzend protestierten die Rohre gegen den Druck und die Hitze, die ihnen zugemutet wurden.

James schlich den Gang entlang auf die Treppe zu, die ins Erdgeschoss führte. Da hörte er ein scharrendes Geräusch. Es kam aus dem Weinkeller vorne rechts. Da musste jemand sein! Er drückte sich flach an die Wand und sah mit angehaltenem Atem, wie ein Diener mit einer Flasche Rotwein herauskam. Sie war vermutlich für einen der Lehrer bestimmt. Der Diener blickte sich nicht um, und als seine Schritte verklungen waren, herrschte wieder völlige Stille. Mit wild pochendem Herzen ging James weiter und kam am Stiefelzimmer vorbei.

Endlich hatte er die schmale Treppe erreicht, stieg nach oben und schlich schließlich durch die Gänge im Erdgeschoss des Schulgebäudes. Er musste an Perry und seine waghalsige Kletterpartie denken und schüttelte den Kopf. *Wir sind eindeutig verrückt, alle beide.*

Oder vielleicht auch nur neugieriger, als gut für uns ist.

Erneut krachte und grollte der Donner. Der peitschende Wind rüttelte an den Fenstern und übertönte James' Schritte, während dieser die Wendeltreppe hinaufstieg. Er huschte bis in den zweiten Stock, die Nerven zum Zerreißen gespannt. Als er sich durch den Internatsteil des Hauptgebäudes schlich, in dem die Oberprimaner untergebracht waren, war er sehr dankbar für den Sturm, der draußen tobte. Er stellte sich vor, wie Lehrer und Bedienstete zu ihren Fenstern hinausstarrten und auf den nächsten Blitz am Himmel warteten.

Endlich hatte er die letzte Treppe erreicht, die ihn an den Dienstbotenzimmern im dritten Stock vorbei bis in die Dachkammer im vierten bringen würde. Jetzt brauchte nur ein einziger Diener die Treppe herunterzukommen und ihn bei seinem nächtlichen Ausflug zu ertappen …

Es kam jedoch niemand. Auf dem nächsten Treppenabsatz versperrten ihm allerdings eine Eisenbarriere und ein

Schild mit der Aufschrift KEIN ZUTRITT den Weg in die nächste Etage. Mit einem Mal wurde ihm bewusst, dass sich die Atmosphäre in seiner Umgebung verändert hatte. Er blieb stehen und lauschte. Hinter der Tür im vierten Stock ertönte ein tiefes, dumpfes Brummen.

Grelle Blitze zuckten vor dem dunklen Fenster auf, und James kam sich in dem plötzlichen Licht furchtbar auffällig vor. Mit einem Satz sprang er über die Barriere, landete wie eine Katze auf allen vieren und hastete mit wild pochendem Herzen die Wendeltreppe hinauf ...

Dann stand er vor der Tür der Dachkammer. Schwere Gewitterwolken türmten sich vor dem Fenster, aber trotzdem konnte James links von der Tür eine kleine Holzkiste und ein paar Holzstangen erkennen – vermutlich Reste, die nach dem hastigen Aufbau des Laboratoriums übrig geblieben waren. Sehr praktisch, falls er ein Versteck benötigen sollte. Er ging in die Knie, um durch das Schlüsselloch zu spähen – und stellte fest, dass es verstopft war. Dann eben keine schnellen Blicke ins Innere. James legte das rechte Ohr an die Tür. Das Eichenholz war dick und stabil, aber er konnte spüren, wie die Bodenbretter unter seinen Füßen vibrierten. Als würde ein mächtiger Generator mit voller Kraft laufen ... Und dann noch etwas anderes: ein seltsames Geräusch, das James nicht recht einordnen konnte, eine Art blubberndes, dampfendes Zischen.

Minuten vergingen. Gelegentlich hörte er Whittakers Stimme. Sie klang aufgeregt, aber einzelne Worte waren nur schwer zu verstehen. Außerdem musste er, das war ihm klar, auch aufpassen, dass sich niemand von hinten an ihn heranschlich. Ein beißender Gestank drang in seine Nase, und James fühlte sich an die Autoscooter auf den Jahrmärkten erinnert. Erneut ertönte ein gewaltiger Donnerschlag, und James zuckte zusammen.

Mit einem Mal drang Whittakers Stimme zwar abgehackt, aber deutlich vernehmbar durch die Tür. Immer wieder wurde er vom lauten Knirschen einer Maschine unterbrochen: »... in den Leiter einschlagen ... Gott weiß, wieso wir uns ... muss es funktionieren. Stephenson?«

Marcus ist also doch *da drin.* James hielt den Atem an und drückte sein Ohr noch fester an die Tür. »Sicherungen eingeschaltet.«

Eine gemurmelte Anweisung von Whittaker, dann war es James, als hätte eine andere Stimme geantwortet. Es klang wie eine junge Frau, aber James konnte nicht mehr hören, weil ...

»Herr Professor!«, rief Marcus mit eindringlicher Stimme. »Was ist mit den sekundären Systemen?«

»Angriffsmanöver drei aktivieren«, ließ sich die weibliche Stimme wieder vernehmen. Sie klang ruhig und selbstsicher. »Die ankommende Energie muss wieder freigesetzt werden.«

»Aber die Systeme ...«

»Verdammt nochmal, Junge«, brüllte Whittaker. *»Jetzt!«*

Falls er noch etwas sagte, wurde es von einem unfassbar lauten Donnerschlag verschluckt. Dröhnend, beinahe anklagend, rollte das Echo über den Himmel, während der Gewittersturm seinen Höhepunkt erreichte. James spürte, wie ihm die Nackenhaare zu Berge standen.

Dann zuckte der Blitz durch die Bleiglasfenster und tauchte das Treppenhaus in ein weißes, grelles Licht. James verharrte regungslos, während ein Schrei ertönte, der ihm das Blut in den Adern gefrieren ließ. *Marcus.*

KAPITEL 4

DER BLITZ SCHLÄGT ZWEIMAL EIN

»Stephenson!« James hämmerte gegen die Tür der Dachkammer, warf alle Heimlichtuerei, alle Angst vor einer Entdeckung und den möglichen Folgen über Bord. Er musste seinem Freund zu Hilfe eilen, musste ihm helfen zu fliehen.

Aber sein Klopfen ging im Durcheinander lauter Stimmen (das waren Whittaker und die junge Frau), im Rattern der Maschine und den dröhnenden Vibrationen, die das Laboratorium erzittern ließen, unter. Von einem Gefühl der Hilflosigkeit übermannt, trat James gegen die Tür. »Was ist denn los da drin?«

Das Brummen ließ langsam nach und verstummte schließlich ganz. »Wir waren nicht ausreichend vorbereitet …« Whittakers Stimme wurde von metallischen Klappergeräuschen übertönt. Es hörte sich an, als würden massive Schraubzwingen gelöst, und James bekam nur noch das Ende des Satzes mit: »… weiß, was Blade jetzt machen wird.«

Blade? Was ging dort drin denn vor sich? James klopfte noch einmal an die Tür. »Hallo?«

»Verschwinde!«, rief Whittaker von innen. »Hier ist alles in Ordnung.«

James gab nicht so schnell auf. »Ich habe einen Schrei gehört!«

»Nein!«, gab Whittaker unwirsch zurück. »Das waren die Geräte. Der Blitz hat in den Leitermasten draußen eingeschlagen und den Sekundärgenerator überlastet. Der Schrei, das war ich, weil ich einen Stromschlag erhalten habe, als ich die Stromzufuhr unterbrechen wollte.« Er hielt inne. »Wer ist da?«

»Ich ...« James zögerte. Whittaker würde ihm den Kopf abreißen. »Ich hole jetzt den Direktor.«

»Dein erlauchter Direktor wird schlau genug sein, sich nicht in meine Angelegenheiten einzumischen. Und jetzt verschwinde!«

James kam sich vor, als hätte er eine schallende Ohrfeige erhalten. Er warf einen Blick auf seine Armbanduhr – fast halb zwölf. *Perry. Wenn er gesehen hat, was passiert ist, dann können wir dem Direktor gemeinsam davon berichten. Zum Teufel mit den Konsequenzen.*

James riss sich zusammen und rannte mit hastigen Schritten die Treppe hinunter und wieder zurück in den Keller. Der Regen prasselte gegen die Fensterscheiben und übertönte das Knarren der alten Türen und Holzdielen.

Endlich hatte er die schwere Holzluke über der Kohlenschütte erreicht. Er hob sie an und spähte vorsichtig hinaus in die Nacht. Wer weiß, wen der unheimliche Lärm aus der Dachkammer alles aufgeschreckt hatte. Plötzlich wurde die Luke von außen aufgerissen. James zuckte zusammen, hob die Hand zum Schutz vor dem prasselnden Regen vors Gesicht und merkte, wie jemand sein Handgelenk packte ...

»Du meine Güte, James, komm raus da und stell dich unter.« Vollkommen durchnässt streckte Perry ihm auch die andere Hand entgegen und half ihm ins Freie.

Mit pochendem Herzen kam James auf die Füße und klappte die Falltür zu, bevor er Perry unter das schützende Dach der Bäume folgte. Mittlerweile durchbrach das Licht des fahlen Mondes wenigstens ab und zu die dichten Gewitterwolken.

»Was ist denn da oben passiert, verdammt nochmal«, stieß er keuchend hervor. »Marcus hat ganz laut gebrüllt.«

»Ich habe gedacht, ich hätte etwas gehört, aber ich habe nichts gesehen.« Perry flüsterte, und James hatte den Eindruck, dass das nicht nur daran lag, dass er Angst vor Lauschern hatte. »Da hat ein M-M-Metallstab aus dem Fenster der D-D-Dachkammer geragt, mit einem Gewirr aus Drähten und Bügeln am Ende. Das hat mir die Sicht fast k-k-komplett versperrt. Und außerdem war da drin alles voller Dampf. Es hat ausgesehen wie eine Lokomotive bei der Abfahrt. Aber ich habe Whittaker gesehen und eine F-F-F-Frau. Glaube ich zumindest.«

»Ich habe ihre Stimme gehört, wer immer sie sein mag.«

»Stephenson habe ich in dem ganzen Qualm auch gesehen. In einem Käfig.«

»Er war eingesperrt?«

»Es hat eher ausgesehen wie der K-K-Kühlergrill eines Automobils. Aber Whittaker hat es einen K-K-Käfig genannt ... Ich habe gesehen, wie Stephenson gezappelt hat, und dieses Käfig-Ding ... Also, ich könnte schwören, dass es auf seine Bewegungen reagiert hat.«

Ein eiskalter Schauer lief James den Rücken hinunter. »Was ist dann passiert?«

»Nach dem Blitzeinschlag ist das Licht ausgegangen.«

Perry blickte James entschuldigend an. »Ich habe mir gedacht, dass es gleich von Lehrern w-w-wimmeln würde ... und dass es wohl am besten ist, wenn ich runterkomme und n-n-nach dir sehe.«

James richtete sich kerzengerade auf. »Jetzt müsste es schon wimmeln vor Lehrern. Wir sollten zum Direktor gehen.«

»Und zugeben, dass wir mitten in der Nacht draußen waren und alles mitbekommen haben? Dafür würde er uns ans Kreuz nageln«, gab Perry zu bedenken. »Weißt du, vielleicht ist alles ganz harmlos. Wahrscheinlich ist Stephenson schon wieder auf dem Weg ins Haus Glencorse. Vielleicht humpelt er ein bisschen und leuchtet im Dunkeln, aber ansonsten fehlt ihm sicher nichts.«

»Ich weiß nicht ... Whittaker wird bestimmt einen Arzt holen und ihn gründlich untersuchen lassen.« James nickte bedächtig. Was immer Marcus hatte durchstehen müssen, er war ein kräftiger, gesunder Junge. »Am besten verstecken wir uns irgendwo und behalten die Einfahrt im Blick.«

Perry schlang die Arme um seinen Brustkorb. Er zitterte. »Scheußliche Nacht, um zu spionieren.«

James nickte. »Scheußliche Beschäftigung.«

So unauffällig wie nur möglich schlichen sie über den durchweichten Rasen und durch das nasse Unterholz, bis sie schließlich auf der Vorderseite des Schulgebäudes angelangt waren. Hinter den abgedunkelten Fensterscheiben der Dachkammer brannte immer noch ein mattes Licht. Der Wind peitschte, und James musste die Zähne fest aufeinanderbeißen, damit sie nicht anfingen zu klappern. Zäh verstrichen die Minuten und dehnten sich zu endlos langen Stunden. Kein Automobil erschien in der Einfahrt, überhaupt rührte sich nichts. Das Schulgebäude stand fest und schweigend da und trotzte dem Sturm.

»Wie lange sollen wir denn noch hier draußen hocken und warten?«, raunte Perry James zu und stapfte mit den Füßen im Matsch. »Etwa die ganze Nacht?«

»Ich hoffe, dass es nicht so weit kommt.« James blickte ihn von der Seite an. »Du kannst dich gerne wieder ins Bett legen, wenn du willst. Ich würde es dir nicht übelnehmen.«

»Genug Aufregung für eine Nacht, was?«, erwiderte Perry kläglich. »Na ja, aber da ich vermutlich sowieso nie wieder trocken werde, kann ich auch noch ein bisschen länger hierbleiben.«

»Warte ...«, sagte James. In der Ferne zuckte ein Blitz aus der Wolkendecke hervor. Das Licht reichte aus, um ... *etwas* zu sehen, ein ganzes Stück weiter östlich auf dem Gelände. James nahm nur kurz eine unnatürliche, ruckartige Bewegung wahr: eine riesige, gebückte Gestalt, die sofort von der Dunkelheit verschluckt wurde, als der Mond wieder hinter den Wolken verschwand. Zurück blieb nur der kalte Schauer, der seine Wirbelsäule entlangrieselte. »Da drüben ist jemand, Perry.«

»Was?« Perry spähte über James' Schulter hinweg. »Ich sehe nichts.«

»Ein Riese. Er scheint auf dem Weg zum Golfplatz zu sein.« James hatte sich bereits in Bewegung gesetzt. »Vielleicht hat er auch etwas auf dem Rücken ...«

»Was denn?« Perry folgte ihm. »Bond?«

James gab keine Antwort. Er rannte los, in Richtung der seltsamen Gestalt, und versuchte lediglich, solange wie möglich im Schatten der Bäume zu bleiben. Das gruselige, übergroße Ding war nicht mehr zu sehen. Jenseits des Golfplatzes lagen viele Hektar Laubwald und dahinter die tristen, grauen Häuser der Altstadt.

Perry holte ihn ein. »Ganz egal, was du gesehen hast, du kannst es doch bei diesem Wetter auf keinen Fall verfolgen …«

»Wir müssen endlich Hilfe holen.« James drehte sich um und sah Perry an. Dabei wischte er sich die klatschnasse Locke aus der Stirn. »Sag deinem Hausvorstand, dass er einen Suchtrupp zusammenstellen soll. Sag ihm, dass wir wissen, dass Stephenson Whittaker geholfen hat – und dass ihm etwas Ernsthaftes zugestoßen sein muss.«

Perry blickte James etliche Augenblicke lang sichtlich besorgt an. Dann nickte er, drehte sich um und lief in die Nacht.

James schlug die andere Richtung ein. Vielleicht bekam er die Gestalt ja noch einmal zu sehen. Die Regentropfen, die der Wind ihm ins Gesicht trieb, fühlten sich an wie winzige Eisdolche. Da drang ein Geräusch an sein Ohr, ein tiefes, mechanisches Knirschen. Und war das ein Licht, das da in der Dunkelheit auf und ab hüpfte? Doch im nächsten Augenblick war es schon wieder verschwunden, ausgelöscht durch die Nacht.

Mit gesenktem Kopf stolperte James quer über den Golfplatz in Richtung des Lichtes, das er gesehen hatte. Vor seinen Füßen brachte sich ein aufgeschreckter Hase in Sicherheit, und James wäre beinahe das Herz stehengeblieben. Er fluchte leise und wollte schon weiterlaufen, als er sah, dass der Hase über etwas hinwegsprang.

Das Hindernis sah aus wie ein auf dem Bauch liegender, menschlicher Körper.

Der Wind schien ein wenig nachzulassen, und James näherte sich vorsichtig der Stelle, fast wie in Trance. Er hatte Angst vor dem, was er dort finden würde, und hoffte inständig, dass seine Vermutung falsch war. Er kniete sich neben den leblosen Körper, nahm den beißenden Geruch verbrannten Fleisches wahr und zuckte zusammen. Der Hinterkopf war ein einziges Gewirr aus Brandblasen und versengten, lockigen Haaren.

»Marcus …«, flüsterte James. Er blickte sich um, aber was immer sein Freund auch dabeigehabt haben mochte, es war nirgendwo zu sehen. »Marcus?«

Marcus bewegte sich, drehte seinen wunden, verbrannten Kopf, um James anzusehen. Sein verwüstetes Gesicht war ein furchtbarer Anblick.

»Ruskie«, stieß Marcus hervor.

»Was?« James starrte ihn hilflos an und zitterte. »Ein Russe, meinst du? Was ist denn passiert?«

»Nicht bereit für Ruskie.« Marcus' Arm zuckte. »Zwanzig …«

»Zwanzig was?« James blickte sich um. Wenn er doch bloß Perry nicht weggeschickt hätte! Er versuchte, den Kopf seines Freundes zu stützen. »Pass auf, du machst das ganz großartig, wie du den Sterbenden spielst, und du hast dir sehr schöne letzte Worte einfallen lassen. Aber mach dir keine Sorgen. Du wirst nicht sterben, Marcus, hast du gehört? Hilfe ist schon unterwegs.«

»Keine Zeit.« Marcus leckte sich den Schaum von den blutigen Lippen. Er verdrehte die Augen, so dass nur noch das Weiße zu sehen war, während sein Arm sich noch einmal krampfartig bewegte. »Nicht bereit …«

»Sieh mich an, Marcus.« James beugte sich über ihn. »Marcus?« Er hörte eine Bewegung in seinem Rücken und drehte sich um. »Perry, bist du …?«

Kühler, nasser Nebel wurde ihm ins Gesicht gesprüht – widerliche, eklige Tropfen.

Was war das? Was hatte er da eingeatmet? Aber noch während diese Fragen ihm durch den Kopf gingen, sackte James zu Boden.

KAPITEL 5

IM DUNKELN

Schlagartig kehrte das Bewusstsein zurück. Er hatte Schmerzen am ganzen Körper, fühlte sich steif und konnte sich kaum bewegen. *Wo bin ich?*, fragte sich James. Einzelne Erinnerungsfetzen flatterten wie Gespenster durch seinen Geist, ließen sich aber nicht festhalten.

Langsam öffnete er die Augen und sah eine junge Frau vor sich stehen. Sie hatte ein blasses Gesicht und kurzgeschnittene, blonde Haare. Sie war eine nordische Schönheit im klassischen Sinn: Ihre grauen Augen hatte sie mit schwarzem Lidstrich umrahmt, und ihr Grinsen offenbarte Zähne, die genauso scharf waren wie ihre Wangenknochen ausgeprägt. James nahm den kühlen, süßlichen Duft von Maiglöckchen wahr.

»Dann bist du also aufgewacht, Bond.« Die Frau sprach mit leiser Stimme, und ihr ausländischer Akzent kam James irgendwie bekannt vor. »Kannst du dich an irgendetwas erinnern, was letzte Nacht geschehen ist?«

James sah sich um: ein schmales Bett mit gestärkten Laken, dazu die vertrauten, cremefarbenen Wände und hohen Decken. Trotzdem ... Das war nicht Glencorse. »Wo bin ich?«

»Du bist im Schulsanatorium. Du hattest einen Unfall. Der Gärtner hat dich gestern Abend gefunden.«

»Gestern Abend ... Unfall ...?« James dröhnte der Schädel, und sein Mund war wie ausgedörrt. »Sind Sie eine Krankenschwester?«

»Ich bin Miss Axmann. Aber du darfst mich Herta nennen.«

»Moment mal.« James wollte sich aufrichten, aber seine Schultern schmerzten, und sein Körper wollte ihm nicht gehorchen. »Marcus ... Mein Freund, Marcus Stephenson, ist verletzt. Wir waren draußen auf dem Gelände ...«

»Du hast großes Glück gehabt. Einen Blitzschlag zu überleben ...«

»Blitzschlag?«

»Dein Freund war gestern Abend auf dem Golfplatz, und dort hat ihn der Blitz getroffen. Du musst auch dabei gewesen sein. Ihr beide da draußen, mitten in der Nacht ... Wahrscheinlich wolltet ihr irgendjemandem einen Streich spielen ...« Bedauern mischte sich in Hertas Blick. »Ich fürchte, Marcus Stephenson ist tot.«

»Nein.« James drehte den Kopf zur Seite, als wollte er diese Worte abschütteln. Der Schmerz durchbohrte ihn, und Erinnerungen blitzten vor seinem geistigen Auge auf. »Nein, jetzt weiß ich wieder ... Das war kein Blitzschlag, das war ... etwas anderes ...«

»Du hast Glück, dass du nicht auch ums Leben gekommen bist, Bond.« Sie starrte ihn mit ihren kühlen, grauen Augen an. »Das hätte ganz leicht passieren können.«

»Ich sage doch, so war es nicht.« James packte sie am Handgelenk. »Hören Sie, Marcus war in der Dachkammer, zusammen mit Whittaker ...«

Tiefe Sorgenfalten legten sich über Hertas glatte Stirn. »Wie bitte?«

»Er war ihm bei einem Experiment behilflich ...« James starrte zu ihr hinauf. »Moment mal. Ihre Stimme ... Die habe ich doch schon einmal gehört ...«

»Ach, du meine Güte. Jetzt bist du ganz verwirrt.« Traurig blickte sie zu ihm hinab. »Ich muss dir noch ein Beruhigungsmittel geben, Bond, und dann müssen wir uns Gedanken machen, wie wir mit diesen besorgniserregenden Erinnerungen verfahren sollen.«

»Was?« Als James die spitze Nadel an seinem Arm spürte, hielt er den Atem an. »Bitte, Schwester ...«

»Ich bin keine Krankenschwester. Ich bin Wissenschaftlerin.«

Ihr Lächeln war das Letzte, was James sah, bevor die Schwärze ihn umfing.

»In der Dachkammer, da hast du meine Stimme gehört, James«, sagte sie leise und streichelte ihm dabei über die Stirn. »Ich bin nämlich eine Mitarbeiterin von Dr. Whittaker, verstehst du?«

James wusste nicht, wie viel Zeit vergangen war, als er spürte, wie etwas Kaltes, Metallisches gegen seinen Hals gedrückt wurde. In seinem Kopf herrschte tiefe Dunkelheit, aber ganz in der Nähe waren verzerrte, undeutliche Stimmen zu hören.

»Etwas, um die Ärzte zu überzeugen ...«

James wollte die Augen aufschlagen, aber dann jagte ein kraftvoller Energiestoß durch seinen Körper. Er bäumte sich auf, verkrampfte sich, wollte schreien, konnte aber nicht und wurde erneut in die Dunkelheit zurückgeschleudert.

Lange Zeit blieb er in diesem Nichts gefangen. Er konnte sich schemenhaft daran erinnern, wie ihm Fieberthermometer in den Mund geschoben wurden, wie man ihn auf dem Weg zur Toilette stützte, wie ein feiner Nebel ihn umgab, dessen übler Geruch sich mit dem Duft von Maiglöckchen vermischte ... Bis, endlich, etwas anderes in der Luft lag, etwas Weicheres, Wärmeres, Bekannteres. Lavendel und staubige Bücher. Es duftete nach Zuhause, umgeben vom allgegenwärtigen Desinfektionsmittel des Schulsanatoriums.

»Tante Charmian?« James schlug die Augen auf. »Bist du das?«

»James.« Charmian erhob sich und strich ihren Hosenanzug glatt. Ein Ausdruck von Erleichterung lag auf ihrem Gesicht. Ihre kurzen, braunen Haare waren zerzaust, und die Tränensäcke unter ihren Augen zeigten, wie wenig Schlaf sie in letzter Zeit bekommen hatte. »Oh, Gott sei Dank. Seit drei Tagen liegst du jetzt mehr oder weniger bewusstlos in diesem Bett!«

James war entsetzt. »So lange schon?«

»Ich bin gekommen, um dich nach Hause zu holen, sobald du dazu in der Lage bist.« Sie drückte seine Hand. »Wir fahren mit dem Zug, und dann bist du bis Weihnachten wieder ganz gesund.«

James hörte ihre Worte kaum. Sein Geist war voller unvollständiger Erinnerungsfetzen. »Was ... Was ist denn passiert?«

»Ein Blitzschlag ist unberechenbar, aber die Ärzte sind zuversichtlich, dass du keine dauerhaften Schäden davontragen wirst.« Charmian lächelte, doch ihre grauen Augen lächelten nicht mit. »Es hätte so viel schlimmer kommen können, James.«

»Ein Blitzschlag?« Er ließ sich gegen das Kissen sinken. »Ich … Ich kann mich gar nicht daran erinnern …«

»Aber du hast doch bei der Polizei eine Aussage gemacht.«

»Polizei?«

»Angesichts der schlimmen Tragödie, die du erlitten hast, ist der Direktor zu der Ansicht gelangt, dass du schon genug durchgemacht hast. Es wird keine weiteren Strafen geben«, sagte Charmian leise. »Ach, James. Und das alles bloß wegen eines Dummejungenstreichs …«

»Was?« James musste sich zusammenreißen, um nicht laut herauszuplatzen. »Tante Charmian, ich kann mich zwar nicht mehr an jede Einzelheit erinnern, aber … dieser Lehrer, Dr. Whittaker … Er hat an irgendeinem Projekt gearbeitet. Und Marcus sollte ihm dabei helfen …«

»Der Direktor hat mir alles erklärt, James.« Charmian schien sich nicht ganz wohl in ihrer Haut zu fühlen und legte ihre Hand auf seine. »Marcus hat Dr. Whittaker assistiert. Er sollte schon bald eine Ausbildung im Forschungs- und Entwicklungszentrum eines Waffenfabrikanten in Den Haag beginnen, in den Niederlanden …«

»Waffen?«, fragte James nach. Er konnte sich noch gut an den missglückten Ausflug nach Edinburgh erinnern. Da hatte Marcus behauptet, dass ihm der Militärdienst erspart bleiben würde, weil er eine Stellung bekommen sollte, in der er unabkömmlich war. In Zeiten des Krieges war die Entwicklung besserer und schnellerer Tötungsmethoden wahrscheinlich das Wichtigste überhaupt. »Ich weiß nicht … Hast du gerade eben gesagt, dass ich bei der Polizei eine Aussage gemacht habe?«

»Ich habe das Protokoll gelesen. Marcus musste bis spät

in die Nacht arbeiten, und als er fertig war, habt ihr euch irgendwo auf dem Schulgelände getroffen. Ihr wolltet den Feiertag mit irgendeinem Streich gebührend begehen. Er hatte einen Blitzableiter aus der Dachkammer mitgebracht und wollte ihn gerade in einem Baum befestigen …«

»Nein.«

»Aber nach deiner Aussage …«

»Ich kann mich nicht erinnern, dass ich überhaupt mit der Polizei gesprochen habe.« James blinzelte mehrfach und versuchte, sich zu konzentrieren. »Aber ich bin mir ganz sicher, dass Marcus schon schwer verletzt war, als ich ihn entdeckt habe. Und zwar durch Whittaker. Er … Er hat irgendetwas von einer Vorführung gesagt. Und von Russen hat er auch gesprochen …«

»Aber du hast das Protokoll eigenhändig unterschrieben, James«, sagte Charmian sanft. »Als Marcus vom Blitz getroffen wurde, hast du direkt neben ihm gestanden. Er wurde dabei getötet und du schwer verletzt.«

»Aber da *waren* überhaupt keine Blitze. Vorher schon, ja, aber …«

»Der Direktor hat mir Fotografien vom Schauplatz des Geschehens gezeigt. Da war zum Beispiel ein Baum ganz in der Nähe, der durch den Blitzeinschlag versengt wurde, und …« Charmian fiel es nicht leicht, darüber zu sprechen. »Ich weiß, wie unangenehm dir das sein muss, aber ich habe auch den Bericht des Leichenbeschauers gelesen. Dein Freund Marcus hat eine erhebliche Schädigung des zentralen Nervensystems sowie Verbrennungen in Form von Lichtenberg-Figuren davongetragen. Das alles sind typische Folgen eines Blitzschlags. Die offizielle Todesursache lautet Tod durch Unfall.«

James leckte sich die spröden Lippen. »Sie haben dir ziemlich viel erzählt, stimmt's?«

»Nun, ich habe eine genaue Aufklärung über die Ereignisse verlangt. Sie haben gesagt, dass du dich jetzt erst einmal gründlich ausruhen und erholen sollst. Und das klang so gar nicht nach dir, James, darum bin ich natürlich ...«

»Das ist alles passiert, während ich bewusstlos war?«

»Ich glaube, der Direktor wollte zügig handeln, um der Schule eine größere Peinlichkeit zu ersparen.«

»Durch das, was ich zu erzählen habe?« James stemmte sich auf die Ellbogen und verzog das Gesicht, weil ihm sofort schlecht wurde. »Tante Charmian, ich glaube, Whittaker hat Marcus diese Arbeitsstelle nur deshalb in Aussicht gestellt, damit Marcus bereit war, ihn an diesem Abend in der Dachkammer zu unterstützen. Es hatte irgendwas mit dem Gewitter zu tun ... Ich bin ihm heimlich gefolgt, weil ich mir Sorgen um ihn gemacht habe. Dann habe ich ihn schreien hören. Diese Frau, Miss Axmann – Herta –, sie weiß Bescheid ...«

»James, es ist vollkommen verständlich, dass du ein wenig durcheinander bist«, sagte Charmian. »Bitte, mach dir keine Vorwürfe. Sobald du transportfähig bist, fahren wir nach Hause.«

»Ich kann nicht.« Er griff nach ihrer Hand. »Vielleicht hat Marcus ja wirklich einen schweren Stromschlag erlitten, aber dann in Whittakers Laboratorium. Ich habe ihn doch auf dem Schulgelände gefunden. Da hat er noch gelebt, aber er war sehr schwer verletzt ...« Wieder plumpste er in die Kissen, wollte die Erinnerung herbeizwingen. »Du musst mir glauben, Tante Charmian. Marcus hat gesagt, dass er nicht bereit ist für die Ruskies oder so was Ähnliches. Und dann ... bin ich ohnmächtig geworden.« Er biss die Zähne aufeinander. »Wenn mich der Blitz getroffen hat, wieso habe ich dann keine Verbrennungen?«

»Ein Blitzschlag führt nicht notwendigerweise zu stärkeren Schädigungen der Haut. Aber du hast eine verbrannte Stelle an der Schulter, und die Oberschwester hat gesagt, du hättest dich über taube Arme und steife Muskeln beklagt ...«

»Aber Marcus und ich sind nie mit einem Blitzableiter auf einen Baum geklettert«, beharrte James. »Das weiß ich genau. Frag Perry!«

»Perry Mandeville? Er hat sich immer wieder nach dir erkundigt. Er weiß auch nicht, was passiert ist.«

»Er weiß genau, was passiert ist!« James musste sich schwer beherrschen, um nicht loszubrüllen. »Hier stimmt doch was nicht! Das ist eine Verschwörung!«

»Organisiert von den Russen?«, sagte Charmian mit sanfter Stimme. »James, Überlebende eines Blitzschlags haben oft mit Verwirrungszuständen oder Erinnerungslücken zu kämpfen ...«

James starrte sie an. Er zitterte am ganzen Körper. »Du glaubst mir also tatsächlich nicht, stimmt's?«

»Sobald wir wieder in Pett Bottom sind, geht es dir bestimmt ...«

»Warum überschüttet der Direktor dich mit all diesen Beweisen?«

Noch bevor Charmian antworten konnte, stürmte die Oberschwester ins Zimmer. Sie war eine stattliche Erscheinung, und ihr Teint erinnerte – genau wie ihre Figur – an ein ungebackenes Bauernbrot. »Na, na, James. Beruhige dich bitte wieder.«

»Was ist aus Herta geworden?«, wollte er wissen. »Ich weiß noch genau, dass sie mich besucht hat.«

»Meinst du Dr. Whittakers deutsche Bekannte? Er hat sie gebeten, ein wenig auf dich zu achten. Du weißt schon, nachdem es passiert war.«

»Sie hat mir eine Spritze gegeben, kurz nachdem ich aufgewacht bin.«

»Das war nur ein Beruhigungsmittel.« Die Schwester gluckste leise und huschte unterdessen geschäftig um James' Bett herum, strich die Decke glatt und stopfte die Laken fest. »Nun pass mal gut auf, mein Junge. Du bist hier nicht im Debattierclub.« Sie warf Charmian einen vielsagenden Blick zu. »Du bist hier, um dich auszuruhen.«

»Da hat die Oberschwester natürlich recht.« Charmian wirkte ein wenig hilflos. »Du hast so viel Schreckliches durchgemacht. Du musst versuchen, ein wenig zur Ruhe zu kommen.« Dann trat sie einen Schritt nach vorne, um sich dem unablässigen Gewusel der Schwester in den Weg zu stellen, und klopfte James kräftig auf die Schulter. »Ich komme morgen wieder. Ich bleibe so lange in der Stadt, bis du reisen kannst. Falls du also aus der Welt jenseits dieser Wände etwas benötigen solltest, dann lass es mich wissen.«

»Da fällt mir bestimmt was ein.« Während Charmian sich zum Gehen wandte, zwang James sich zu einem Lächeln, aber eigentlich war ihm überhaupt nicht danach zumute. *Marcus' Tod soll vertuscht werden, und mich haben sie auch dafür benutzt. Ganz egal, was mir da zugestoßen ist, ein Blitzschlag war es garantiert nicht.*

Die Oberschwester hatte ihre fürsorglichen Tätigkeiten beendet und verließ ebenfalls das Zimmer. Erschöpft ließ James sich auf sein Kissen sinken. Wie lautete die Wahrheit? Herta hatte mit dem unschuldigsten Lächeln ihrer perfekten, pinkfarbenen Lippen auf ihn herabgeschaut, aber sie musste ihm irgendetwas gegeben haben, so dass er tagelang ans Bett gefesselt gewesen war und sein Gedächtnis erhebliche Lücken aufwies ...

Er schloss die Augen. Urplötzlich zuckte eine Erinnerung durch die Dunkelheit, die seinen Geist umhüllte – etwas Metallisches drückte sich an seine Schulter. *Etwas, um die Ärzte zu überzeugen ...*

James zuckte zusammen, als hätte er einen Stromschlag bekommen. Er riss die Augen weit auf. Sein Herz raste.

Jetzt klopfte es leise ans Fenster. James blickte sich erschrocken um – und sah Perry, der ihm verstohlen zuwinkte.

Nach einem hastigen Blick zu der geschlossenen Tür rappelte James sich mühsam auf, humpelte zum Fenster und öffnete es so leise wie nur möglich. Behände kletterte Perry herein.

James nahm seine Hand – nicht nur zur Begrüßung, sondern auch um sich festzuhalten. »Schön, dich zu sehen.«

»Die Freude ist ganz meinerseits, altes Haus. Mein Gott, du siehst aber ziemlich mitgenommen aus. Entschuldige, dass ich nicht durch d-d-die Tür gekommen bin, aber im Augenblick bist du eher Gefangener als Patient. Besuche streng v-v-verboten.«

»Gefangener?« James runzelte die Stirn. »Meine Tante Charmian war doch gerade eben noch hier ...« Er hielt nachdenklich inne. »Vielleicht haben sie gehofft, dass sie mich davon überzeugen kann, dass dieser ganze Quatsch mit dem angeblichen Blitzschlag tatsächlich die Wahrheit ist.«

»Sie glaubt wirklich, dass Stephenson bei einem Streich

ums L-L-Leben gekommen ist, den du ausgeheckt hast?«
Perry schnitt eine Grimasse. »Der Direktor hat bei der Schulversammlung jedenfalls so was a-a-angedeutet. Nachdem Marcus mit seiner Arbeit für Whittaker fertig war, hat er gesagt. Ich fürchte, dein N-N-Name ist an der Schule nicht mehr viel wert, Bond.«

»Und was ist mit dir?« James' Blick wurde härter. »Du weißt genau, was passiert ist. Du hast die Schreie da oben in der Dachkammer mit eigenen Ohren gehört. Aber du hast kein Wort gesagt?«

»Überleg doch mal, James. Die ganze G-G-Geschichte, in die du dich da verstrickt hast ... Die müssen sich ein paar sehr mächtige Leute ausgedacht haben. Wenn ich mich auf deine Seite g-g-geschlagen hätte, dann hätten sie mir bloß genau dasselbe angetan wie d-d-dir. Aber solange ich auf freiem Fuß bin ...«

Zögerlich erkannte James die Logik hinter Perrys Worten. »Tja, aber wie kommt es überhaupt, dass du noch auf freiem Fuß bist? Ich habe dich doch losgeschickt, um Hilfe zu holen.«

»Ich war gerade auf dem Weg zu m-m-meinem Haus, da habe ich den Gärtner mit einer Fackel gesehen. Er ist in deine Richtung gegangen. Ich bin ihm gefolgt, in gebührendem Abstand. Er hat schnurstracks die Stelle angesteuert, wo Stephenson gelegen hat. Als hätte er genau gewusst, wo er s-s-suchen muss.«

»Aber wie war das möglich?«, fragte sich James. »Bei dem Gewitter.«

»Weiß ich auch nicht.« Perry zuckte mit den Schultern. »Jedenfalls habe ich dich in der Dunkelheit gar nicht gesehen. Ich war mir s-s-sicher, dass du dich bei der A-A-Ankunft der anderen Retter verkrümelt hast. Also habe ich das auch gemacht und mich wieder in mein Bett gelegt, ohne dass es jemand mitbekommen hat. Dachte, es wäre das Beste, mich dumm zu stellen. Wenn m-m-meine armen Eltern mir nach nur zwei Trimestern schon wieder eine neue Schule s-s-suchen müssen ...«

»Ich verstehe.« James legte sich mit steifen Gliedern zurück ins Bett. »Aber das ist dann auch schon fast das Einzige, was ich verstehe.«

Dann erzählte er Perry, wie er Marcus gefunden hatte – zumindest das, woran er sich erinnern konnte –, und anschließend die Version, die Tante Charmian zu hören bekommen hatte.

»Dann wollen sie dich also nach Pett Bottom abschieben, was?«, sinnierte Perry. »Aus den Augen, aus dem Sinn.«

»Herta hat mir irgendein Mittel gegeben«, sagte James. »Ich kann mich zwar nur ungenau daran erinnern, aber wahrscheinlich immer noch besser, als es ihnen lieb ist. Deshalb haben sie Charmian hierhergeholt, damit sie mich in Schimpf und Schande nach Hause befördert.« Er drehte seinen steifen Hals, um sich die kleine Brandwunde auf seiner Schulter anzusehen. »Das könnte eine Elektrode gewesen sein. Gut möglich, dass sie mir einen Stromschlag verpasst haben.«

»Extreme M-M-Maßnahmen«, meinte Perry.

»Was vermuten lässt, dass sie auch etwas Extremes zu verbergen haben«, stimmte James ihm zu. »Herta ... Angeblich arbeitet sie für Whittaker. Aber für wen arbeitet Whittaker? ›Dein erlauchter Direktor wird schlau genug sein, sich nicht in meine Angelegenheiten einzumischen‹, hat er zu mir gesagt. *Dein* Direktor, nicht *unserer.*«

»Als hätte der alte Hook mit der Schule überhaupt nichts zu tun, was?« Perry nickte. »Und diese junge Frau, Herta ... Es ist kein Geheimnis, dass sie zu ihm gehört. Es heißt, dass sie der Ersatz für Stephenson sei.«

»Aber sie war auch da oben bei ihm in der Dachkammer, da bin ich mir ganz sicher.« Jetzt fiel James noch etwas ein. »Whittakers Chauffeur am Steuer des Rolls-Royce. Als wir Stephenson das letzte Mal gesehen haben ...«

»Das könnte sie gewesen sein«, meinte Perry. »Aber warum, in Gottes Namen, geschieht das alles?«

James blickte ihn an. »Genau das müssen wir herausfinden.«

KAPITEL 6

EINE GEDREHTE KLINGE

James verbrachte eine unruhige Nacht. Nervös warf er sich immer wieder von einer Seite auf die andere. Sein Puls raste, aber seine Gedanken rasten noch schneller, tauchten ein in die Schwärze und tauchten wieder auf. Das Ziehen der zahlreichen Nadeln in seinen Armen weckte ihn immer wieder auf.

Am nächsten Morgen kam die Oberschwester in sein Zimmer. Offensichtlich war sie mit seinem Zustand nicht zufrieden. »Du bekommst heute Nachmittag wichtigen Besuch.« Kräftig schüttelte sie das Fieberthermometer. »Da wollen wir doch gut aussehen, oder etwa nicht?«

»Wer ist es?«, krächzte James.

»Ein internationaler Geschäftsmann.« Sie war ganz eindeutig beeindruckt. »Ein Freund des Direktors. Du wirst schon sehen.«

»Was will er denn von mir?«

»Ich glaube, er war ein Bekannter von Marcus Stephenson ...«, sagte die Schwester, während sie bereits wieder nach draußen wuselte.

James döste bis zum Mittagessen. Es gab Rührei auf heißem Buttertoast. Er beschloss, die weißen Tabletten, die die Oberschwester ihm neben seine Kakaotasse gelegt hatte, nicht zu nehmen. Er glaubte nicht, dass es sich einfach nur um ganz normale Schmerzmittel handelte, darum zerstampfte er sie zu Pulver und kippte sie in den dunklen Schaum, der sich am Boden seines Bechers gesammelt hatte.

Um Punkt zwei Uhr klopfte es an seine Tür. Schlagartig war er wach. »Ja?«, rief er unsicher.

Der Mann, der nun sein Zimmer betrat, trug einen dicken, schwarzen Mantel und hatte einen Gehstock mit goldener Spitze in der Hand. Er sah aus wie Ende dreißig, aber er bewegte sich wie ein alter Mann, sehr langsam und behutsam. Eine Schulter war nach vorne gebeugt. Sein Gesicht sah irgendwie verzerrt aus – eine lange Adlernase, ein breites Kinn und dichte Augenbrauen unter einer hohen Stirn. James spürte die ungezähmte Wildheit in seinen schiefen, grauen Augen, einen unbeugsamen Willen – und drückte sich unwillkürlich ein wenig tiefer in seine Kissen. Hinter dem Mann betrat jetzt noch ein stämmiger, grauhaariger Mann in Chauffeurs-Uniform das Zimmer und stand dann ein wenig unsicher herum.

»Danke, Carrel. Stell dich in die Ecke und warte.« Der Mann mit dem verzerrten Gesicht drehte sich bei diesen Worten nicht einmal um, und der Chauffeur zog sich gehorsam zurück. »Bitte verzeihen Sie, dass ich Sie während Ihrer Rekonvaleszenz hier aufsuche, Mr Bond. Mein Name ist Hepworth Maximilian Blade.« Er lispelte zwar, aber seine Stimme hatte einen tiefen, kräftigen Klang. »Ich bin Geschäftsführer von Blade-Rise Industries, einem Unternehmen in der Elektronikforschung, mit Sitz in London und Den Haag. Ihr Freund Marcus Stephenson sollte nach seinem Abschluss in Fettes eigentlich für uns arbeiten.«

James nickte langsam. »Dr. Whittaker hat ihn zur Mitarbeit an seinem … Sonderprojekt herangezogen.«

»Das hat er in der Tat. Ich bin gekommen, um Ihnen mein Beileid auszusprechen. Während ich einen sehr vielversprechenden Auszubildenden verloren habe, haben Sie den Verlust eines guten Freundes zu beklagen.«

»Ja.« James hatte das Gefühl, als würde er auf die Probe gestellt. »Ich … Ich weiß nicht, ob ich mir je verzeihen kann, dass ich an seinem Tod mitschuldig bin.«

»Ach, Bond, hören Sie auf. Es war ein tragischer Unfall, mehr nicht. Der Grat zwischen Streich und Tragödie ist manchmal hauchdünn, und niemand kann vorhersehen, wo er verläuft.«

James wagte nicht zu sprechen und nickte einfach. Dann steckte er seinem Besucher die Hand entgegen, aber Blade blickte sie nur an wie eine giftige Schlange. Carrel, der Chauffeur am anderen Ende des Zimmers, schüttelte den Kopf und sagte mit einem holländisch klingenden Akzent: »Mr Blade darf nicht berührt werden.«

»Ich riskiere tagtäglich mein Leben, nur dadurch, dass ich das Bett verlasse. Darum muss ich jedes überflüssige Risiko vermeiden.« Blade öffnete beim Sprechen seine schmalen Lippen und entblößte das pinkfarbene Zahnfleisch, aber seine Kiefer bewegten sich kaum. »Sie müssen wissen, dass ich unter einer Krankheit leide, die in angestaubten medizinischen Lexika als *Fibrodysplasia ossificans progressiva* bezeichnet wird – besser bekannt unter der Bezeichnung Münchmeyer-Syndrom.« Als er sah, dass James ihn immer noch genauso ratlos anstarrte wie zuvor, fuhr er fort: »Das Bindegewebe meines Körpers – die Muskeln, Sehnen und Bänder – werden unwiederbringlich Stück für Stück in Knochen umgewandelt. Dieser Prozess lässt sich nicht aufhalten, ja, nicht einmal eindämmen. Jede noch so kleine Verletzung führt automatisch zu weiterer Knochenbildung. Letzten Endes werde ich zum Gefangenen in meinem eigenen Körper, während ein zweites, unförmiges Skelett sich über mein eigentliches schiebt. Wahrscheinlich werde ich irgendwann verhungern, weil meine Kiefer sich nicht mehr bewegen lassen, oder ersticken, weil neue Knochen meine Atemwege versperren. Jedenfalls sind sich die vielen Ärzte, die ich konsultiert habe, sicher, dass ich noch vor meinem vierzigsten Geburtstag tot sein werde. Mir bleiben also vielleicht noch vier bis fünf Jahre.«

»Das tut mir leid«, erwiderte James.

»Unnötig. Das Wissen um meinen unausweichlichen frühen Tod hat mich veranlasst, meine Zeit sinnvoll zu nutzen.« Auf Blades Miene war keinerlei Gefühlsregung zu erkennen – ob er dazu überhaupt in der Lage war? –, aber seine Augen waren ununterbrochen unterwegs, zuckten von hier nach da und versprühten das schreckliche Feuer eines Mannes, der zum Gefangenen seines eigenen Körpers geworden war. »Ich konnte dadurch niemals eine normale Schule besuchen. Darum haben meine Eltern mich von Hauslehrern unterrichten lassen, und ich habe sehr viel gelernt. Vor allem habe ich mich mit Naturwissenschaft und Technologie beschäftigt, die die Werkzeuge hervorbringen, mit deren Hilfe wir die Welt um uns herum verändern und gestalten können.« Blade stützte sich auf den goldenen Knauf seines Gehstocks und beugte sich ein wenig nach vorne. »Ich bin bis an die Grenzen des technisch Machbaren vorgestoßen, um mein Reich zu vergrößern und mein Leben zu verbessern – und wer weiß, vielleicht gelingt es mir dadurch sogar, auch das Leben anderer Menschen zu verbessern.« Er richtete sich auf, und Carrel trat ein Stück vor, als würde er sich darauf gefasst machen, Blade aufzufangen. »Wer weiß ... Wenn ich erst in zwanzig Jahren geboren worden wäre, wäre meine Krankheit vielleicht bereits heilbar. Aber solche frommen Wünsche sind die Zuflucht der geistig Schwachen. Die Starken nehmen das Heft des Handelns selbst in die Hand. Wir müssen das Beste aus unseren Talenten machen, *solange wir können* ... und jede sich bietende Gelegenheit nutzen, um eine bessere Zukunft zu schaffen.«

Dass er die Zukunft erwähnte, erweckte bei James eine Erinnerung aus der Vergangenheit zum Leben. »Mein Vater hat für die Rüstungsfirma Vickers Armaments gearbeitet. Ich weiß noch, dass er einmal von einer Konkurrenzfirma gesprochen hat, die Blade-Rise hieß. Ihre Firma produziert doch Waffen, oder?«

»Ah. Und du fragst dich nun, wie ausgerechnet Waffen eine bessere Zukunft schaffen sollen, nicht wahr?« Blades schmale Lippen dehnten sich zu etwas, was vielleicht ein verschlagenes Lächeln sein sollte. »Bist du vielleicht mit dem sogenannten Vertrag von Versailles vertraut, der das Ende des Ersten Weltkrieges besiegelt hat? Dieser Vertrag untersagt Deutschland jede Form der Wiederbewaffnung. Und doch ist ein gewisser Herr Hitler, der Anführer der Nationalsozialisten, fest entschlossen, eine Luftwaffe aufzubauen und seine Armee zu erweitern. Er spricht von der Notwendigkeit, anderen Nationen ›Lebensraum‹ zu rauben, wenn nötig auch mit Gewalt.« Er klopfte mit seinem Stock auf den Boden. »Der Schatten des Krieges liegt bereits über der Welt. Diese Tatsache zu ignorieren wäre ein schwerer

Fehler, denn der Krieg wird von denjenigen gewonnen, die die beste Ausrüstung besitzen, und der Frieden beruht auf einer angemessenen Abschreckung. Das Erfinden neuer Waffen bedeutet – dank der großen Summen, die dafür bereitgestellt werden – technologischen Fortschritt, von dem letztendlich alle Menschen profitieren.«

»Hat Marcus etwa zusammen mit Dr. Whittaker an einer neuen Waffe gearbeitet, hier in Fettes? In Ihrem Auftrag?« James ließ sich nicht einschüchtern, sondern hielt dem glühenden Blick des Mannes stand. »An einer Waffe, die sich die Energie eines Blitzschlags zunutze macht?«

»Blitzschlag? Falls das ein Scherz sein soll, mein Junge, dann, fürchte ich, beweist er nur einen sehr schlechten Geschmack.« Blade durchbohrte James mit seinen Blicken. »Ganz abgesehen davon, dass es unmöglich ist, vorherzusagen, wo und wann der Blitz einschlagen wird, ist auch die dabei frei werdende Energie viel zu groß, um sie einfangen oder speichern zu können.«

James ließ nicht locker. »Im Augenblick vielleicht schon, aber in der Zukunft …?«

»Ich bin ein Architekt der Zukunft. Wenn du dir die zukünftige Welt ausmalst, dann, so vermute ich, stellst du dir fliegende Automobile vor, einen Roboterdiener in jedem Haus und ganze Städte, die ihre Energie aus Blitzen ziehen.« Blade lächelte schief. »Wohlan, ich fürchte, du würdest enttäuscht werden. In der Zukunft wird es kleinere, elektronische Geräte geben, die sehr viel effizienter betrieben werden können als unsere bisherigen. Unternehmen wie Blade-Rise werden die Welt mit stromlinienförmigeren, stärkeren Maschinen verändern. Automatisierte Fertigungsstraßen werden Massenproduktion möglich machen …«

»Aber woran hat Marcus denn dann gearbeitet?«, fragte James ganz direkt.

Blade hielt inne. »Die Antwort ist tatsächlich sehr banal. Whittaker verfolgt in seiner Freizeit während seiner Lehrtätigkeit hier an der Schule sein Lieblingsprojekt, das heißt, er erprobt eine neuartige Möglichkeit eines elektronischen Schaltkreises. Dadurch würde die komplexe und fehlerbehaftete Verdrahtung per Hand wegfallen. Man müsste nur noch geschmolzenes Metall durch eine Schablone auf eine isolierte Fläche sprühen, und schon hätte man einen elektrischen Pfad.«

»Sie meinen also ...« James versuchte zu verstehen, was Blade gerade gesagt hatte. »Anstatt Messingdrähte auf einer Leiterplatte miteinander zu vernieten, *sprüht* man die Drähte einfach auf?«

»Das wäre sehr viel schneller und einfacher. Und es könnte uns bei etlichen Maschinen, die wir herstellen, von Nutzen sein.« Blade neigte seinen Kopf und seinen Oberkörper etwas nach vorne. »Als Waffe wäre es jedoch wohl kaum zu gebrauchen.«

»Dr. Whittaker hat zu Marcus gesagt, dass das Gewitter für die Erprobung seines Projekts von großer Bedeutung sei. Warum? Und geht die Erforschung dieser Schaltkreise dann mit einem anderen Schüler weiter ...?«

»Die Arbeiten sind abgeschlossen.« Ungeduld, vielleicht auch so etwas wie Ärger, zerrten an Blades Augenbrauen. »Die Ergebnisse werden noch analysiert.«

Marcus ist tot, das ist das Ergebnis, dachte James. »Danke, Sir, dass ... dass Sie meine Fragen beantwortet haben.«

»Keine Ursache.« Blade wandte sich zum Fenster. »Soweit

ich gehört habe, bringt Ihre Tante Sie bald nach Hause, damit Sie sich in etwas angenehmerer Umgebung von alledem erholen können.«

»Alle sagen, dass das das Beste für mich sei«, erwiderte James vorsichtig.

»Oh, das ist es, Bond. Das ist es ganz ohne Zweifel.« Blade beugte sich nach vorne. Wieder verzerrte er seine Lippen bei dem Versuch eines Lächelns. »Erlauben Sie mir, dass ich Ihnen einen guten Rat gebe. Hängen Sie nicht dem Vergangenen nach. Sie haben eine Zukunft vor sich, und das ist eine kostbare Gabe. Verschleudern Sie sie nicht.«

»Ich habe mir fest vorgenommen, meine Zeit so gut wie möglich zu nutzen, Sir«, erwiderte James.

Blade musterte ihn mit scharfen Blicken. »Bestimmt.« Steif und ungelenk drehte er sich zu Carrel um, der ihm entgegenkam, um ihm zu helfen. »Auf Wiedersehen, Bond.«

»Auf Wiedersehen, Sir«, murmelte James.

Carrel hielt Blade die Tür auf, folgte ihm dann nach draußen und ließ die Tür ins Schloss fallen. An einem Haken an der Tür hing ein Kleiderbügel mit einer alten Uniform des Kadettenkorps.

Ich habe erfahren, dass ich nicht eingezogen werde, hatte Marcus gesagt. Und jetzt war er tot. Jede Entscheidung und jedes Talent war ihm genommen worden.

Er war nicht zum Kämpfen bestimmt gewesen.

»Im Gegensatz zu mir«, flüsterte James.

In der Stille und Einsamkeit seines Krankenzimmers dachte James an die hinkende Gestalt von Hepworth Maximilian

Blade. Er ließ sich alles durch den Kopf gehen, was er wusste und was er unternehmen konnte, um seinen Verdacht zu bestätigen.

Als Perry nach dem Unterricht noch einmal bei ihm vorbeischaute, fühlte James sich schon besser und so wach wie schon lange nicht mehr. Schnell berichtete er seinem Freund von dem Besucher.

»Ich habe schon etliches über Blade-Rise gehört«, sagte Perry. »Meine Tante und mein Onkel haben ein Ferienhaus in Scheveningen. Das liegt bei D-D-Den Haag, und bei jedem Besuch fängt Onkel George irgendwann an, alle mit seinen Geschichten über den alten Blade zu langweilen, weil der jedes verfügbare Stück Land aufkauft, um es mit seinen Fabriken vollzupflastern.«

James nickte. »Ich frage mich wirklich, wieso jemand wie Blade seine Gesundheit aufs Spiel setzen sollte, nur um mich zu besuchen.«

»Er hat sich wahrscheinlich mit Captain Hook getroffen, wegen dieses Schaltkreis-D-D-Dingsbums«, meinte Perry. »Stephensons Tod war bestimmt nicht beabsichtigt. Wahrscheinlich wollte Blade nur s-s-sichergehen, dass du dich an die Geschichte mit dem Blitzschlag hältst.«

»Und dass ich schon bald nach Hause fahre, um mir ein bisschen Ruhe zu gönnen«, fügte James hinzu. »Tja, das können sie vergessen.«

Perry blickte ihn fragend an. »Aber deine Tante ...«

»Sie wird auf mich hören«, war James sich sicher. »Marcus wurde ermordet. Vielleicht war es keine Absicht, aber es war trotzdem Mord. Die offizielle Todesursache aber wird ein Schülerstreich sein – der angeblich meine Idee war.«

»Da haben sie sich den Falschen ausgesucht«, sagte Perry und lächelte. »Stimmt's?«

»Stimmt ganz genau«, meinte James. »Ich werde herausfinden, was da wirklich passiert ist. Blade hat etwas Wahres gesagt: Wer stark ist, nimmt die Dinge selbst in die Hand.«

KAPITEL 7

KONFRONTATION

Am nächsten Tag wurde James von der Oberschwester offiziell für gesund erklärt – oder zumindest für nicht mehr schwer krank. Charmian, die im Sheep Heid Inn in Duddingston abgestiegen war, wurde informiert und kam unverzüglich nach Fettes, um ihn abzuholen. James schlug ihr vor, noch einen Spaziergang über das Schulgelände zu unternehmen.

Die übrigen Schüler und die Lehrer waren beim Unterricht, daher war es sehr ruhig. Das Jahr neigte sich bereits dem Ende entgegen, und der kalte, graue Tag war ein Vorbote des herannahenden Winters. Sogar die blitzblank polierte Karosserie von Whittakers Rolls-Royce konnte sich nur mühsam ein schwaches Schimmern abringen. Drei große, graue, unbeschriftete Lastwagen umringten den Rolls, und der Eckturm der Dachkammer war mit einem Gerüst versehen worden. Arbeiter kletterten daran hinauf und herunter, wie Matrosen in der Takelage. Sie hatten auch die Fenster ausgebaut, so dass sie alle möglichen Geräte mit Hilfe eines Flaschenzuges aus der Kammer herausholen konnten.

»Dort oben ist es passiert.« Die Wut versetzte James einen schmerzhaften Stich. »Dort hat Marcus Whittaker geholfen.«

»Sie räumen alles aus«, bemerkte Charmian. »Und genau das wirst du jetzt auch machen, und zwar mit deinem verlotterten Schlafabteil.«

»Tante Charmian, ich möchte hierbleiben.« James blieb stehen und wandte sich ihr zu. »Bitte, kann ich nicht bis zum Ende des Trimesters hier bei meinen Freunden bleiben?«

Sie musterte ihn mit skeptischen Blicken. »Du willst wirklich nicht weg, nach allem, was passiert ist?«

»Ich habe vielleicht den einen oder anderen Fehler gemacht«, erwiderte James vorsichtig, »aber ich möchte auch nicht vor den Konsequenzen weglaufen. Jetzt, wo ich wieder gesund bin, würde ich wirklich sehr gerne hierbleiben.«

»Du würdest also sehr gerne an der Schule verweilen?« Charmian sah ihn kurz an und lächelte dann liebevoll. »James Bond, du verblüffst mich immer wieder aufs Neue. Besser gesagt: Du beeindruckst mich.« Sie hängte sich bei ihm ein. »Ich informiere den Direktor, dass ich mich entschlossen habe, dich hierzulassen. Zumal ich dich in wenigen Wochen ja ohnehin zu sehen bekomme.«

James nickte und lächelte, so gut er konnte, aber innerlich wurde seine Stimmung genauso trüb wie der Himmel. *In wenigen Wochen … Nicht viel Zeit, um herauszufinden, was hier eigentlich los ist.*

Am nächsten Tag nahm James die Schülertreppe, die hinauf zum Chemiesaal führte. Es war noch früh am Morgen. Sein Stundenplan kannte kein Erbarmen, und so musste er wieder eine kalte Dusche und einen leeren Magen in Kauf nehmen, während er sich für die ersten Unterrichtsstunden des Tages fertig machte. Aber heute, da war James sich ganz sicher, bestand endlich einmal keine Gefahr, dass er wieder einschlafen würde. Sein Herz klopfte heftig. Eine Begegnung mit Whittaker stand unmittelbar bevor, und damit die Chance, mehr über dessen Verbindungen zu Blade-Rise Industries zu erfahren.

Der Direktor hatte sich allem Anschein nach darüber gefreut, dass James bleiben wollte, und ihn zu einer kurzen Belehrung in sein Büro zitiert: »Niemand von uns kennt Gottes Plan, Bond«, sagte er mit fester Stimme. »Wir wissen nicht, warum Stephenson von uns genommen wurde. Aber wir alle müssen unserer christlichen Pflicht gerecht werden – und deine Pflicht ist es, dir selbst zu verzeihen. Dich voll und ganz deiner moralischen Gesundung und dem allgemeinen Wohlergehen der Schule zu widmen.«

Und Antworten zu suchen, fügte James im Stillen hinzu. *Und auch – ja, warum soll ich es nicht zugeben? – Rache.*

Bereits an der Tür zum Chemiesaal empfing ihn der typische, beißende Geruch. Von seinen Mitschülern war noch keiner dort, genau wie er gehofft hatte. Nur Whittaker war bereits da und beugte sich über seinen Schreibtisch am Fenster, um eine flache Bakelit-Platte zu begutachten. Sie war ungefähr so groß wie eine Zigarettenschachtel und mit silbrigen Fäden überzogen. Auf der anderen Seite der Platte ragten zahlreiche kleine Teilchen hervor, die durch Lötverbindungen zu einem Netz zusammengefügt worden waren.

»Bitte entschuldigen Sie, Sir«, sagte James und musste an Blades erklärende Worte vom gestrigen Tag denken. »Ist das eine elektrische Leiterplatte?«

Whittaker hob ruckartig den Kopf und seine künstliche

Hand. »Das geht dich verdammt nochmal einen feuchten Kehricht an, Junge.«

James versuchte, sich nichts anmerken zu lassen. »Gestern hat Mr Blade gesagt, dass Sie und Stephenson daran gearbeitet haben.«

»Die Arbeit ist abgeschlossen«, entgegnete Whittaker. »Stephenson war ein kluger Kopf – ihm konnte man wenigstens etwas beibringen, im Gegensatz zu dem restlichen Fußvolk an dieser Schule …« Er musterte James mit verächtlichen Blicken von Kopf bis Fuß. »Setz dich, Bond. Du bist heute zum ersten Mal wieder im Unterricht, aber falls du glaubst, ich würde dir den Rohrstock ersparen, dann hast du dich getäuscht. Ich weiß genau, welches Unheil du angerichtet hast. Also, um Gottes und um deiner selbst willen, sprich nur, wenn du angesprochen wirst.«

Während der Saal sich langsam mit Schülern füllte, nahm Whittaker die Leiterplatte und legte sie vorsichtig in seine Aktentasche.

»Entschuldigung, Sir.« James ging zu seinem Platz. Er spürte die Blicke seiner Klassenkameraden und ignorierte sie, so gut es ging. Der Unterricht musste eigentlich jeden Moment beginnen, doch Whittaker starrte immer noch mit verhärmter Miene zum Fenster hinaus.

Eine Minute später kam Herta mit einem Papierstapel in der Hand zur Tür hereingestürmt. Sofort hing auch ihr frischer Maiglöckchenduft in der Luft. James' Herz schlug unverzüglich schneller, aber aus einem ganz anderen Grund als das der anderen Jungen. Die setzten sich schlagartig alle auf und starrten Herta an – die einzige Frau an der ganzen Schule. Sie jedoch blickte zu James herüber, zwinkerte ihm zu und grinste ihn an, während sie die Papiere auf Whittakers Schreibtisch ablegte. James spürte genau, wie die anderen ihn anstarrten.

»Ich habe hier ein paar Zahlen, die Sie sich einmal ansehen sollten«, sagte Herta, als sei sie die Lehrerin und Whittaker ihr Laufbursche.

Whittaker hob den Blick. »Ach, tatsächlich?«

»Damit ich sie in den Bericht heute Abend aufnehmen kann.«

»Nun gut. Aber jetzt müssen Sie mich entschuldigen ... Ich muss versuchen, die Gehirne, über die meine Schüler angeblich verfügen, irgendwie für die Naturwissenschaften zu erwärmen.«

»Selbstverständlich.« Auf dem Weg zur Tür warf Herta James ein erneutes Lächeln zu. Ein paar der anderen Jungen murrten verärgert, und James spürte, wie ihm ein Lineal in den Rücken gedrückt wurde.

»Schluss jetzt.« Whittaker holte tief Luft und stieß den Atem dann wieder aus. »Also, kann mir jemand verraten, wie man die Flugbahn eines Artilleriegeschosses ermitteln kann, wenn Gewicht, Geschwindigkeit und Abschusswinkel gegeben sind? Nun?«

Ein Junge namens Hazel meldete sich. »Man teilt die Startgeschwindigkeit in zwei Vektoren auf, nämlich Geschwindigkeit und Richtung, und dann kann man mit Hilfe der trigonometrischen ...«

James meldete sich ebenfalls, und Whittaker sah ihn an. »Wo wir gerade von Granaten sprechen, Sir, stimmt es eigentlich, dass Deutschland sich gerade wiederbewaffnet?«

»Natürlich stimmt das. Und sollte tatsächlich wieder ein Krieg ausbrechen, dann werden Sie schnell feststellen, dass die Mittel und die Art und Weise der Kriegsführung nicht mehr mit denen vor zwanzig Jahren zu vergleichen sind.«

»Soweit ich es verstanden habe, haben die Kanoniere in der Regel einfach geschätzt, wenn sie eine Granate abgefeuert haben«, fuhr James fort. »Um in die Schützengräben zu treffen, war eine hohe Flugbahn erforderlich, und um einen Bunker zu zerstören, eine sehr flache.«

»Soweit du ... *verstanden hast*?« Whittaker durchbohrte ihn mit tödlichen Blicken. »Was *verstehst* du denn schon, du verwöhntes Bürschchen? *Verstehst* du, was es heißt, in diesen Schützengräben zu leben, Nacht für Nacht, während ringsumher Granaten explodieren? Wahrscheinlich *verstehst* du auch, wie es ist, wenn einem eine Hand abgetrennt wird ... Der Schmerz, das abgrundtiefe Entsetzen beim Blick auf den Stumpf, der einst ...« Er schloss die Augen und biss sich auf die Lippe. Seine Stimme zitterte. »Eine gewisse Kenntnis der Fakten, Bond, ist etwas ganz anderes als wirkliches Verstehen.«

James merkte, dass seine Wangen glühten. Mit solch einer heftigen Reaktion hatte er nicht gerechnet. Und Whittaker war immer noch nicht fertig mit ihm. Er nahm ein Buch von seinem Schreibtisch und blätterte darin herum.

»Ah, ja. Hier haben wir die chemische Formel von Senfgas, das auf den Schlachtfeldern des Weltkrieges eingesetzt wurde: C_4H8Cl_2S.« An seiner Schläfe war eine dicke, pulsierende Ader hervorgetreten. »Hier. *Verstehst* du jetzt, was Senfgas ist, Bond? Verstehst du die Schmerzen, wenn die Haut Blasen wirft und verbrennt, wenn die Atemwege beginnen zu schmelzen, wenn sich Geschwüre auf den Augen bilden?«

»Nein, Sir«, erwiderte James leise. »Ich wollte nicht ...«

»Du schreibst jetzt das Verfahren von Despretz zur Synthetisierung von Senfgas, also die Hinzufügung von Ethylen zu Schwefeldichlorid, ab, und zwar fünfhundertmal. Bis zum Mittagessen bist du damit fertig.« Whittaker ließ das Buch auf James' Tisch fallen. »Hast du das *verstanden*?«

James blickte in die dunklen, hervorstehenden Augen, die schon so vieles gesehen haben mussten, in die Augen, die den schreienden Marcus hatten sterben sehen.

»Sie bekommen alles, was Sie verlangt haben«, erwiderte James. »Sir.«

Am zweiten Tag nach seiner Rückkehr in den Alltagstrott der Schule wurde James für gesund genug erklärt, um den Quarry Circle in Angriff zu nehmen – drei Meilen durch eine bewaldete Hügellandschaft. Es tat gut, sich wieder einmal richtig zu bewegen, nur auf die Atmung, die Schritte, das Tempo zu achten. Das war etwas, was ganz allein in seiner Hand lag.

Die Landschaft schien sich in den wenigen Tagen seiner Bettlägerigkeit spürbar verändert zu haben. Das leuchtend rote Herbstlaub war vom Westwind von den Zweigen gefegt worden, so dass die Bäume jetzt stumm und kahl im *Haar* standen, wie der Ozeannebel genannt wurde, der über dem Firth of Forth, jenem weit ins Land hineinragenden Meeresarm vor Edinburgh, hing. James zitterte, während der Nebel sich auf seinen weißen Shorts, seinem Hemd und seinem Trikot niederschlug. Seine braunen Strümpfe waren schon völlig durchnässt, und seine Schuhe mit Matsch bedeckt.

Da hörte er, wie sich von hinten jemand näherte, und

zwar im Sprinttempo ... Aber wieso? Es war doch noch viel zu weit bis zum Ziel ...?

Die Antwort war schmerzhaft. James wurde von hinten angefallen und mit einem krachenden Rugby-Tackling auf den nassen Boden geworfen. Er rang um Atem und wollte den Kopf heben, aber der Angreifer hatte sich auf seinen Rücken gehockt und ihn an den Haaren gepackt. Jetzt drückte er sein Gesicht in den Matsch. James wand und wehrte sich nach Kräften – bis jemand anders ihn an den Armen packte und sie ebenfalls zu Boden drückte, so dass er sich überhaupt nicht mehr bewegen konnte. Er wollte schreien, doch der nasse Schlamm blockierte Mund und Nase. Er musste beinahe würgen, so eklig schmeckte es. Der Druck auf seinen Hinterkopf wurde immer stärker. Sein ganzes Gesicht versank im Matsch, und er drohte zu ersticken.

Wie weit werden sie wohl gehen?, fragte er sich. Hatte Whittaker ihn in diesen Hinterhalt gelockt? Oder Herta? James entspannte alle Muskeln, stellte sich bewusstlos und hoffte, dass die Angreifer den Druck ein wenig lockerten. Er versuchte, keine Reaktion zu zeigen, als sie ihn an den Haaren packten und seinen Kopf aus dem Schlamm hoben, doch im nächsten Augenblick empfing er einen Tritt in die Rippen und bäumte sich auf vor Schmerz. Nasser Schlamm rann ihm aus dem Mund, und er drehte sich auf den Rücken.

Keuchend und nach Luft schnappend wischte er sich den Matsch aus den Augen und stellte fest, dass er von vier Primanern umringt wurde. Er hatte sie schon gelegentlich gesehen. Sie wohnten im gleichen Haus, in dem auch Marcus gewohnt hatte, und waren ebenfalls ›Mods‹ – auch sie hatten sich für das Studium der Naturwissenschaften und gegen die Klassiker entschieden.

»Da ist er ja.« Der Größte und Kräftigste von ihnen, ein schottischer Bursche namens Dockerill, blickte verächtlich auf ihn herab. »Der kleine Schwachkopf, der schuld ist an Stephensons Tod.«

»Das ist nicht wahr.« Schwer atmend hob James den Blick. »Ich habe überhaupt nichts damit zu t...«

»Lügner.« Ein kleinerer Junge, dessen Namen James nicht kannte, trat ihn erneut in die Rippen.

James rollte sich beiseite und nahm dem Tritt dadurch die Wucht, aber er schrie laut auf wie nach einem sehr schweren Treffer. Die Angreifer waren vier gegen einen und fühlten sich vermutlich ohnehin schon überlegen. Er wollte sie noch überheblicher machen, wollte, dass sie ihr Opfer für schwach hielten. »Wenn ich's doch sage ... Ich habe nichts damit zu tun.«

»Dich haben sie doch schon in Eton rausgeschmissen, oder?«, sagte einer der anderen, ein blonder, stupsnasiger Kerl namens Ibbotson. »Wieso eigentlich? Hast du dort vielleicht auch jemanden in den Tod getrieben?«

»Stephenson war an dem Abend bei Whittaker ...«, brachte James mühsam hervor. »Ich habe ihn auf dem Schulgelände entdeckt ... Er war schwer verletzt ...«

»Du willst uns also immer noch dieses Märchen aufbinden?« Dockerill kam näher. »Der Blitz hat dir wohl wirklich die Gehirnzellen versengt, was? Aber nur keine Sorge. Ich schätze, wir können dir wieder ein bisschen Vernunft einbläuen.«

»Schätze ich auch«, sagte der Junge, der hinter ihm stand.

James stemmte sich auf die Ellbogen und blickte sich

hastig um. Welche Möglichkeiten hatte er? Er hörte keine anderen Läufer im Nebel näher kommen. Vielleicht schickte ja ein weiteres Mitglied der kleinen Bande alle anderen in die falsche Richtung?

Dockerill und seine Freunde schlossen den Kreis jedenfalls immer dichter. Einer der Jungen holte mit dem Bein aus, um James einen Tritt gegen den Schädel zu verpassen ...

KAPITEL 8

VERBÜNDETE UND FEINDE

James griff sich eine Handvoll Schlamm und schleuderte ihn Dockerill und Ibbotson mitten ins Gesicht. Sie wichen unwillkürlich ein Stück zurück, und James nutzte die Gelegenheit, um sich mit einer blitzschnellen Rückwärtsrolle vom Boden abzustoßen und seinem Angreifer mit beiden Füßen in die Magengrube zu treten. Der Bursche klappte zusammen wie ein Taschenmesser und blieb schreiend auf dem Boden liegen.

Jetzt stürmte das vierte Mitglied der kleinen Jagdgesellschaft auf James los. Dabei schwang er einen abgerissenen Ast wie einen Baseballschläger durch die Luft. James duckte sich, und der Ast zischte an seinem Gesicht vorbei. Im Gegenzug traf seine Handkante mit voller Wucht das Handgelenk des Angreifers. Dieser ließ den Ast mit einem Aufschrei fallen, und James versetzte ihm noch einen kräftigen Aufwärtshaken an das Kinn, so dass er, alle viere von sich gestreckt, im Schlamm landete.

Dockerill stieß ein wütendes Schnauben aus und stürmte los. *Du bist der Anführer. Dich gilt es zu schlagen,* dachte James. Er drehte sich um und rannte los, als wollte er fliehen. Dockerill nahm sofort die Verfolgung auf. James hatte einen Plan, der allerdings ganz genau aufgehen musste, wenn er Erfolg haben wollte. Er nahm Kurs auf einen tiefhängenden Ast, der aussah, als könnte er sein Gewicht tragen, und verlangsamte seine Schritte, damit Dockerill aufholen konnte. Dann, plötzlich und unerwartet, sprang James ab. Er packte den Ast mit beiden Händen und landete mit einem eleganten Felgaufschwung auf dem Ast. Dockerill kam direkt unter ihm zum Stehen. James rammte ihm beide Beine in den Rücken und stieß ihn zu Boden.

Mit einem Mal waren die Rollen vertauscht. Jetzt drückte James Dockerill das Knie in den Rücken und presste seinen Kopf in den Schlamm. Einen kurzen Augenblick lang war er versucht, dem anderen ein paar harte Faustschläge zu verpassen, seine ganze Enttäuschung und seine Traurigkeit an ihm auszulassen. Doch dann wurde ihm klar, dass Dockerill ihn vermutlich nur deshalb überfallen hatte, weil es ihm ganz ähnlich ging.

Er beugte sich nach vorne und zischte Dockerill ins Ohr: »Ich habe nichts mit Stephensons Tod zu tun. Aber wenn du noch ein Mal so was versuchst, dann kannst du dich auf was gefasst machen.«

Jetzt brachen auch Ibbotson und die anderen durch das Dickicht. James rappelte sich auf und rannte durch den nebligen Wald. Die Wirkung des Adrenalins ließ langsam nach, auch wenn er den Nachgeschmack immer noch am Gaumen spürte. Er rannte weiter, bis er die Ausläufer des Schulgeländes erreicht hatte. Er fühlte sich schwach und hatte dröhnende Kopfschmerzen. *Ich habe mich viel zu früh verausgabt,* wurde ihm klar, und er verlangsamte seine Schritte. Vor ihm tauchte eine Hütte auf. Schwer atmend lehnte er sich dagegen, kämpfte gegen die aufsteigenden Schwindelgefühle an ...

Und erstarrte, als eine großgewachsene Gestalt aus dem Nebel auftauchte. Es war ein Mann in einem zerknitterten, grauen Mantel, mit Glatze und zerfurchtem Gesicht. Er hatte die Augen zu schmalen Schlitzen zusammengekniffen, als ob er nur mit Mühe an der Knollennase vorbeischauen konnte, die den unübersehbaren Mittelpunkt seines Gesichts bildete. »Oooch«, sagte der Mann. »Nicht du schon wieder.«

Da wurde James schlagartig klar, wo er war. »Sie sind der Gärtner«, sagte er erleichtert. »Sie haben Stephenson und mich gefunden. Wer weiß, vielleicht wäre ich gar nicht mehr am Leben, wenn Sie nicht ...«

»Du verdammter Idiot. Glaubst du vielleicht, es hat mir Spaß gemacht, mitten in der Nacht über zwei leblose Burschen zu stolpern?« Als er sah, dass James sich nur schwankend auf den Beinen halten konnte, wurde seine Stimme ein wenig sanfter. »Du siehst nicht gut aus, Kleiner. Am besten kommst du für einen Moment rein. Ich will dich schließlich nicht schon wieder irgendwo vom Rasen aufklauben.«

In der Hütte brannte eine Paraffinlaterne, und es roch nach Erde und Tabakrauch. Die Einrichtung des Gärtners sah genauso abgewetzt und verschlissen aus wie er selbst. Ein alter Hutständer krümmte sich unter der Last zahlreicher Umhänge und Mäntel. Daneben gab es noch Töpfe und Gartenwerkzeuge, einen Radioempfänger und einen uralten Sessel. Schlüssel in allen Größen hingen an verschiedenen Wandhaken, und auf der Werkbank in der Ecke stand eine antiquierte Schlüssel-Fräsmaschine, umgeben von einer Handvoll Schlüsselrohlinge.

»Du siehst ganz so aus, als könntest du ein Schlückchen

von dem hier vertragen.« Der Gärtner kippte ein wenig Whisky in ein angeschlagenes Glas und reichte es James.

James nippte höflich daran, dann verzog er das Gesicht. Es schmeckte nach Torf, aber die wärmende Wirkung des Getränks war durchaus angenehm. »Woher haben Sie denn gewusst, dass Marcus und ich um diese Zeit noch da draußen waren?«, erkundigte er sich.

»Ich habe einen Anruf bekommen, auf dem Telefonapparat in meiner Hütte.« Das Wort »Telefonapparat« betonte der Gärtner so, als ob es sich um ein gefährliches Instrument handelte, dem nicht so recht zu trauen war. »Ausgerechnet von einem Mädchen, und das zu nachtschlafender Zeit! Eines der Hausmädchen, nehme ich an, die nichts Schickliches im Sinn hatte. Sie hat gesagt, dass sie glaubt, gesehen zu haben, wie zwei Jungen vom Blitz getroffen wurden ...«

Es war vermutlich sinnlos, ihm zu sagen, dass das »Hausmädchen« gelogen hatte. Darum meinte James: »Tja, ich würde mich sehr gerne bei ihr bedanken. Wissen Sie vielleicht zufällig, wer sie war?«

»Keine Ahnung.« Der Gärtner schnaubte und schüttelte den Kopf. »Aber sie hatte einen ausländischen Akzent. Könnte eine Deutsche gewesen sein. Jedenfalls hat sie bessere Augen als ich, egal woher sie stammt. Ich habe nämlich keinen Blitz gesehen. Und auch keine Stelle, wo er eingeschlagen hat.«

James beugte sich nach vorne. »Haben Sie das auch der Polizei erzählt?«

»Aye, natürlich.« Der alte Mann sah aus, als fühlte er sich angegriffen. »Wofür hältst du mich denn, Kleiner? Ich nehme an, sie haben selber mit dem Hausmädchen geredet ...«

»Ich kenne gar keine ausländischen Hausmädchen.«

James sprach seine Gedanken laut aus. »Aber es könnte Miss Axmann gewesen sein, die junge Frau, die Dr. Whittaker behilflich ist.«

»Weiß ich nichts davon.« Noch ein Schnauben, dieses Mal verächtlich. »Dieser Whittaker … Ein Spinner durch und durch. Wie viele Stunden ich damit zugebracht habe, die alte Werkstatt hinter der Schule nach seine Vorstellungen umzumodeln, alles neben meinen sonstigen Pflichten … Und wofür? Der Mann ist doch vollkommen von Sinnen.«

»Wieso?«

Der Gärtner legte die Stirn in Falten. Wahrscheinlich war ihm gerade eben bewusstgeworden, dass er mit einem Schüler über einen Lehrer plauderte. »Na, komm schon, Kleiner. Wenn's dir wieder bessergeht, dann machst du dich am besten auf den Weg. Und bleib heute Nacht lieber im Bett.«

»Natürlich«, meinte James zustimmend. *Aber diese Werkstatt, die Sie für Whittaker ausgebaut haben, die würde mich sehr interessieren.* »Vielen Dank.«

Er verließ die Hütte und joggte zum Haus Glencorse, wo die anderen Jungen bereits unter der Dusche standen.

Später am Nachmittag ging James noch einmal nach draußen. Hinter dem Schulgebäude war ihm schon vor einiger Zeit ein größerer Schuppen aufgefallen – das musste die Werkstatt sein, von der der Gärtner gesprochen hatte. Bald hatte er das einstöckige Backsteinhäuschen zwischen den Bäumen entdeckt. Die Fenster waren mit schwarzer Farbe undurchsichtig gemacht worden, und ein Vorhängeschloss sicherte die Tür. Was mochte sich wohl dahinter verbergen?

Er wandte sich von der Tür ab und … Hatte sich da etwas

bewegt? Hinter einem Fenster oben im dritten Stock des Schulgebäudes? Hatte ihn von dort jemand beobachtet und sich dann blitzschnell wieder zurückgezogen?

Mit einem unguten Gefühl in der Magengegend kehrte James in sein Schlafabteil zurück.

Nachdem er die ganze Nacht gegrübelt hatte, beschloss er, den Gärtner noch einmal aufzusuchen. Der Alte hatte doch gesagt, dass er keinen Blitz gesehen hatte. Diese Tatsache hatte die Polizei offensichtlich ignoriert. Wenn James ihn irgendwie dazu bringen konnte, noch einmal auszusagen, und wenn seine eigene und die Aussage des Gärtners übereinstimmten ... Und wenn er irgendwo den Schlüssel für die Werkstatt auftreiben konnte ...

Beim Frühstück schnappte James sich sein Butterbrot und stahl sich davon. So schnell er konnte, rannte er zu der Hütte, nur um festzustellen, dass sie fest verschlossen war. Er spähte durch die verschmierten Fenster, aber der Hutständer war leer und der Sessel verschwunden.

Erst jetzt fiel ihm der unbeschriftete Briefumschlag auf, der unter dem Fenster im Holz klemmte. Er riss ihn auf und zog ein einzelnes Blatt Papier hervor. Darauf prangten zwei Wörter:

Vorhersehbar, Bond

Ein kalter Schauer lief James den Rücken hinab. *Wenn mich wirklich jemand vor der Werkstatt gesehen hat,* überlegte er, *dann kann derjenige sich bestimmt denken, von wem ich davon erfahren habe.*

Er lief zurück zum Hauptgebäude, drückte die schwere

Holztür auf und steuerte den Empfang der Schule an. Die Frau hinter dem Tresen musterte ihn mit stahlhartem Blick.

»Der Gärtner«, keuchte James. »Ich ... Ich muss ihm was Wichtiges sagen.«

»Mr Peters hat uns heute Morgen in aller Frühe verlassen«, sagte sie.

»Verlassen?« James legte die Stirn in Falten. »Aber ich habe ihn gestern noch gesehen und ... es ist wirklich wichtig. Ich muss ihn sprechen.«

»Warum?« Doch schon eine Sekunde später schüttelte sie den Kopf, als würde die Antwort sie ohnehin nicht interessieren. »Ich kann dir nicht sagen, wann er wiederkommt. Es hat einen Todesfall in seiner Familie gegeben. Alles sehr plötzlich.«

Mit einem Mal fing James an zu frösteln. »Ja. Sehr plötzlich ...«

Da fiel sein Blick auf die Empore über dem Foyer. Dort stand Herta und beobachtete ihn. Sie lächelte mit vorgerecktem Kinn, drehte sich um und verschwand im Schatten.

KAPITEL 9

ERMITTLUNGEN

Die Nächte wurden länger, die Tage kälter, und endlich war es so weit: Die Weihnachtsferien standen vor der Tür. James und Perry hatten zwei Fahrscheine für den Nachtzug am 19. Dezember 1934 um 19.55 Uhr in der Tasche, der sie nach London bringen sollte. Von dort würden sie dann bis nach Canterbury weiterreisen, wo Charmian sie abholen wollte. Die letzten Kilometer bis Pett Bottom würden sie mit dem Automobil zurücklegen.

So war es jedenfalls geplant gewesen.

Stattdessen saßen James und Perry jetzt in einem gestohlenen Rolls-Royce und fuhren genau in die entgegengesetzte Richtung. Ihr Ziel war ein kleines Dörfchen in Stirling. In der eisigen Ferne bildeten die runden, vom Mond beschienenen Felskuppen der Trossachs den Horizont.

»Das nenne ich mal einen gelungenen Ferienbeginn, was, James?«, sagte Perry auf dem Beifahrersitz.

James gab keine Antwort. Er sah nach, ob der Hebel oberhalb des Lenkrads immer noch auf höchsten Komfort bei größtmöglicher Geschwindigkeit eingestellt war, und ließ sich noch einmal alle bisherigen Ereignisse durch den Kopf gehen.

Die ziehenden Schmerzen in seinen Schultern, während

er das Lenkrad festhielt, waren hauptsächlich auf die vielen Schularbeiten zurückzuführen, die er hatte nachholen müssen. Die niedrigen Tische und die Holzstühle waren so unbequem, dass man davon automatisch einen sogenannten »Fettes-Buckel« bekam.

Und obwohl es ihm nicht den geringsten Spaß gemacht hatte, hatte James sich größte Mühe gegeben, alle Schulregeln einzuhalten. Es war die einzige Möglichkeit gewesen, das Misstrauen seiner Beschatter zu ersticken. Herta war ohne Zweifel der Kopf dieses improvisierten Spionagerings, und sie bediente sich einer sehr wirkungsvollen Taktik: Sie spannte immer wieder andere Jungen für ihre Zwecke ein, entweder mit Hilfe von Bestechung oder ihres Charmes, so dass James nie genau wusste, ob und von wem er womöglich gerade beobachtet wurde.

Trotz der Maske des Musterschülers hatte James seine eigenen Ermittlungen weiter vorangetrieben. Perry konnte sich unbeobachtet auf dem Schulgelände bewegen. Er hatte ein paar wichtige Informationen gesammelt und war mit Feuereifer bei der Sache.

Einmal waren sie sich »rein zufällig« hinter dem Schießstand über den Weg gelaufen. »Whittakers Zimmer liegt im zweiten Stock, Bond«, hatte Perry berichtet. »Ich habe ein paarmal die Klinke gedrückt, aber es ist immer abgeschlossen. Und Herta, tja – jetzt, wo das Laboratorium fast v-v-vollständig ausgeräumt ist, haben sie sie in der D-D-Dachkammer untergebracht, weit weg von allem. Die Pedells patrouillieren durch die Treppenhäuser. Sie finden es ausgesprochen ungehörig, dass bis auf den alten Hook niemand nach oben gehen darf.«

»Ich glaube kaum, dass er dabei romantische Interessen

im Sinn hat«, hatte James geantwortet. »Sie führen das geheime Projekt fort, das Projekt, das Stephenson das Leben gekostet hat …«

Wer wird wohl noch im Namen dieses Projektes sterben müssen? Diese Frage ließ James nicht los.

Im Speisesaal saß Herta für gewöhnlich etwas abseits und beobachtete James mit kühlem Blick, während dieser schweigend sein Essen zu sich nahm. Die Augen der anderen Jungen huschten immer wieder zu ihr hinüber – wie Fliegen, die von reifem Obst angezogen werden –, während die Lehrer sie nur missbilligend musterten. Doch Herta schien sich von alledem nicht im Geringsten stören zu lassen und saß mit regungsloser Miene da.

Eines Abends war James auf dem Weg nach draußen bei ihr stehen geblieben und hatte sie gefragt: »Warum bist du eigentlich hier?«

Das Lächeln auf ihrem puppigen Porzellangesicht wirkte wie aufgemalt. »Ich esse, James.«

»Ich meine, wie kommt es, dass du für Dr. Whittaker arbeitest? Wirst du von Mr Blade bezahlt?«

»Ich arbeite nicht für Blade-Rise. Man könnte vielleicht sagen, dass ich eine Leihgabe bin.« Herta stand auf und zog ihre schmalen Augenbrauen in die Höhe. »Du stellst viele Fragen, James. Das ist gut für einen forschenden Geist. Aber du solltest unbedingt lernen, rechtzeitig damit aufzuhören.«

James sah ihr nach. »Verlass dich nicht darauf«, murmelte er leise vor sich hin. All die versteckten Drohungen, die Hinweise auf eine Verschwörung … Sie machten ihn nur noch entschlossener, nach Antworten zu suchen.

Im Verlauf der folgenden Tage war James immer wieder,

während Hertas Spione hoffentlich mit ihren eigenen Angelegenheiten beschäftigt waren und Whittaker Unterricht halten musste, zu dessen Zimmer hinaufgehuscht. Aus der leerstehenden Gärtnerhütte hatte er sich bereits ein paar Schlüsselrohlinge besorgt. Er schwärzte den glatten Schlüsselbart an einer Kerzenlaterne, die auf der Treppe zum zweiten Stock stand, und steckte ihn anschließend in Whittakers Schlüsselloch. Dann versuchte er, ihn zu drehen, und stieß gegen einen Widerstand. Als er den Rohling wieder herauszog, hatten die Zapfen des Schlosses Kratzspuren im Ruß hinterlassen. Jetzt wusste er genau, wo er feilen musste, damit der Schlüssel passte. Nach vier heimlichen Besuchen hatte der Nachschlüssel langsam Gestalt angenommen. Doch James war auf der Hut. Er wusste schließlich, dass er genau beobachtet wurde.

Als er nach seinem vierten Beutezug wieder zurück in die Bibliothek kam, saß Herta auf seinem Platz. »Wo hast du denn gesteckt, Bond?«, sagte sie. »Deine Sachen haben unbeaufsichtigt hier gelegen. Ich habe mir schon Sorgen gemacht.«

James erwiderte mit zusammengebissenen Zähnen: »Ich war nur bei der Oberschwester, um mir ein paar Aspirin zu holen. Ich brauche keine Aufpasserin.«

»Aber du musstest in letzter Zeit so viel durchmachen. Und du hast Kopfschmerzen, wie du selbst sagst.« Sie zeigte auf einen großen, untersetzten Jungen, der neben einem Fenster stand und wartete. »Ich habe Hazel gebeten, ein bisschen auf dich achtzugeben.«

James starrte Hazel an, der Hauspräfekt von Glencorse und Stammspieler des Fettes-Rugby-Teams war. »Das ist nicht nötig.«

»Der Wunsch einer Dame sollte dir Befehl sein.« Hazel klopfte ihm mit einem überlegenen Lächeln auf die Schulter. »*Numquam Onus*, Bond, weißt du noch? Keine Mühe ist zu ...«

»Großer Laster, James!« Perrys Stimme holte James zurück in die Gegenwart. Hinter einer Kurve war ein Lastwagen auf der schmalen Straße aufgetaucht. James bremste und fuhr auf die Grasböschung, damit der Laster passieren konnte. Unter lautem Hupen rumpelte er an ihnen vorbei in die Nacht.

»Hui!« Perry hockte grinsend auf der Kante des weichen, ledernen Beifahrersitzes. »Das war knapp!«

James sagte gar nichts, sondern gab Gas. Dabei stellte er fest, dass der Motor zu klopfen begann. Er hatte dem Wagen zu viel abverlangt! Kaum war ihm das bewusstgeworden, warf er einen Blick auf das Thermometer am Armaturenbrett, versicherte sich, dass die Kühlerblenden ordnungsgemäß funktionierten, schaltete einen Gang herunter und nahm das Gas zurück. Wenn der Motor jetzt überhitzte und sie hier, mitten im Nirgendwo, liegenblieben ...

»Ich hoffe, du hast recht mit deiner Ahnung«, sagte Perry.

James warf ihm einen Blick zu. »Ach, plötzlich ist es also *meine* Ahnung, ja?«

»Wenn du damit falschliegst, auf jeden Fall.«

James grinste. Perry hatte viel Zeit für ihre Mission geopfert. Einen Großteil dieser Zeit hatte er mit dem Gesicht nach unten auf der einzigen noch verfügbaren Sprungmatte in Fettes zugebracht. So hatten sie die großartige Tradition des neu gegründeten Judoclubs fortgesetzt und währenddessen Pläne geschmiedet.

»Ich habe das Vorhängeschloss an der W-W-Werkstatttür

aufgebrochen, James«, hatte Perry gesagt. »Weißt du, wo die ganzen Sprungmatten gelandet sind? Tja, die m-m-meisten sind jedenfalls in der Werkstatt, und dann noch jede Menge von diesen großen Kissen, die die indischen M-M-Maharadschas zum Sitzen benutzen. An den Wänden haben sie Sandsäcke aufgestapelt – deswegen kann man nicht durch die Fenster sch-sch-schauen. Von der Tür führt ein schmaler Pfad zu ein paar Stühlen, und die Ecken und Kanten der Möbel sind mit Schwämmen und Ledertüchern umwickelt worden. Ich hab noch nie etwas Merkw-w-würdigeres ...«

»Vielleicht wollen sie dort jemanden unterbringen, der sehr empfindlich ist?« James musste an seinen Besucher im Krankenzimmer denken und deran, wie aufmerksam der Chauffeur gewesen war, jederzeit darauf gefasst, dass der Besucher stürzen könnte. »Das klingt ja fast so, als hätte da jemand einen sicheren Treffpunkt für Mr Blade vorbereitet.«

»Im Krieg hat man Sandsäcke auch dazu benutzt, die Kommandozentralen im Feld schalldicht zu machen, als Maßnahme gegen Spione.«

»Dann kommt Blade also zu geheimen Treffen nach Fettes ... Und wenn der alte Hook dem Gärtner so einen Aufwand aufgebrummt hat, bestimmt mehr als nur einmal ...«

Von jenem Tag an hatte James aufmerksam darauf geachtet, ob Blade noch einmal an der Fettes auftauchte.

Vor drei Tagen hatte er auf die endlosen lateinischen Sätze der *Remedia Amores* gestarrt – er hoffte inständig, dass der Dichter dieses Werkes, Ovid, in der Unterwelt verrottet war –, als er vor dem Fenster der Bibliothek das sanfte Blubbern eines kräftigen V-8-Zylinders gehört hatte. Er hatte nach draußen geschaut und gesehen, wie ein futuristisches Automobil sich langsam die Auffahrt entlangschob. Die Schönheit der silbern glänzenden Fahrmaschine hatte ihm einen anerkennenden Pfiff entlockt. Der schnittige Wagen war aerodynamisch geformt, angefangen bei der schlanken, ansteigenden Motorhaube bis hin zu dem mächtigen, muschelförmigen Kofferraum. Er rollte zu den Ställen und Werkstätten, die sich hinter dem Hauptgebäude befanden. Vorne auf der Motorhaube, genau in der Mitte der Wölbung, war eine rote, kreisrunde Scheibe zu erkennen, und James wusste sofort, um welches Automobil es sich handelte.

»Ein Tatra 77«, hörte er einen älteren Jungen sagen, während der Wagen näher rollte. »Das ist das Automobil dieses Irren.«

Damit kann nur einer gemeint sein! Aha! Das nächste Treffen mit Blade stand also kurz bevor. Whittaker würde dazugeholt werden, und Herta vielleicht auch.

Das bedeutete, dass Whittakers Zimmer im zweiten Stock leerstand. Eine bessere Gelegenheit würde er nie wieder bekommen, das war James klar. *Der Schlüssel müsste inzwischen eigentlich passen. Ich habe oft genug daran herumgefeilt.*

Er wartete eine Viertelstunde, bis er sicher sein konnte, dass Whittaker in dem schalldichten Nebengebäude angelangt war. Von Hertas Spionen war auch weit und breit nichts zu sehen, also ließ James seine Lateinbücher liegen, verließ die Bibliothek und ging zur Wendeltreppe, um mit schnellen Schritten in den düsteren zweiten Stock zu gelangen. Vorsichtig schlich er den Flur entlang. Jedes Mal, wenn eine der Bodendielen knarrte, zuckte er zusammen. Falls er hier von einem Lehrer entdeckt wurde …

Natürlich war Whittakers Zimmertür abgeschlossen. Mit pochendem Herzen steckte James den zurechtgefeilten Nachschlüssel ins Schloss und versuchte, ihn zu drehen, zuerst mit Gewalt, dann mit Gefühl, und dann …

Gab das Schloss endlich nach. James stieß einen tiefen Seufzer aus, drückte die Klinke und schlüpfte ins Innere.

Dort herrschte ein ziemliches Durcheinander. Es stank nach Pfeifentabak. In dem mit Eichenpaneelen getäfelten und mit abgewetzten viktorianischen Möbeln eingerichteten Zimmer hatte sich vermutlich seit der Jahrhundertwende nichts mehr verändert. James ging zu dem kleinen Schreibtisch, auf dem sich ein großer Zettelstapel türmte. Sie waren mit abstrusen Gleichungen und Diagrammen vollgekritzelt, die James genauso ratlos zurückließen wie Ovids Gedichte.

Auf dem Tisch neben dem schweren Telefonapparat aus Bakelit lag ein Notizbuch, das deutlich vielversprechender aussah. Eine Seite war herausgerissen worden, und James sah, dass die Bleistiftspitze auf dem darunterliegenden Blatt ebenfalls Abdrücke hinterlassen hatte. Behutsam löste er das Blatt heraus und steckte es in seine Hosentasche.

Was noch? Auf einem Wandkalender war eine seltsam futuristische Landschaft abgebildet, die so gar nicht zu der viktorianischen Einrichtung passte. Der 20. Dezember, also der Tag nach dem Ende des Trimesters, war mit einem roten Kreuz gekennzeichnet. *Was hat das zu bedeuten?*, fragte sich James und wandte seine Aufmerksamkeit den Schubladen und Kommoden zu. Er hoffte auf ein paar hastig hingekritzelte Entwürfe für einen gefälschten Polizeibericht oder auf irgendetwas anderes, das ein Licht auf die

Geschehnisse in der Dachkammer werfen konnte. Systematisch suchte er alles ab, aber bis auf die Schlüssel zu Whittakers Rolls-Royce war nichts Interessantes zu entdecken gewesen. Am liebsten hätte er die Schlüssel mitgenommen, einfach nur aus Boshaftigkeit, aber wenn Whittaker merkte, dass jemand in seinem Zimmer gewesen war, war klar, wen er als Erstes in Verdacht haben würde.

Frustriert verließ James das Zimmer wieder. Kaum hatte er seinen selbstgemachten Schlüssel aus dem Schloss gezogen und sich ein paar Schritte von der Tür entfernt, da versperrte ihm Hazel den Weg.

»Was hast du denn hier zu suchen, Bond?« Der kräftige Bursche verschränkte die Arme vor der Brust. »Weißt du, Miss Axmann hat mich beauftragt, auf alles zu achten, was hinterhältig oder merkwürdig wirkt. Und ich würde sagen, auf dich trifft beides zu.«

James fluchte innerlich. Wie lange hatte Hazel schon da gestanden? Was hatte er gesehen? »Ich wollte mich bloß bei Dr. Whittaker entschuldigen.« Er versteckte den Schlüssel in seiner geballten Faust. »Du musst mich wirklich nicht auf Schritt und Tritt verfolgen.«

»Wäre es dir lieber, wir würden einfach wegsehen?« Hazel betrachtete James amüsiert und trat auf ihn zu. »Das wird teuer, Bond. Wie viel hast du dabei?«

»Geh mir aus dem Weg.«

Hazel legte James eine schwere Hand auf die Schulter, und James spürte ein leichtes Kribbeln im ganzen Körper. »Wie viel?«

Jetzt konnte James sich nicht mehr länger beherrschen. Er ließ den Schlüssel ein kleines Stückchen zwischen seinen Fingerknöcheln hervorragen und verpasste Hazel einen

Schlag in die Rippen. Der große Kerl wurde kreidebleich im Gesicht, hustete und ging in die Knie.

»*So* viel, ungefähr«, zischte James und spazierte an ihm vorbei.

Eine halbe Stunde später saß James wieder an seinem Tisch. Das Blatt, das er aus Whittakers Zimmer mitgenommen hatte, lag vor ihm, bedeckt mit weichen Bleistiftstrichen, so dass die eingeprägten Worte deutlich zum Vorschein kamen:

Vorführung – Pilot H
Aufenthalt Thornhill 182

James konnte sich noch genau an das Gefühl des Triumphs erinnern, als er auf diese Worte gestarrt hatte. *Pilot H* – ob das H für Herta stand? Und Thornhill 182 ... War das vielleicht eine Adresse? Oder Teil einer Telefonnummer?

Noch am selben Abend hatte er von Coopers Arbeitszimmer aus die örtliche Vermittlungsstelle angerufen, während dieser beim Direktor war. Die Dame bei der Vermittlung hatte gesagt, dass es sich nicht um eine registrierte Nummer handelte, aber immerhin hatte James dabei erfahren, dass es in Schottland zwei Thornhills gab. Das eine lag in Dumfriesshire, das andere weiter nördlich in Stirling. James und Perry hatten sich daraufhin in der Bibliothek getroffen und die beiden Orte auf einer Landkarte gesucht.

»Erstens ...« Perry zeichnete mit dem Finger einen Weg nach, der offensichtlich einen steilen Berg hinaufführte. »Im Nordwesten, ungefähr achtzig Kilometer von hier. Ein Dorf namens Thornhill.«

»Und da sieh mal, gleich daneben.« James merkte, wie

seine Nackenhärchen sich sträubten, als er seinen Finger neben Perrys legte. »Ruskie. Damit waren gar nicht die Russen gemeint. Das ist ein *Ort*.«

Perry hielt den Atem an, als ihn die Erkenntnis überkam. »Also *das* wollte Stephenson dir mit seinen letzten Worten mitteilen?«

»Eine Vorführung in Ruskie ... oder zwischen Ruskie und Thornhill ...« James nickte, und seine Aufregung stieg sprungartig an. »Das rote Kreuz in Whittakers Kalender ... Der 20. Dezember ... könnte der Tag der Vorführung sein.«

»Du hast doch gesagt, dass Stephenson der Meinung war, dass sie noch nicht bereit seien, stimmt's?«

»Ja. Vielleicht ist das der Grund für Blades Besuch. Vielleicht will er ihnen ein bisschen Druck machen?«

»Gut möglich. Aber w-w-was hat die 182 zu bedeuten?« Mit einem staubigen *Tschak* klappte Perry den Kartenatlas zu. »Vielleicht hat der alte Hook ja ausgerechnet, wie viele Leben du hast.«

Am nächsten Morgen war James zum Direktor gerufen worden, der mit ihm über seinen »ungerechtfertigten Angriff« auf Hazel vor Whittakers Zimmer sprechen wollte.

»Man hat dir nach dem Verlust deines Freundes das allergrößte Verständnis entgegengebracht, Bond, aber dein Verhalten geht schlicht und einfach zu weit.« Der Direktor griff nach dem Rohrstock, der an seinem Schreibtisch lehnte. »Ich kann nur hoffen, dass du jetzt, wo Dr. Whittaker Fettes verlassen hat, wieder dein ganz normales ...«

James' Herz machte einen Sprung. »Er ist weg, Sir?«

»Mr Blades Chauffeur hat Whittaker und Miss Axmann gestern abgeholt, jawohl. Sie kommen nicht zurück. Und wenn du so weitermachst, Bond, dann blüht dir genau dasselbe.«

»Aber ich habe sein Automobil doch draußen geseh...«

»Jetzt reicht es mir mit deinen Unverschämtheiten, Bond«, unterbrach ihn der Direktor barsch, nur um dann mit sanfterer Stimme fortzufahren: »Ich erkenne deine Bemühungen um den Unterrichtsstoff an und auch, dass du lieber weiterlernen wolltest, anstatt dich in aller Ruhe auszukurieren. Und ich kann verstehen, dass Dr. Whittakers geheime Tätigkeit und Stephensons Rolle dabei dich sehr stark beschäftigt haben. Aber ich kann dir versichern, dass Whittaker auf direktem Weg außer Landes reisen wird. Sein Automobil war gemietet, soweit ich weiß, und ich glaube, sagen zu können, dass er alles Notwendige veranlasst hat, um es abholen zu lassen.« Jetzt schlich sich, während er den Rohrstock dehnte, ein besorgter Ausdruck auf seine Miene. »Wir können das alles jetzt endgültig hinter uns lassen, Bond. Streck die Hand aus ...«

Whittaker ist weg. James konnte es kaum begreifen. Gestern war der 18. Dezember gewesen – ob das die 18 in »182« gewesen war? Und die »2« konnte sich auf Whittaker und Herta beziehen. Ihr abrupter Abschied musste also von langer Hand geplant gewesen sein ... *Oder suche ich nur nach irgendwelchen Zusammenhängen, wo in Wirklichkeit gar keine sind?*

James zuckte zusammen, als der Rohrstock einmal, zweimal, dreimal auf seine geöffnete Handfläche traf ...

Das Objekt seiner Begierde war also ebenso verschwunden wie sämtliche Indizien für die Experimente in der Dachkammer. Nachdem sie dann zum Ende des Trimesters auch noch eine Predigt zu hören bekommen hatten, in der sie alle aufgefordert wurden, das Gute im Menschen weiterzuverbreiten, hatte James vor einer schwierigen Entscheidung gestanden. Er konnte entweder nach Hause fahren, das alles hinter sich lassen und versuchen zu vergessen … oder er konnte Whittakers fabelhaftes Automobil stehlen, den sicheren Ausschluss aus der Schule riskieren und mit Perry zusammen nach Ruskie fahren, um den Dingen auf den Grund zu gehen.

Also hatten sie sich den Autoschlüssel geschnappt, der hinter dem Empfangstresen lag, waren im Schutz der Dunkelheit zu dem Rolls geschlichen, hatten die korrekte Reihenfolge der Regler und Schieber herausgefunden, um den Motor anzulassen, und waren losgefahren, ohne dass sich jemand um sie gekümmert hätte. Sie waren bester Laune gewesen, und wegen des Diebstahls hatten sie sich keine allzu großen Vorwürfe gemacht. Er war ja schließlich nichts anderes als der logische nächste Schritt auf ihrer Suche nach der Wahrheit.

Doch als James sich jetzt die Kette der Ereignisse, die sie aus der strengen Abgeschiedenheit des Fettes College hierher in die wilde, unberührte Landschaft der schottischen Highlands geführt hatten, noch einmal durch den Kopf gehen ließ, da wurde ihm das gewaltige Ausmaß dessen, was sie sich vorgenommen hatten, erst richtig bewusst.

»Wäre doch witzig, wenn wir auf irgendeiner dieser Straßen dem alten Hook in die Arme laufen würden, was?« Perry kicherte. *»Sie haben Ihr Automobil vergessen!*, könnten wir sagen. *Wir wollten es Ihnen zurückbringen.*«

»Er und Herta sind bestimmt mit den Vorbereitungen für den rot angekreuzten Kalendertag morgen beschäftigt«, sagte James. »Für diese Vorführung – was immer sie mit Marcus' Hilfe für Blade-Rise auch gebaut haben mögen. Wir kommen bestimmt noch dahinter, was das genau ist.«

Doch seine Worte klangen schwach und matt. *Die Wahrheit, koste es, was es wolle,* hatte James sich während der langen Fahrt immer wieder eingeredet. *Gerechtigkeit für Marcus.* Aber er wusste genau, dass noch mehr dahintersteckte. Als er Eton verlassen hatte, hatte er sich gefühlt wie unter einer dunklen Wolke mit nur wenigen, vereinzelten Silberstreifen am Horizont – durch das Gesetz zum Schweigen verurteilt, während mächtige Männer über sein Leben bestimmten, zum Wohle seines Landes. Er hatte das alles akzeptiert und bei seinen Abenteuern in Los Angeles und auf Kuba festgestellt, dass er nach wie vor selbst entscheiden konnte, wie er leben wollte – und dadurch auch, wie er sterben wollte. Aber jetzt wollten gesichtslose Mächte aus einem Totschlag einen Unfall machen, und das würde er auf keinen Fall zulassen.

Während sie nun an den bewaldeten Flanken der Menteith Hills entlangfuhren, waren nur noch wenige Tropfen Benzin in dem Achtziglitertank des Rolls-Royce. Sie kurvten kreuz und quer durch die Gegend und hofften, irgendwo Spuren für ein menschliches Eindringen zu entdecken. Aber es war dunkel und das Gebiet riesig. Tief im Inneren rechnete James nicht damit, dass sie irgendetwas finden würden.

Und genau in diesem Moment sah er es.

KAPITEL 10

DIE NACHT DER ENTDECKUNG

Auf halber Höhe hielt James an und zog die Handbremse, während Perry die Scheinwerfer ausschaltete. Blauweiße Lichtstrahlen zuckten über das bewaldete Tal hinweg.

»Was, in Gottes Namen …?« Perry starrte die Lichter ratlos an. »Was ist denn das?«

Sie wussten beide, dass es nur eine Möglichkeit gab, das herauszufinden. James schaltete die Scheinwerfer wieder ein und löste die Handbremse. Der Rolls schoss mit röhrendem Motor durch die Nacht. »Wenn das Whittaker und seine Freunde sind, dann muss es irgendwo eine Zufahrtsstraße zu dieser Vorführung geben«, überlegte er laut. »Für die ganze Ausrüstung aus der Dachkammer müssen sie mehrere Lastwagen gebraucht haben.«

»Und sie müssen i-i-irgendwo in der Nähe eines Gebäudes sein, damit sie d-d-die Steckdosen benutzen können«, stimmte Perry ihm zu.

James fuhr wieder zurück nach Ruskie und dann weiter nach Thornhill. Er spürte die Aufregung durch seine Adern pulsieren. Immer wieder kamen sie an abzweigenden Feldwegen vorbei, und jedes Mal verlangsamte James die Fahrt und hielt nach frischen Lastwagenspuren oder niedergetrampelten Gräsern Ausschau.

Aber es war nichts zu sehen. Nicht die geringste Spur. Er starrte auf die Tankanzeige. Wie viel Benzin war wohl noch übrig?

»James?« Perry packte ihn so fest am Arm, dass der Rolls ins Schlingern kam.

»Was soll denn ...?« James trat mit voller Wucht auf die Bremse.

»Fahr zurück. Sieh doch.«

James riss den Schalthebel nach links vorne, dort, wo sich der Rückwärtsgang befand. Das Automobil rollte langsam rückwärts über die einsame Straße, bis im Licht der Scheinwerfer ein Wegweiser auftauchte. Trotz des Schattens der umgebenden, dürren Zweige war die Aufschrift gut zu erkennen:

THORNHILL ABBEY
PRIVATBESITZ
ZUTRITT VERBOTEN

»*Das* ist das Thornhill, das er gemeint hat«, stieß James atemlos hervor. »Muss nach dem Dorf benannt worden sein.« Ein Stück weiter vorne stand ein grauer Lastwagen quer über dem Weg und versperrte die Durchfahrt. »Wir haben es gefunden. Hier müssen sie sein.«

»Also schnell w-w-weiter, bevor sie uns noch in W-W-Whittakers Automobil entdecken«, drängte Perry.

James tat, was er gesagt hatte. »Wir stellen den Wagen irgendwo ab und kommen dann zu Fuß zurück.«

Er parkte am Rand eines schlammigen Ackers hinter einer Hecke, so dass der Rolls von der Straße her nicht zu sehen war. Im Handschuhfach lag eine Taschenlampe, und er nahm sie ebenso mit, wie die schwere Starterkurbel aus der Werkzeugkiste, die er im Notfall als Waffe benutzen konnte. Ach, wenn er doch seine Pistole »Queensmarsh« mit dabeihätte. Aber die lag zu Hause bei Tante Charmian. Noch einmal ganz neu anfangen, das war ja sein eigentliches Ziel gewesen ... Und jetzt war er schon wieder dabei, sich Hals über Kopf in Gefahr zu stürzen. Da erkannte er, dass sich das sehr viel vertrauter anfühlte, als jeder Besuch in Pett Bottom es vermocht hätte.

James schloss die Türen ab und steckte den Schlüssel, der an einer langen, silbernen Kette hing, in seine Tasche. Die Taschenlampe lag schwer und vertrauenerweckend in seiner linken Hand, während er, dicht gefolgt von Perry, die Straße entlangging. Sie trugen beide immer noch ihre Ausgehanzüge und hatten die Kragen zum Schutz vor dem eiskalten Nieselregen hochgeklappt.

»Das Gelände muss viele Kilometer lang sein«, flüsterte James. »Da finden wir bestimmt irgendwo einen Durchgang.«

»Damit wir endlich mal was erleben«, meinte Perry.

Sie kämpften sich durch Brombeerhecken am Straßenrand und zwischen Nadelbäumen, die einen feuchten, weihnachtlichen Duft verströmten, hindurch. So hatten sie, wenn nötig, auf jeden Fall ausreichend Deckung. Doch dann streifte der Lichtkegel aus James' Taschenlampe einen Drahtzaun, der bestimmt zweieinhalb Meter hoch war. Er sah aus wie Kupferdraht, und dahinter war zusätzlich noch Stacheldraht ausgerollt.

»Nicht schlecht«, sagte Perry. »Man könnte fast meinen, sie wollen Besucher abschrecken.«

»Sehr gut beobachtet«, meinte James und leuchtete eine

Eule an, die tot und ziemlich verdreht zwischen dem Drahtzaun und dem Stacheldraht lag. Er ließ den Strahl ein Stückchen weiterwandern und entdeckte ein paar schwarze Kästen, bei denen die Drähte zusammenliefen. »Das ist ein Elektrozaun. Die Spannung muss ziemlich gewaltig sein.«

»Oh, w-w-wundervoll.« Perry zitterte vor Kälte und stieß einen kräftigen Fluch aus. »Was m-m-meinst du? Ob der um das ganze Gelände herumgeht?«

James überlegte. »Vielleicht haben wir keine andere Chance, als es über den Zufahrtsweg zu probieren.«

Als sie sich der Abzweigung mit dem Wegzeiger näherten, schaltete James seine Taschenlampe aus. Dann rannte er im fahlen Licht des wolkenverhangenen Mondes den Weg entlang bis zu dem quer stehenden Lastwagen. Er versperrte ihm die Sicht auf alles, was dahinterlag, aber James hatte den Wald rechts davon in den Blick genommen.

»Wenn wir auf das Dach klettern, müssten wir eigentlich die Zweige dort erreichen, und dann können wir uns über den Zaun schwingen«, sagte er zu Perry.

»So wie in *Tarzans V-V-Vergeltung*, stimmt's? Ich hoffe bloß, dass du nicht auch noch anfängst zu jodeln, während du dich von Ast zu Ast schwingst.«

James beachtete ihn gar nicht. Er stemmte einen Fuß auf das Trittbrett des Lastwagens, hielt sich mit der Hand an dem riesigen Außenspiegel fest und schwang sich auf die Motorhaube. Dann packte er mit seinen durchgefrorenen Händen das kalte, regennasse Metalldach und zog sich so leise wie nur möglich hinauf.

Perry kam ihm hinterher und sagte: »Ich zuerst.«

James legte sich flach auf das Dach der Fahrerkabine und verfolgte jede von Perrys Bewegungen: Der nasse Ast bog sich zwar durch, aber er hielt Perrys Gewicht. Perry setzte eine Hand vor die andere, hatte nach wenigen Griffen den Schatten erreicht und schob sich über den todbringenden Zaun hinweg. Dann kletterte er unter lautem Knacken und Rascheln auf den Baumstamm zu. Der Lärm hätte spielend gereicht, um Tote aufzuwecken.

Aber das war noch gar nichts im Vergleich zu dem Schuss.

James hob ruckartig den Kopf und stierte in die Dunkelheit. Ein Wächter in einer holzkohlefarbenen Uniform stand vielleicht sechs, sieben Meter entfernt auf dem Weg und zielte mit seinem Gewehr auf den Baum ... auf Perry. Hatte er ihn getroffen?

Mit wild pochendem Herzen und so schnell er nur konnte, ließ James sich wieder zurück auf den Boden gleiten ... Da drückte der Wächter erneut ab.

James hob einen großen Stein auf, der am Wegrand lag, schob sich vorsichtig um die Ecke des Lastwagens herum und schleuderte den Stein so weit weg, wie er nur konnte. Er flog an dem Wächter vorbei und landete irgendwo hinter ihm auf dem Weg. Der Mann drehte sich um und wollte nachsehen, was da los war.

Im selben Augenblick stürmte James aus seiner Deckung hervor und rannte auf ihn zu, so schnell ihn seine Beine trugen. *Ich bin unbewaffnet,* dachte er, *und nehme es mit einem ausgebildeten Wachmann auf.* Seine Schritte kamen ihm furchtbar laut vor, die Entfernung unendlich, und er hatte das Gefühl, als würde er nur in Zeitlupe vorwärtskommen. Er steckte die Hand in die Hosentasche.

Der Wächter drehte sich um, sah James und riss sein Gewehr nach oben.

Ohne seine Schritte zu verlangsamen, zog James den Zündschlüssel mit der Kette aus seiner Hosentasche und schleuderte ihn an den Zaun zu seiner Rechten. Kaum hatte die Kette die Drähte berührt, gab es einen Kurzschluss. Grelle Funken stieben durch die Gegend. Damit hatte der Wächter nicht gerechnet. Geblendet drückte er ab ... und schoss daneben.

James rannte weiter, bis er sein Ziel erreicht hatte. Er wollte dem Wachmann die Waffe aus der Hand schlagen, jedoch ohne Erfolg. Der Kerl hielt das Gewehr fest und drehte sich dabei zur Seite, so dass sein Hals ungeschützt war. James landete einen Handkantenschlag genau auf der Wirbelsäule des Mannes.

Der Wächter schrie auf, riss den Kopf zurück und ließ das Gewehr fallen. Allerdings reichte die Wucht des Schlages nicht aus, um ihn außer Gefecht zu setzen. Er wirbelte herum und schaffte es, James die Hände an die Gurgel zu legen.

Keuchend schlug James auf die Schläfe des Mannes ein, damit er losließ. Gleichzeitig drehte er sich um die eigene Achse und warf den Angreifer in hohem Bogen zu Boden. Mit dem Kopf voraus landete er auf der harten Zufahrtsstraße. Und blieb dort liegen.

James ging in die Hocke, tastete nach seinem Puls, fand ihn und blickte sich dann um. Bewegte sich da noch etwas? Wie viele Wächter waren hier postiert? Vielleicht hatten andere die Schüsse gehört und waren jetzt bereits unterwegs, um nachzusehen, was los war?

Er zerrte den bewusstlosen Wächter wieder zurück. »Perry?«, zischte er.

»Das war aber verdammt knapp«, lautete die zähneklappernde Antwort von der anderen Seite des Zauns. »Ist der Wachmann außer Gefecht?«

»Hoffentlich noch eine ganze Weile.« James war immer noch damit beschäftigt, den Mann in den Schatten des Lastwagens zu bugsieren. »Ist bei dir alles in Ordnung? Kannst du weitermachen?«

»Jetzt sind wir schon so weit gekommen ...«

Das Führerhaus war abgeschlossen, darum versteckte James den reglosen Körper unter dem Lastwagen. Anschließend kletterte er wieder auf das Dach der Kabine, warf sich in die Zweige, kletterte über den Zaun und rutschte dann geschmeidig den Stamm hinunter. Perry erwartete ihn bereits.

»Auf dich hat natürlich wieder niemand geschossen«, lautete die nicht ganz ernst gemeinte Beschwerde seines Freundes. »Ist das etwa gerecht?«

»Das Leben ist nicht gerecht«, erwiderte James. Im selben Augenblick ertönte ein lautes, grummelndes Prasseln. Mit einem Mal lag eine knisternde Spannung in der Luft. Über den nächtlichen Himmel, der zwischen den Ästen und Zweigen zu sehen war, zuckten weißblaue Blitze. Dann wurde es schlagartig wieder dunkel im Wald, dunkler als je zuvor.

Der Tod ist auch nicht gerecht.

»Komm mit.« James schaltete die Taschenlampe ein und machte sich auf den Weg durch den Wald, immer dem unwirklichen Licht entgegen. Seine Nackenhaare hatten sich, genau wie die Härchen an seinen Armen, senkrecht aufgerichtet, und das lag nicht nur an der Kälte. Genau das gleiche Gefühl hatte ihn auch in Fettes überfallen, in der Nacht, als Marcus gestorben war. Eine elektrische Energie brachte die winterliche Nachtluft zum Vibrieren. Alles in ihm schrie:

»Lauf weg!«, aber zugleich spürte er auch diesen altbekannten Drang, den Dingen auf den Grund zu gehen, und der ließ sich nicht einfach ignorieren.

Sie kamen nur langsam voran. Fast schien es, als seien aus jedem Fleckchen Erde Bäume hervorgesprossen. Die Wolken verdeckten den Mond, und es war sehr still geworden. Kein Eulenschrei, kein hastiges Rascheln war mehr zu hören.

Schließlich entdeckte James ein Stück weiter vorne eine freie Fläche und war erleichtert, zumindest so lange, bis er das verrostete Metallschild gelesen hatte, das davorstand: NICHT BETRETEN! MINENFELD!

Perry stöhnte leise. »Was, um alles in der Welt ...?«

»Blade-Rise stellt Waffen her«, murmelte James. »Und irgendwo müssen sie die ja wahrscheinlich ausprobieren. Also kaufen sie sich irgendwo in Schottland ein abgelegenes Stück Land, das sie unbeobachtet in Stücke schießen können. Ich schätze mal, wir müssen einfach außenrum gehen.«

»Und wenn wir ein a-a-anderes Schild übersehen haben, das uns vor viel schrecklicheren Gefahren warnen wollte ...?«

»Wir können ja langsam gehen«, schlug James vor.

Es ging schon auf Mitternacht zu, und es wurde noch kälter. Kalter Schweiß lief James über den Rücken, während er sich durch Dornenbüsche und Gestrüpp vorwärtskämpfte. Nach einer gefühlten Ewigkeit hörte er ein Geräusch, das nur von einem näher kommenden, schweren Fahrzeug stammen konnte. Ruckartig blieb er stehen.

»Da vorne muss eine Straße sein«, flüsterte Perry ihm zu.

James warf sich ins Unterholz. Kräftige, gleißend helle Scheinwerfer beleuchteten die gesamte Umgebung. Ein Lastwagen kam auf sie zu, ein schwerer Sechsachser mit hohen Seitenwänden aus Metall. Das Getriebe knirschte, und dicke Reifen wühlten sich durch den Matsch.

»Wenn wir dem hinterhergehen, können wir sicher sein, dass auf dem Weg keine Minen sind«, sagte Perry. »Und wenn wir Glück haben, führt er uns genau an unser Ziel.«

James sah ihn an: »Warum hinterhergehen, wenn wir auch mitfahren können?«

»Verwegen ...« Perry schickte ihm ein zögerliches Lächeln. »... aber praktisch.«

Sie warteten, bis der Lastwagen vorbeigefahren war. Zum Glück waren seine Heckleuchten ziemlich verschmutzt und gaben nur wenig Licht ab. Kaum hatte er sie passiert, sprang James aus der Deckung. Hoffentlich hatte der Fahrer ihn nicht im Rückspiegel gesehen. Er stolperte durch den zähen Matsch, sprang auf das Trittbrett am Heck und hielt sich an einer massiven Laderampe fest, die vor der Heckklappe festgemacht war. Zweimal rutschte er ab und konnte sich nur mühsam halten ... Dann sah er, dass Perry zurückfiel, weil der Lastwagen nämlich allmählich schneller wurde.

Er streckte den Arm aus. Perry rannte, so schnell er konnte, immer kurz davor zu stolpern. Wenn der Fahrer auch nur seinen kleinen Finger zu sehen bekam ... James machte sich lang und immer länger. Endlich streiften sich ihre Finger. James packte zu, und es gelang ihm tatsächlich, Perry festzuhalten. Dieser wurde ein, zwei Meter weit buchstäblich durch den Morast gezogen.

»Endlich«, schnaufte Perry, als er schließlich festen Halt unter den Füßen hatte, und strahlte über das ganze Gesicht. »Ziemlich knapp, was?«

»Ziemlich«, meinte auch James. Er hoffte inständig, dass niemand im Laderaum des Lastwagens war. Dann fiel ihm ein, dass der ganze Aufbau ja aus massivem Metall war und keine Lüftung besaß. Er war eindeutig für Fracht gedacht und nicht für Passagiere.

»Aufs Dach?« Perry wies mit einem Kopfnicken auf die zusammengeklappte Rampe. »Räuberleiter.«

James stützte ihn von unten, und er stemmte einen Fuß gegen die Rampe und zog sich auf das Dach. Anschließend streckte er die Hand nach unten, so dass James mit seiner Hilfe ebenfalls nach oben gelangte.

Jetzt lagen sie auf den Bäuchen in der Mitte des Dachs und rutschten hin und her, während der Laster eine holperige Steigung hinauffuhr. Zu seinem großen Erstaunen musste James ausgerechnet jetzt an Charmian denken. Sie fragte sich mittlerweile vermutlich, wo, zum Henker, er eigentlich steckte, rief vielleicht in der Schule an, überlegte, ob sie zur Polizei gehen ...

Solange Whittakers Automobil nicht entdeckt wird, wird auch niemand auf die Idee kommen, uns hier zu suchen, dachte er.

Endlich hatte der Lastwagen eine einigermaßen ebene Fläche erreicht. *Wir sind ziemlich weit oben*, erkannte James, als er sich umsah und die bewaldeten Berggipfel sowie die silbernen Höcker der Trossachs erblickte. Dicht vor dem Rand einer hell erleuchteten Schlucht blieb der Lastwagen schließlich stehen. *So viel Licht* ... Vorsichtig hob James den Kopf und blickte auf die Ruinen des alten Klosters hinab. Überall herrschte hektische Betriebsamkeit. Zwei gewaltige Karbidscheinwerfer – jeder so groß wie zwei Männer und mit einem Durchmesser von rund eineinhalb

Metern – beleuchteten die Szenerie. Sie waren auch der Ursprung jener seltsamen, blauweißen Lichtstrahlen, die sie aus der Ferne gesehen hatten. Sie knisterten vor Energie, die aus einem Generator stammen musste.

Überall liefen Menschen – Techniker? Soldaten? – durcheinander, wie auf einem Ameisenhügel. James sah, dass mitten in der Klosteranlage ein großer Betonbunker errichtet worden war. *Wie ein Hochsitz oder so,* dachte er, *um etwas zu beobachten. Aber warum ist der Lastwagen dann bis hier hoch gefahren?*

Als hätten die Insassen des Führerhauses seine Gedanken gehört, klappten jetzt die beiden Türen auf. Fahrer und Beifahrer stiegen aus. Sie gingen ans hintere Ende des Lastwagens, ließen die Rampe herunter und öffneten die großen, isolierten Hecktüren. James spannte sämtliche Muskeln an, wagte kaum zu atmen, während die Männer im Laderaum unter ihm mit irgendetwas Schwerem herumhantierten.

Dann schallte ein lauter Ruf durch die Schlucht. *»Schatten auf Position.«* Überlagert von lautem Rauschen und Knacken wurden die Worte noch einmal wiederholt, während sie gleichzeitig von den nackten Felsen widerhallten: *»Schatten, bitte Position einnehmen.«*

Der Lautsprecher verzerrte die Stimme zwar stark, aber trotzdem war sie ganz eindeutig zu erkennen. »Whittaker«, flüsterte James.

Perry nickte. »Wen hat er wohl ü-ü-überredet, Marcus' Stelle einzunehmen?«

»Wer immer es sein mag, er muss verrückt sein, so et...« James hielt inne, als die Männer einen großen Granatwerfer aus dem Laderaum des Lastwagens ins Freie schoben.

Sie bauten die Waffe, die von zwei Mann bedient werden musste, am Rand der Schlucht auf. Anschließend holte einer der beiden ein kleineres Stativ und fing an, eine Filmkamera aufzubauen.

James spürte ein Kribbeln am ganzen Körper. *Sie wollen die Vorführung aus unterschiedlichen Winkeln aufnehmen …*

»*Zurücktreten.*« Das war wieder Whittaker. Seine Stimme klang laut und rau. »*Letzte Ladung. Aktivieren.*«

James konnte die Spannung in der Luft spüren wie vor dem Ausbruch eines Gewitters. *Irgendetwas wird mit sehr viel Energie aufgeladen.* Eine andere Erklärung fiel James nicht ein. *Vielleicht das gleiche Ding, in das sie Marcus eingesperrt hatten …?* Und dann fiel sein Blick auf eine Art Maschine. Sie bewegte sich durch die Schlucht, und zwar viel schneller, als es angesichts ihrer Größe vorstellbar war. Sie war größer und unförmiger als ein Mensch. Doch als er genauer hinsah – er musste blinzeln, um das grelle Scheinwerferlicht zu ertragen –, sah er, dass das nicht nur eine Maschine war. Denn in ihrem Inneren saß jemand, festgeschnallt in einem stabilen Käfig.

»Genau das habe ich auch gesehen«, flüsterte Perry ihm zu. »Durch das Fenster der Dachkammer – und da war M-M-Marcus drin.«

Wer immer nun Marcus' Rolle übernommen hatte, er trug einen Schutzhelm und eine Gasmaske, so dass sein Gesicht nicht zu erkennen war. Die Arme und der Oberkörper waren mit Silberdrähten umwickelt, die an dem schweren Metallrahmen festgemacht waren. Die Beine hingegen verschwanden in einem Durcheinander aus Schienen, Stäben und Schiebern, die eine Art metallenes Skelett bildeten. Die riesigen Metallfüße hinterließen jedenfalls tiefe Abdrücke in der nassen Erde. Die Beine hoben und senkten sich ununterbrochen und trieben die seltsame Gestalt mit großer Geschwindigkeit vorwärts, während auf ihrem Rücken eine kleine Dampfmaschine prustete und schnaufte. Alles in allem sah das Ganze aus wie ein mittelalterlicher Ritter, der mit der Technologie der 1930er Jahre, mit Dampf und Elektrizität, wieder zum Leben erweckt worden war.

»Dieses Geräusch ...« James zitterte. »Ich habe dieses Ding, oder zumindest etwas Ähnliches, gesehen, wie es Marcus weggebracht hat. Also das haben sie dort gebaut. Und jetzt wollen sie es hier ausprobieren.«

Jetzt schallte eine andere, tiefere Stimme durch die Schlucht. *»Um zehn Grad im Uhrzeigersinn drehen ... Dann fünf Schritte nach links, in die endgültige Zielposition, Miss Axmann.«*

»Was, zum ...?« Wie hypnotisiert starrte James auf die unheimliche Szene, die sich vor seinen Augen abspielte. »Herta sitzt in diesem Ding!«

KAPITEL 11

DIE FRAU IN DER EISERNEN RÜSTUNG

Sie führte Whittakers Anweisungen präzise aus. Festgezurrt in dem klirrenden Roboteranzug, bewegte sie ihn federleicht hin und her. Als Herta sich nicht mehr rührte, blieb auch die Rüstung stehen. Sie sah jetzt aus wie eine Statue aus Metall.

»Zielposition erreicht«, blaffte die Stimme. *»Angriffssektionen eins und zwei – Bereitschaft signalisieren.«*

James sah eine purpurrote Leuchtrakete in die eiskalte Nacht aufsteigen und eine zweite auf der gegenüberliegenden Seite der Schlucht. Grell hob sie sich vor dem schwarzen Himmel ab. Gleichzeitig hatte die Filmkamera angefangen zu surren.

Perry sagte mit starrem Blick: »Ist das alles nur ein Spektakel für einen K-K-Kinofilm?«

»Wer immer sich das später ansieht, er sitzt ganz bestimmt nicht in einer Loge im Coliseum«, murmelte James leise. Seine Worte wurden allerdings vom Donnern des Mörsers übertönt, der einen ersten Schuss abgab. Das Geräusch der Granate, die einen langen Kondensstreifen hinter sich herzog, klang wie Fingernägel auf einer Schultafel.

Jetzt kam von der anderen Seite der Schlucht eine zweite Granate angeflogen, und dann …

Ein gewaltiger, greller Feuerball hüllte Herta und ihre mechanische Rüstung ein. Die Druckwelle war so stark, dass der Lastwagen bebte. James sah wie versteinert zu, wie die Flammen von dichtem, schwarzem Rauch abgelöst wurden ... und hätte beinahe laut aufgeschrien, als der Metallroboter klirrend aus der Feuersbrunst hervortrat. Er ließ einen riesigen Metallarm nach oben schwingen. Aus seiner Spitze prasselte Maschinengewehrfeuer.

»Eingebaute Schusswaffen«, flüsterte James.

Applaus schallte durch die Schlucht, während Hertas Apparat sich mit gleichmäßigen Schritten einem großen Block näherte, der allem Anschein nach aus Beton bestand. Der andere Arm hob sich in die Luft, sauste krachend nach unten und ließ den Block mit einem einzigen Schlag zu kleinen Bröckchen zerfallen.

Sie war immer noch in Bewegung, als sich eine andere, bekannte Stimme im Lautsprecher zu Wort meldete. *»Hier spricht Blade.«* Der Jubel verebbte schnell. *»Darf ich Sie alle daran erinnern, dass die Steuerungseinheit noch längst nicht vollständig erprobt ist? Wir haben nur sehr wenig Zeit, um neue Daten einzugeben, darum schlage ich vor, wir wenden uns der nächsten Angriffsübung zu. Miss Axmann, alle Systeme auf Anfang, dann Angriffsmanöver drei aktivieren ...«*

James war durchgefroren bis auf die Knochen, aber diese Worte, die jetzt durch die unheimliche Stille hallten, erschütterten ihn bis ins Mark. Er musste daran denken, was er durch die Tür der Dachkammer in Fettes gehört hatte: *Angriffsmanöver drei vorbereiten ... verdammt nochmal, Junge, jetzt ...!*

Dann Marcus' Schrei ... James würde ihn nie vergessen.

Wie zum Hohn schickte jetzt eine Sirene ihr elektronisches Geheul durch das Tal. Nachdem es verklungen war, ließ sich Blade erneut vernehmen. *»Eindringlinge gesichtet, in der Nähe des Haupteingangs. Möglicherweise haben sie den Schutzzaun überwunden. Vermutlich nur wieder ein paar Kinder aus der Umgebung, aber wir dürfen nichts riskieren. Einheiten B und C nehmen die Suche auf. Scharfe Munition.«*

Entsetzt zuckte Perry zusammen. »Jetzt kommen wir hier nie wieder weg!«

»Scharfe Munition ...« James wurde schlecht. »Warte mal. Vielleicht können wir ja raus*fahren*?«

»Auf diesem Lastwagen etwa? Bergab und bei den Unebenheiten?« Perry war aschfahl im Gesicht geworden. »Da fallen wir doch runter!«

»Ich meine *drin*. Sicher versteckt. Die Heckklappen sind ja immer noch offen ...«

»Na gut.« Perry fing an, sich über das klitschnasse Dach des Laderaums zu robben.

James packte ihn am Handgelenk. »Aber sollen wir nicht erst mal hierbleiben und zuschauen, was sie noch alles ...?«

»Großer Gott, nein!« Perry ließ nicht mit sich reden. »Wir haben genug gesehen.«

James zögerte. Dann sah er nach, ob die Männer immer noch am Rand der Schlucht standen, und kroch hinter Perry her zum Heck des Lastwagens. Er sprang ab und landete mit einem hohlen, dröhnenden Aufprall in dem kalten, dunklen Laderaum. *Zu laut?* James verspannte sich und legte die Hand auf die Starterkurbel in der Innentasche seines Mantels. Doch niemand kam, um nachzusehen.

Frierend, durchnässt und voller Schmerzen knipste James

seine Taschenlampe an. Im Laderaum standen nur noch einige wenige Kisten. Jetzt streckte Perry seinen Kopf hinter der größten hervor und zerrte James zu sich.

»Jetzt wissen wir also Bescheid, oder?«, sagte er knapp. »Jetzt kennen wir den Grund für die Lügen und die Geheimniskrämerei. M-M-Marcus musste sterben, weil er Whittaker geholfen hat, dieses Ding da draußen zu entwickeln.«

»Stell dir mal ein ganzes Bataillon von Soldaten vor, die alle so einen Roboter steuern und den Feind damit überrumpeln. Damit würde Großbritannien zur Weltmacht Nummer eins aufsteigen. Ganz sicher.« James schnitt eine Grimasse. »Aber trotzdem haben sie Marcus ihrer Kriegsmaschine geopfert und stellen ihn als Dummkopf dar, nicht als Helden. Das ist doch verdammt ungerecht.«

»Warum, um alles in der Welt, haben sie ausgerechnet in Fettes eine geheime Waffe zusammengebastelt?«, überlegte Perry laut. »Blade-Rise hat doch b-b-bestimmt eigene Werkstätten und F-F-Forschungszentren ...«

»Und dazu jede Menge Spione, die genau wissen, wo sich diese Werkstätten und Forschungszentren befinden«, fiel James ihm ins Wort. »Aber wenn etwas so geheim ist wie das, dann muss es in Einzelteilen und unter strengster Geheimhaltung gebaut werden ...«

Perry dachte nach. »Du meinst, Blade lässt seine Beziehungen spielen und sorgt dafür, dass sein genialer Freund Whittaker eine Stelle an einer klassisch orientierten Schule wie Fettes bekommt, nur für ein oder zwei Trimester, wo er dann an seinem geheimen Projekt forschen kann ...«

»Vielleicht hat er ja sogar ein Dutzend Schulen im ganzen Land dafür eingespannt ... oder auf der ganzen Welt? Wer weiß?«

»Verdammt nochmal, James.« Perry schob seine Unterlippe vor. »Jetzt sieht es fast so aus, als ob dieses unsinnige Gerede von einem Blitzschlag oder dass sie Marcus so schmählich im Stich gelassen haben ... dass das womöglich im Interesse unserer nationalen Sicherheit war. Wir hätten uns vielleicht besser gar nicht erst einmischen sollen ...«

Vielleicht. James fühlte sich leer und hohl. Seine glühend heiße Wut war verraucht und hatte nur einen Haufen verbrannter Gefühle zurückgelassen. Er hatte immer weitergemacht, hatte nicht lockergelassen, und jetzt kannte er die ganze Wahrheit – grausam, ungerecht und erbarmungslos. Er war entsetzt, aber wenigstens konnte er es verstehen.

»Weißt du was? Falls die uns entdecken, dann werden wir womöglich wegen Spionage erschossen«, sagte Perry leise.

James brauchte alle Energie, um wenigstens ein schwaches Lächeln zustande zu bringen. »Dann sollten wir uns lieber nicht entdecken lassen.«

Lautes Krachen und Gewehrschüsse dröhnten aus der Schlucht herauf. James und Perry nahmen eine Kiste und stellten sie auf die, hinter der sie sich bereits versteckten. Dann schoben sie sie an eine Seitenwand, so dass nur ein enger Zwischenraum blieb, in den sie sich kauern konnten. James' Plan war ziemlich einfach: Sobald die Vorführung beendet war, würde der Lastwagen wieder in die Zivilisation zurückkehren – auf ein Firmengelände, in eine Werkstatt, vielleicht auch nur auf eine Tankstelle. Und da die Hecktüren sich sowohl von außen wie auch von innen öffnen ließen, konnten er und Perry beim nächsten Halt die Flucht antreten. Sie würden endlich vernünftig in die Ferien starten, sich ihr Gepäck aus Fettes nachschicken lassen und die Feiertage mit einem ruhigeren Gewissen genießen können ...

So lautete der Plan, der im Lauf mehrerer Stunden immer mehr an Gestalt gewann. Der Granatwerfer sowie die Filmkamera wurden wieder in den Lastwagen geladen, und sie fuhren gemächlich den steilen Hügel hinab. James und Perry warteten auf eine Gelegenheit. Doch als der Laster anhielt und die Türen geöffnet wurden, konnte James immer noch das laute Grummeln der riesigen Karbidscheinwerfer hören. Weit waren sie also nicht gekommen, und nun wurden noch mehr Sachen eingeladen. Riesige Kisten stapelten sich rings um das Versteck der beiden bis an die Decke. Schnell füllte sich der Laderaum. Manche Kisten wurden mit Netzen gesichert, damit sie nicht verrutschen konnten.

Dann hörten sie Kettenrasseln und das laute Klacken eines Vorhängeschlosses … und zwar auf der anderen Seite der Türen. James rutschte das Herz in die Hose. *Eingeschlossen.*

»Wie kommen wir jetzt wieder raus?«, fragte Perry leise flüsternd.

»Wir werden unsere Chance bekommen«, beruhigte ihn James und versuchte, eingezwängt in dem kleinen, dunklen Versteck, ruhig zu bleiben. Als der Lastwagen sich wieder in Bewegung setzte, war es auf seiner Armbanduhr zehn Minuten nach ein Uhr morgens. Über eine Stunde verging. Sie mussten Ruskie längst hinter sich gelassen haben, als sie durch die isolierten Wände Nebelhörner tuten und dröhnen hörten, und dazu die Schreie neugieriger Möwen.

Perry erwachte aus einem unruhigen Schlaf. »Wo sind wir denn gelandet? An der Küste?«

»In einem Hafen …« James spürte, wie er zusehends mutloser wurde. Der Lastwagen rollte jetzt langsam weiter, bergab und von zahlreichen kurzen Zwischenstopps unterbrochen. Und jetzt spürten sie auch die Vibrationen und das Brummen der großen Motoren in der Dunkelheit. »Ich glaube, wir werden gerade auf ein Schiff verladen.«

»Ein Frachtschiff?« Perry fluchte. »Wer weiß, vielleicht verfrachten sie uns ans andere Ende der Welt, James! Das kann Tage lang dauern. Wir könnten verdursten oder verhungern …!«

»Oder ersticken!«, zischte James zurück. »Also spar dir deinen Atem.« Die Luft roch bereits abgestanden. *Was sollen wir bloß machen?*, fragte er sich und schlang die Arme um den Brustkorb.

Was, zum Teufel, sollen wir jetzt machen?

KAPITEL 12

GANZ UNTEN

Nach zehn Stunden Schifffahrt wurden die Schmerzen in James' Magengegend immer unerträglicher, sowohl durch den Hunger als auch durch die Nervosität. Perry lag teilnahmslos auf einer Kiste. Der Strahl der langsam verlöschenden Taschenlampe hatte nirgendwo auf den Kisten einen Hinweis auf das Ziel ihrer Reise zum Vorschein gebracht.

»Bist du wach?«, murmelte James.

»Ich k-k-kann nicht mehr schlafen«, lautete die klägliche Antwort. »Verdammt ungemütliche Betten in diesem Hotel. Ich werde mich beschweren.«

»Ich habe gerade an Whittakers Kalender gedacht ... An das rote Kreuz über dem Zwanzigsten.«

»Ach ja? Ich habe gerade an ein festliches Weihnachtsessen gedacht und an ein prasselndes Kaminfeuer.«

»Ich habe mich geirrt«, fuhr James fort. »Das Kreuz sollte gar nicht den Tag der Vorführung markieren, sondern den Tag der Abfahrt.«

»Achtzehn – zwei.« Perry gab die Zahlen wieder, die James auf dem Zettel aus Whittakers Block zum Vorschein gebracht hatte. »Der alte Hook und Herta haben Fettes zusammen mit Blade am Achtzehnten verlassen, also vor zwei Tagen.«

»Also haben die Tests im Kloster Thornhill zwei Tage und Nächte gedauert ...« James nickte. »Das ergibt Sinn.«

»W-w-wundervoll, stimmt's?«, sagte Perry. »Wie die Lösung des Rätsels mit einem Mal klar und deutlich wird, sobald man darin gefangen ist.«

James hatte die Hecktüren gegen den Widerstand der Kette ein winziges Stückchen aufgedrückt, so dass sie zumindest atmen konnten und, wenn sie sorgfältig zielten, sogar pinkeln. Allerdings hatte das den Salzwasser- und Dieselgestank, der von draußen hereindrang, auch nicht gerade verbessert. Sie befanden sich auf hoher See in einem unbeleuchteten Frachtraum, umgeben von anderen, ebenfalls unbeschrifteten Lastwagen. James' Armbanduhr zeigte zwar elf Uhr vormittags an, aber hier unten fühlte es sich an wie eine unendliche Nacht.

Wie lange wir wohl noch eingesperrt wie die Tiere hier hocken müssen?

»Alles geht irgendwann vorbei«, murmelte er leise und versuchte, sich damit zu beruhigen. Er dachte an die Verletzungen, die er im Lauf der Jahre erlitten hatte, an die Zeit, als er gedacht hatte, er würde nie wieder ganz gesund werden. Und doch war er jetzt hier, immer noch gesund und kräftig und bereit für das, was die Zukunft bringen mochte. Er dachte an die unbezwingbare Sehnsucht nach seinen Eltern in den ersten Monaten nach deren Tod und daran, wie er sie in den Tiefen seines Unterbewusstseins vergraben hatte, so lange, bis er sich stark genug gefühlt hatte, sie wieder zum Leben zu erwecken. Er dachte an die Mädchen, die er gekannt hatte, an die Freundschaften, die er geschlossen hatte und an all die unendlichen Schulstunden und Predigten, die ihn so sehr gelangweilt hatten. Ja, es stimmte: Alles ging irgendwann vorbei. Liebe. Sehnsucht. Kindheit. James wollte aus jedem Augenblick seines Lebens das Beste herausholen.

»Wir könnten ja mal versuchen, ein paar von den Kisten aufzumachen«, sagte er. »Vielleicht finden wir darin etwas, womit wir die Türen aufknacken können.«

Perry gähnte. »Einen Raketenwerfer, zum Beispiel?«

»Etwas, womit man Ketten zerschneiden kann ...« James bearbeitete den Deckel der nächsten Kiste mit der Starterkurbel und schaffte es tatsächlich, das eine Ende anzuheben. Dann brachte das laute Dröhnen eines Nebelhorns den Frachtraum zum Erbeben. »Was hat das denn zu bedeuten?«

Perry war aufgesprungen. »K-k-könnte sein, dass wir den Zielhafen erreicht haben.«

James lauschte. Das Brummen der Schiffsmotoren wurde leiser und seine Hoffnung größer. »Wir werden langsamer. Vielleicht sollten wir die Hecktüren wieder schließen. Gut möglich, dass wir bald von Bord fahren.«

Hastig kam Perry James' Aufforderung nach, zog an den Griffen und ließ die Kette rasseln. »Ich frage mich, wo, zum Teufel, wir wohl sind ... Erst waren wir ein paar Stunden mit dem Lastwagen unterwegs, dann haben sie uns an Bord gebracht ...«

»Eine Seereise von ungefähr acht Stunden, von Schottland aus«, führte James den Gedanken weiter. »Wir könnten in Südengland sein oder auf dem europäischen Festland. Oder auch in Irland.«

Jetzt ertönte von draußen ein lautes Scheppern, und sie erstarrten.

»Was war das?«, murmelte Perry leise.

James legte das Ohr an die Hecktür. Laut und deutlich waren Schritte auf dem Metalldeck zu hören. Sie kamen näher. »Versteck dich!«, zischte er noch und schaltete die Taschenlampe aus. Perry wollte sich weiter hinten verkriechen, aber James hielt ihn fest. »Bei der Tür. Vielleicht können wir dann schnell rausspringen …« Er stemmte sich gegen die Kisten, und es gelang ihm, hinter einer ein wenig Platz schaffen. Da schlug auch schon die Kette von außen gegen die Tür und wurde laut klirrend durch die Griffe gezogen. James zwängte sich hinter Perry in den engen Spalt … und dann ging die Tür auf.

Herta stieg in den Laderaum. Sie trug einen langen, blauen Wollmantel und eine schwarze Baumwollhose. Ihre Haare steckten unter einem schwarzen Glockenhut. Trotz der schlechten Lichtverhältnisse konnte James sehen, dass ihre Augen von einem bläulich schimmernden Rand umgeben waren. Ihre zarte Haut war geschwollen und voller Blutergüsse. Sie hielt eine schlanke, silberne Taschenlampe in der Hand und ließ den Strahl im Bogen durch den Laderaum gleiten.

James' Waden fingen an zu kribbeln, und er spürte die ersten Anzeichen eines Krampfes. Er biss sich auf die Lippe. Sie würden niemals ungesehen nach draußen schlüpfen können, so viel stand fest. Sollten sie sich nicht besser zu erkennen geben und ihr alles schildern, was sie gesehen hatten?

Nein. Herta und Whittaker hatten Marcus, ohne mit der Wimper zu zucken, sterben lassen und seinen Leichnam einfach weggeworfen. Wie weit würden sie wohl noch gehen, um ihr Geheimnis zu bewahren?

James blickte die blonde Frau an und empfand eine

plötzliche Furcht. Natürlich konnte es ehrenhaft sein, für sein Land zu sterben ... aber doch nicht so.

Herta knüpfte das Netz auf und suchte, bis sie eine bestimmte Kiste gefunden hatte. Dann zog sie ein Stemmeisen aus ihrem Mantel und brach den Deckel auf. James beobachtete von seinem Versteck aus, wie sie ein mit Baumwollwatte und weißen Tüchern umwickeltes Bündel herausholte und es behutsam auseinanderfaltete, wie ein Weihnachtsgeschenk. Als die letzte Schutzschicht gefallen war, kam eine Leiterplatte zum Vorschein. Sie sah genauso aus wie die, mit der Whittaker sich im Chemiesaal beschäftigt hatte ...

»Was machen Sie da?«

James wäre beinahe das Herz stehengeblieben. Whittaker stand vor der offenen Hecktür. Zum Glück war sein unheilschwangerer Blick ausschließlich auf Herta gerichtet.

»Herr Dr. Whittaker«, sagte sie leise. »Ich habe Sie gar nicht gehört.«

»Ich habe Sie etwas gefragt: Was machen Sie da?« Er stieg in den Laderaum und nahm ihr die Leiterplatte aus der Hand. »Die Steuerungseinheit darf von niemandem berührt werden.«

Sie musterte ihn mit ihren dunklen Augen, die Arme vor der Brust verschränkt. »Grünner möchte, dass ich ihm sofort nach unserer Ankunft die zentrale Steuerungseinheit in die Botschaft bringe. Er möchte absolut sichergehen ...«

»Zum Teufel mit Grünner.«

James sah Perry fragend an. *Wer ist Grünner?*

»Die Filmaufnahmen von den Versuchen des gestrigen Abends sind bereits entwickelt«, fuhr Whittaker fort. »Die kann er sich so lange anschauen, wie er will. Und von mir aus können Sie ihm gerne erzählen, welche Abenteuer Sie im Cockpit des Stählernen Schattens erlebt haben ... Aber mehr bekommt er erst, wenn die Bezahlung und die Lieferbedingungen endgültig geklärt sind, genau so, wie es mit Blade abgesprochen ist.« Er spießte mit seinem Haken die Watte vom Boden auf und hielt sie ihr entgegen. »Packen Sie sie wieder ein, Herta.«

Sie zuckte mit den Schultern und ihre Augen glitzerten im Schein der Taschenlampe. »Ich muss Sie warnen. Grünner wird nicht erfreut sein.«

»Vielleicht könnten Sie ihn daran erinnern, welchen Wert der Stählerne Schatten auf dem freien Markt hätte, sollte er an den Meistbietenden versteigert werden. Wir reden hier von Millionen!« Whittaker beugte sich nach vorne und legte ihr seinen Metallhaken auf die Schulter. »Wir haben Ihre Mitarbeit an diesem Projekt als Teil der Verkaufsvereinbarung geduldet. Wir haben Ihnen überdies gestattet, den Schatten selbst zu testen und Ihre Erkenntnisse an Ihren Vorgesetzten zu berichten. Doch wenn Sie in diesem Stadium den Bogen überspannen sollten, dann wäre das ausgesprochen ... unglücklich.«

Was, zum Teufel, geht denn hier vor sich? Herta legte die frisch verpackte Leiterplatte zurück in die Kiste, und James merkte, dass er jeden einzelnen Muskel seines Körpers angespannt hatte, dass er voll und ganz auf Flucht oder Kampf eingestellt war. Da nahm er aus dem Augenwinkel wahr, dass Perry, der neben ihm kauerte, eine Bewegung machte. Gleich darauf ertönte draußen vor dem Lastwagen, irgendwo im Frachtraum des Schiffes, ein klapperndes Geräusch. Whittaker und Herta zuckten zusammen und drehten die Köpfe, um nachzusehen.

Erst jetzt wurde James klar, dass Perry die Starterkurbel nach draußen geworfen hatte.

»Hallo?« Blitzschnell war Herta bei der Öffnung. Jetzt stand sie fast unmittelbar neben James. »Wer ist da?«, rief sie.

Er versuchte, sich noch tiefer in den Spalt hinter der Kiste zu quetschen. *Wenn sie jetzt nach links schaut ...*

Doch Herta war ausschließlich auf den mutmaßlichen Eindringling konzentriert. Sie stieg aus und leuchtete in die Dunkelheit, gefolgt von Whittaker. »Ich bewache den Ausgang zum Deck«, sagte er. »Damit uns niemand entwischen kann.«

Während sie sich immer weiter von dem Lastwagen entfernten, huschte der weiße Strahl der Taschenlampe gespenstisch über den Fußboden und die Wände. Perry stupste James an und kroch so still und leise, wie er nur konnte, aus dem Versteck in Richtung der offenen Hecktüren.

Doch James zögerte. Anscheinend war dieses Steuerungsdingsbums so etwas wie der Schlüssel zu dem ganzen Projekt – ohne es war der Stählerne Schatten jedenfalls nicht funktionstüchtig. Er nahm all seinen Mut zusammen und drang tiefer in das Innere des Laderaums vor, schlich zu der geöffneten Kiste. Mit pochendem Herzen streckte er die Hand hinein und suchte nach der Steuerungseinheit. *Hab dich!* Er drückte sie fest an seine Brust und folgte Perry nach draußen, legte sich flach auf den öligen Boden und kroch unter den Lastwagen, wo sein Freund ihn bereits erwartete.

»Wieso hast du sie so früh zum Schweigen gebracht?«, stieß er atemlos hervor. »Ich hätte gerne noch mehr erfahren.«

»Was? Ich hätte warten sollen, bis sie fertig sind und uns wieder einschließen?« Perry schüttelte den Kopf. »Man muss auch wissen, wann es genug ist, Kumpel.«

»Wenigstens habe ich mir diese Steuerungseinheit geschnappt«, stieß James hervor.

»Ernsthaft?«

James nickte. *Vielleicht lässt Blade sich ja auf ein Tauschgeschäft ein – die Leiterplatte gegen die Wahrheit.* Doch jetzt, auf dem kalten Stahlboden des Schiffsrumpfes liegend, kam ihm die Vorstellung, dass er jemals irgendwelchen Einfluss, irgendwelche Macht haben sollte, vollkommen lächerlich vor. Er und Perry waren zwar nicht mehr im Laderaum des Lasters eingesperrt, aber in Sicherheit waren sie deswegen noch lange nicht.

Wir wissen ja nicht einmal, wo wir überhaupt sind.

Da ließ sich erneut Hertas Stimme vernehmen. »Niemand da. Wahrscheinlich ist nur irgendwo etwas heruntergefallen.« Sie steckte die Taschenlampe wieder in ihren Gürtel und kehrte zum Lastwagen zurück, um die Tür mit Kette und Vorhängeschloss zu sichern.

Whittaker trat zu ihr. »Carrel bringt uns direkt ins Hotel des Indes. Dort nehmen wir vor dem Beginn der Feierlichkeiten morgen Abend an einem Festbankett teil.« Als sie sich auf den Weg zum Ausgang machten, seufzte er. »Wenn Ihr ach so edler Grünner uns heute schon mit seiner Anwesenheit beehren könnte, dann hätten wir die ganze Angelegenheit schnell hinter uns.«

»Er ist leider unabkömmlich …«

Die Tür des Frachtraums klappte ins Schloss und verschluckte den zweiten Teil von Hertas Satz.

James zitterte am ganzen Körper, als er sich unter dem

Lastwagen hervorschob und die abgestandene Luft tief in seine Lungen saugte. »Ich hatte bis zum Schluss Angst, dass sie uns entdecken.«

»Also, ich persönlich war sehr zuversichtlich.« Perry krabbelte hervor und grinste schief. »Und jetzt weiß ich auch, wo wir liegen.«

»In unserem eigenen Pipi?«

»Also bitte, James. Wenn man darüber nachdenkt, dann ist es doch ganz offensichtlich.« Genüsslich zog Perry den Augenblick in die Länge. »Das Hotel des Indes ist das p-p-prächtigste Hotel in ganz Den Haag.«

»Und da liegt auch die Zentrale von Blade-Rise. Ich war fest davon ausgegangen, dass er diese mechanische Rüstung für die Briten anfertigt. Aber was, wenn nicht? Er hat davon gesprochen, dass die Nazis die Aufrüstung vorantreiben ...« James sah Perry an. »Was, wenn er *denen* den Stählernen Schatten verkaufen will?«

»Was?« Perry schüttelte den Kopf. »Grünner, das klingt irgendwie deutsch, aber was beweist das? Er könnte auch e-e-ein holländischer Geschäftsmann sein und Herta seine Geschäftspartnerin. Vielleicht ist das Ganze ja nur ein privates Geschäft.«

»Vielleicht.« James warf einen Blick auf die Leiterplatte in seinen Händen. »Aber wie es auch sein mag, ich glaube kaum, dass sein mechanisches Wunderwerk ohne das hier noch funktioniert.«

Perry hob eine Augenbraue. »Ich weiß nicht, James. Vielleicht solltest du das Ding lieber wieder zurücklegen ... Damit diese Leute mit ihren kostbaren Waffen machen können, was sie vorhaben.«

»Das wäre vermutlich das Klügste«, sagte James, während

draußen wie zur Bestätigung das Nebelhorn eines vorbeifahrenden Schiffes tutete. »Aber hier geht es nicht mehr nur um Marcus. Wir dürfen nicht zulassen, dass Blade damit davonkommt. Und außerdem – niemand weiß, dass wir hier sind. Daher kann auch niemand wissen, dass wir uns dieses Ding unter den Nagel gerissen haben – vorausgesetzt, wir kommen von Bord, ohne von den Fahrern gesehen zu werden, wenn sie zu ihren Fahrzeugen zurückkehren. Komm, wir sehen uns mal ein bisschen um, damit wir wissen, wie es in diesem Frachtraum aussieht – und wie wir am besten hier rauskommen.«

James näherte sich der Tür, durch die Whittaker und Herta verschwunden waren. »Nehmen wir einmal an, dass wir tatsächlich in Den Haag einlaufen, könnten wir dann in Scheveningen bei deinen Verwandten wohnen? Was meinst du?«

»Wenn sie schon in die Weihnachtsferien gefahren sind, wie sie es normalerweise tun, dann können wir es uns dort gemütlich machen. Wir sind in Den Haag, James, das spüre ich eindeutig«, versicherte Perry. »Ich bin mir ganz sicher.«

Kurze Zeit später kauerten James und Perry gut versteckt an Deck. Immer wieder war zwischen den Rauchschwaden hindurch die Küste zu sehen – lang und flach und kilometerweit.

Perry grinste ein wenig kleinlaut. »Es könnte natürlich auch Rotterdam sein.«

»Rotterdam?«

»Anders ausgedrückt ... es *ist* Rotterdam. Aber das liegt

nicht so weit von Den Haag entfernt. Vielleicht vierzig Minuten mit der Eisenbahn.«

Noch eine Schwierigkeit mehr, dachte James finster, während das Schiff einen breiten Wasserlauf durchpflügte, der ins Landesinnere führte. Das Wasser war genauso grau wie der Himmel. Sie passierten unzählige andere, kleinere Fluss- und Bachmündungen sowie breite Anleger, an denen die Boote hingen wie Trauben an einer Weinrebe. Überall waren Wasserfahrzeuge in allen Größen unterwegs: Fischerboote, Kreuzfahrtschiffe, Tanker und Schlepper. Gewaltige Kräne säumten die Docks und ließen ihre großen Körbe durch die Luft schweben, allzeit bereit, Waren auf- oder abzuladen. Es roch nach Öl und Fisch. Während sie sich dem Ufer näherten, sahen James und Perry ein buntes Durcheinander an baufälligen roten Backsteinspeichern und aufwendig herausgeputzten Häusern und Hotels, die durch große Plätze, Brücken und Promenaden voller Menschen und Automobile vom Wasser getrennt wurden.

Perry biss sich auf die Lippe. »Wie, zum Teufel, sollen wir bloß von Bord kommen?«

»Warten wir mal, bis die Lastwagen losfahren«, sagte James. »Dann gehen wir ihnen zu Fuß hinterher.«

Sie schlotterten in ihren feuchten Kleidern und warteten ab, gut versteckt inmitten der Rauchwolken.

»Dir ist schon klar, dass die Besatzung uns für blinde Passagiere halten wird, wenn wir geschnappt werden, oder?«, sagte Perry. »Blinde Passagiere auf einem Frachter, der streng geheime Waffen geladen hat. Wenn sie uns nicht auf der Stelle erschießen, dann bringen sie uns zu Whittaker und Herta …«

»Und Blade.« Am ganzen Körper zitternd klopfte James

auf die Leiterplatte in seiner Jackentasche. »Und wenn er mich damit erwischt ...«

Sie sahen einander an. Dann fing Perry an zu grinsen. »War schön, dich kennengelernt zu haben, James.«

James erwiderte sein Grinsen. »Ich wünschte, ich könnte dasselbe sagen.«

»Dann sag es doch, du undankbares Geschöpf.«

»Es war gelegentlich gar nicht so schlecht, dich gekannt zu haben«, sagte James.

»Schon besser ...«

Sie kehrten wieder zum Frachtraum zurück, dessen Wand jetzt wie eine gewaltige Zugbrücke an dicken Ketten herabgelassen wurde und eine Art Rampe bildete. Die Fahrzeuge rollten, eines nach dem anderen, auf einen privaten Anleger, der ganz in den Blade-Rise-Farben blau und weiß gehalten war. Knapp hundert Meter entfernt, hinter einem Kontrollpunkt, befand sich die Ausfahrt zur Hauptstraße. Davor stand ein Wachposten, der die notwendigen Papiere kontrollierte.

»Los geht's ...« Bei Tageslicht war der Frachtraum längst nicht mehr so düster wie zuvor. Zwei Besatzungsmitglieder standen an der Ausfahrt und dirigierten die Fahrzeuge mit Handbewegungen in Richtung Kontrollpunkt.

»Jetzt sind wir an der Reihe«, murmelte James. »Bist du bereit, Perry?«

Perry holte tief Luft. »Und voll grenzenloser Energie, James.«

»Also dann ...«

Der letzte Lastwagen kam die Rampe emporgerumpelt und erreichte den Anleger. James rannte los, so schnell er nur konnte, dem Laster hinterher, dicht gefolgt von Perry. Er wäre beinahe auf einer Öllache ausgerutscht, sah sich schon auf den Rücken fallen – ein absoluter Albtraum –, schaffte es jedoch irgendwie, die Balance zu halten, und rannte noch schneller weiter.

Ein Besatzungsmitglied, ein kleiner, drahtiger Kerl, hatte ihn gesehen. Er stieß einen lauten Schrei aus, und James sah ihn wie in Zeitlupe auf sich zukommen. Er schien wild entschlossen, jeden Eindringling anzugreifen und zur Strecke zu bringen.

James stieß sich mit aller Kraft vom Boden ab und sprang tatsächlich über die ausgestreckten Arme des Kerls hinweg, doch da war schon der Zweite. Er war dunkelhäutig und kam ihm mit entschlossener Miene entgegen. James konnte nicht mehr ausweichen. Er landete, duckte sich, rutschte in einer Wasserlache weiter und trat dem Kerl die Beine weg. Dieser stürzte zu Boden, streckte dabei jedoch noch ein Bein aus und brachte damit Perry zu Fall. Vielstimmiges, wütendes Geschrei war zu hören, während die beiden sich wieder aufrappelten.

Der Lastwagen verlangsamte jetzt seine Fahrt. Wahrscheinlich hatte der Fahrer den Tumult bemerkt. Er lenkte stark nach links und versuchte, James den Weg abzuschneiden.

James stieß ein paar kräftige Schimpfworte aus und änderte die Richtung, huschte hinter dem Heck des Lasters hindurch, während Perry den Weg um die Motorhaube wählte. Möwen kreisten spöttisch kreischend über ihren Köpfen, als würden sie sich über ihre hilflosen Fluchtversuche lustig machen. Die weiße Schranke an der Ausfahrt war vielleicht noch sechs, sieben Meter entfernt. James konnte sie deutlich erkennen. Der Wachposten drehte sich hastig um, huschte in sein Wärterhäuschen – für einen kurzen Augenblick dachte James, dass er sich vielleicht verstecken wollte – und kam mit einem Schlagstock wieder heraus.

»Über die Schranke!«, rief James Perry zu und rannte direkt auf den Wachposten zu. Er war so schnell, dass er den Mann mit der Schulter voraus in die Brust gerammt hatte, noch bevor der Schlagstock mehr Unheil anrichten konnte, als ihn leicht am Rücken zu streifen. Durch den Schwung wurden sie beide in das Wärterhäuschen geschleudert, und zwar so heftig, dass die Rückwand bei dem Aufprall zersplitterte. Der Wachposten stieß einen heiseren Schrei aus und blieb benommen liegen. James murmelte eine hastige Entschuldigung und huschte unter der Schranke hindurch nach draußen.

»Bond!«

James drehte sich sofort um und sah Whittakers hochgewachsene Gestalt auf dem Oberdeck des Schiffes stehen. Er zeigte mit seinem Haken über die Reling hinweg direkt auf ihn. James stieß einen gedämpften Fluch aus und rannte weiter, obwohl er mitbekam, dass die anderen Besatzungsmitglieder und der Lastwagenfahrer ihn ebenfalls anbrüllten. Er folgte Perry, der bereits über den Vorplatz huschte, sich durch den Verkehr schlängelte und in der Menschenmenge untertauchte.

James jagte ihm nach, schlug einen Haken nach dem anderen und dachte: *Verdammt, er hat mich gesehen. Whittaker hat mich gesehen!* Wenn sie feststellten, dass die Steuerungseinheit nicht mehr in dieser Kiste lag, dann brauchte es kein Genie, um dahinterzukommen, wer sie gestohlen hatte …

Plötzlich hörte er lautes Reifenquietschen, dann einen

harten Aufprall und einen allgemeinen Aufschrei der Menschen auf der geschäftigen Straße.

Mitten auf der Straße stand regungslos ein wunderschöner Studebaker Commander, Baujahr 1930. Die Karosserie war in herrlichem Silber und Burgunderrot lackiert ... Und davor lag Perry, alle viere von sich gestreckt.

KAPITEL 13

FREMDE IN EINEM FREMDEN LAND

Ein Gewirr aus zahlreichen holländischen Stimmen erhob sich. James konnte zwar kein Wort verstehen, aber der Fahrer des Studebaker gestikulierte wie wild mit den Armen. Er sah entsetzt und ziemlich wütend aus, und dann rief jemand *»Politie!«*. James nahm an, dass die Polizei jeden Moment auftauchen würde. Er blickte auf die Straße und sah das Blut. Es stammte offensichtlich aus einer Wunde in Perrys rechtem Bein.

James schob sich durch die Menge der Schaulustigen und kniete sich neben seinen Freund. »Perry? Perry!«, flüsterte er. Die anderen sollten nicht merken, dass er Engländer war, für den Fall, dass Whittaker bereits ein paar Verfolger losgeschickt hatte, zumal er und Perry ja dieselbe Kleidung trugen. Er spürte, wie sich eine beruhigende Hand auf seine Schultern legte, dann versuchte jemand, ihn wegzuziehen. James schüttelte die wohlmeinende Dame ab, schob Perry einen Arm unter den Rücken und hob ihn behutsam in eine sitzende Position.

Perry öffnete die Augen und riss sie dann voller Entsetzen auf. »Großer Gott, m-m-mein Bein. Tut das w-w-weh!« Er runzelte die Stirn. »Tut mir leid, James. Stoßstange gegen Schienbein. Ist meine Kniescheibe noch da, wo sie sein soll?«

James blickte sich nach eventuellen Verfolgern um und machte »Pschscht!«. Dann flüsterte er: »Wir können hier nicht bleiben. Kannst du dich bewegen?«

Perry hielt den Atem an, während James ihm beim Aufstehen behilflich war, ihm den Arm um die Hüfte legte und ihn langsam wegführte. Die Leute schrien entsetzt auf. James sah ihnen ihre Sorge, ihr Misstrauen und manchen auch ihre Wut deutlich an. Er versuchte, sie mit einer Handbewegung zu besänftigen, gab dies jedoch schnell wieder auf und konzentrierte sich darauf, seinen Freund zu stützen.

Perry war aschfahl im Gesicht geworden. Er konnte sein Bein so gut wie gar nicht belasten und stieß bei jedem Schritt ein unterdrücktes Stöhnen aus.

»Weiter«, drängte James. »Whittaker hat mich beim Anleger gesehen. Er hetzt uns garantiert seine Leute auf den Hals.«

»Die werden uns w-w-wahrscheinlich ein, zwei Fragen stellen w-w-wollen.«

»Ich hätte da im Gegenzug aber auch ein paar.«

Unter einer reich verzierten, gusseisernen Brücke, die über eine Gracht führte – so werden die vielen Kanäle und Wassergräben in den holländischen Städten genannt –, blieben sie stehen. Hier war es dunkel und kalt, und es herrschte ein übler Gestank, aber wenigstens schien sich niemand für sie zu interessieren. James nahm sich Zeit für eine kurze Bestandsaufnahme. Die Schnittwunde in Perrys Bein war etwa zehn Zentimeter lang und ziemlich tief. Immer noch floss dunkles Blut heraus. Sein Hosenbein und seine Socke waren schon völlig durchnässt.

»Sagen Sie mir die W-W-Wahrheit, Herr Doktor«, sagte

Perry mit einem gezwungenen Lächeln. »Müssen Sie es abnehmen?«

»Das Beinkleid? So gut wie sicher.« James lächelte und hob sanft Perrys Bein an. Wenn die Verletzung höher lag als das Herz, dann müsste die Blutung eigentlich bald aufhören. »Wir müssen die Wunde säubern und verbinden.«

»Ich h-h-hätte auch nichts gegen ein paar frische Kleider einzuwenden. Das können wir beides erledigen, sobald w-w-wir bei meinem Onkel sind ...«

»Weißt du die Adresse?«

»Brugsestraat acht.«

»Wie bitte?«

»Bei den Holländern gilt: Lieber ein Vokal zu viel als einer zu wenig.«

James lächelte schwach. »Aber wenn du da mit einem kaputten Bein auftauchst, dann drehen deine Tante und dein Onkel doch bestimmt durch, oder?«

»Wie gesagt, mit ein bisschen Glück sind sie schon auf einer ihrer langweiligen Kreuzfahrten.« Perry versuchte, sein Bein zu bewegen, und verzog das Gesicht. »Und jetzt m-m-müssen wir zum Bahnhof.«

»Wir haben doch kein Geld.«

»Dann weichen wir eben aus, wenn ein Schaffner kommt.«

»So, wie du dem Studebaker ausgewichen bist?« Vorsichtig setzte James Perrys Bein ab. »Keine Sorge, ich werde den Weg zum Bahnhof schon finden.«

»Ich hab eine Freundin hier, die ist ganz versessen auf alles, was mit der Eisenbahn zu tun hat. Und soweit ich mich erinnern kann, hat Rotterdam zwei oder sogar drei Bahnhöfe.«

»Dann ist die Wahrscheinlichkeit ja noch größer, dass ich einen finde. Kannst du erst mal hierbleiben?«

»Einfach nur rumliegen und nichts machen? Ist doch genau das Richtige am ersten Ferientag.« Perry zwang sich zu einem schwachen Lächeln. »Ich werd's schon überleben. Pass du auf, dass du nicht irgendwelchen bösartigen Hafenarbeitern in die Hände läufst.«

»Versprochen.« James trat unter der Brücke hervor in die trostlose Dezembersonne und stieg die Treppe hinauf, die auf die Kopfsteinpflasterstraße führte. Dabei versuchte er, seine Gedanken ein wenig zu ordnen. Auf der anderen Seite des Kanals stand eine Windmühle. Ihre vier Segel drehten sich träge. James zitterte, senkte den Kopf und schlug den Kragen zum Schutz vor der Kälte hoch.

So ein Pech aber auch. Ihre Flucht hätte ein großer Triumph werden können, wenn nur das Ende anders verlaufen wäre! Wieder einmal wurde James an den schmalen Grat zwischen Erfolg und Misserfolg erinnert. Ein einziger, falsch berechneter Schritt, eine einzige falsche Entscheidung, und schon konnte sich das Schicksal komplett wandeln.

Auch durch ein einziges, heimlich belauschtes Gespräch ... Herta hatte sich in den Laderaum des Lastwagens geschlichen, um eine Komponente des Stählernen Schattens zu stehlen. Doch Whittaker war misstrauisch gewesen. Befürchtete er etwa, dass sie ein doppeltes Spiel spielte? Und wer genau war dieser Grünner? Es war jedenfalls eindeutig, dass Herta sich hauptsächlich ihm verpflichtet fühlte. Sie hatte ja auch zu James gesagt, dass sie an Blade und Whittaker nur »ausgeliehen« sei. War der wahre Grund für Marcus' Tod vertuscht worden, um irgendwelche Geschäfte nicht zu gefährden? Ging es etwa nur um Geld?

Dieser Gedanke ließ die kalte Wut in James aufkochen. Aber im Moment brauchte er selbst Geld, und es gab nur eine Möglichkeit, wie er sich das auf legalem Weg beschaffen konnte …

An der Uferpromenade entdeckte er ein Münztelefon. Es dauerte fast zwanzig Minuten, bis die internationale Vermittlung ihn über zahlreiche Fernsprechämter mit Pett Bottom verbunden hatte, aber Gott sei Dank war Tante Charmian zu Hause und erklärte sich einverstanden, das R-Gespräch anzunehmen.

»James, bist du das? Ich bin so froh, dass du dich meldest, aber die Dame von der Vermittlung hat gesagt *Niederlande …?*«

James holte tief Luft und überkreuzte die Finger, bevor er seiner Tante erzählte, dass er und Perry nach dem anstrengenden Trimester das Bedürfnis gehabt hatten, wegzufahren. Und so hatten sie ganz spontan beschlossen, die Fähre nach Holland zu nehmen und Perrys Verwandte zu besuchen. Er spürte zwar Charmians Misstrauen, aber trotzdem erklärte sie sich bereit, ein wenig Geld für die nächsten Tage an die Rotterdamsche Bank zu schicken. »Aber du musst mir versprechen«, fügte sie hinzu, »dass das nichts mit Mr Blade und seiner Firma zu tun hat.«

Charmian entgeht wirklich gar nichts, dachte James zerknirscht.

»Perry und ich haben nur gedacht, dass es schön wäre, das Land zu besuchen, in das Marcus vielleicht auch gefahren wäre. So eine Art … Abschiednehmen. Das war ja in Fettes nicht möglich.«

Zumindest steckt da ein Fünkchen Wahrheit drin, dachte James. Er log seine Tante wirklich nur äußerst ungern an, aber er musste unbedingt herausfinden, was hinter dieser ganzen Geschichte steckte.

»Also gut. An Weihnachten bist du wieder zurück.« Das war eine Feststellung, keine Frage, und James hörte die eiserne Entschiedenheit, die dahintersteckte.

»Ja, selbstverständlich«, pflichtete er ihr bei und gab ihr die Adresse von Perrys Onkel und Tante in der Brugsestraat in Den Haag. »Und ich bringe dir ein ganz tolles Weihnachtsgeschenk mit.«

Erleichtert nahm er hinter der schroffen Antwort auch Charmians Lächeln wahr: »Das will ich doch hoffen, falls du vorhast, es mit meinem Geld zu bezahlen.«

Anschließend erkundigte er sich bei mehreren Passanten nach dem Weg zum nächsten Bahnhof. Die Antworten kamen ihm jedoch ziemlich widersprüchlich vor, und als er wissen wollte, von wo er am besten nach Scheveningen kam, da erfuhr er, dass er den Namen des Ortes falsch ausgesprochen hatte. Es hörte sich eher an wie *S-chey-we-nin-gen*. Aber da ihn etliche Leute zum Bahnhof Rotterdam Maas schickten, beschloss er, sich dort ein wenig gründlicher umzusehen.

Der Bahnhof lag dicht am Wasser. Es war ein düsteres, nüchternes Gebäude und sah aus wie zwei riesige, aneinandergebaute dunkle Holzschuppen mit Staffeldächern. Durch die großen, halbkreisförmigen Glasfenster über den hohen, bogenförmigen Eingängen drang Tageslicht in die eiskalte Bahnhofshalle. In einer Ecke der gepflasterten Halle entdeckte James ein kleines Café. Es roch nach Eiern und Schinken und starkem Kaffee, und sein Magen fing fürchterlich an zu knurren.

Dann fiel sein Blick urplötzlich auf den schwarzen Kerl,

den er auf dem Anleger im Hafen niedergestreckt hatte. Er stand am anderen Ende der Bahnhofshalle und starrte angestrengt in die Menschenmenge.

James drehte sich blitzschnell um, suchte entlang der Straße nach anderen unerwünschten Beobachtern und entfernte sich mit schnellen Schritten. Zum Glück lag Perry noch unter der Brücke, genau dort, wo er ihn zurückgelassen hatte. Er war blass, schlotterte heftig und hatte in der Zwischenzeit einen seiner Hemdsärmel abgerissen, um sein verletztes Bein zu verbinden.

»Ich bin am Verhungern und Verdursten«, sagte Perry zur Begrüßung. »Können wir los?«

»Noch eine Minute.«

Es wurden eher drei. James half ihm beim Aufstehen, und Perry hielt vor Schmerzen den Atem an. »Ha! So fallen wir natürlich überhaupt nicht auf!«

»Der Bahnhof ist zum Glück nicht allzu weit weg. Und da unsere Verfolger ihn gerade eben schon durchsucht haben, müssten wir zumindest für eine Weile in Sicherheit sein.«

»Vielleicht setzt du m-m-mich einfach irgendwohin, und ich bettle ein b-b-bisschen? So bekomme ich bestimmt das nötige K-K-Kleingeld für die Fahrt zusammen.«

»Gut möglich, dass es noch so weit kommt«, sagte James und stützte Perry, während sie zum Bahnhof gingen. Dabei hielt er ununterbrochen nach Bedrohungen Ausschau. »Ich erkundige mich gleich nach der Abfahrtszeit und den Preisen, aber erst müssen wir unseren Brennstoffvorrat ein bisschen auffüllen.«

Sobald sie die Bahnhofshalle erreicht hatten, lehnte James Perry an eine Wand, sah nach, ob die kostbare Leiterplatte noch in seiner Manteltasche steckte, und ging dann auf einen Tisch zu, an dem gerade eben noch ein Paar mittleren Alters gesessen hatte. Sie hatten einen Schluck Kaffee sowie die Überreste eines Sandwiches zurückgelassen. James schnappte sich die Brotkrusten und die Tasse und brachte beides zu Perry, der den Kaffee hinunterschluckte und dankbar auch das Brot verdrückte. James stellte die Tasse auf einen anderen Tisch und nahm sich dabei ein paar Zuckerwürfel. Als er den Blick über die anderen Tische schweifen ließ, sah er, dass der Kellner ihm einen bösen Blick zuwarf. Er lächelte höflich und verzog sich schnell.

»Hierher, James!« Perry winkte ihm aufgeregt zu.

James rannte zurück zu seinem Freund, runzelte die Stirn und gab ihm die Zuckerwürfel. »Hast du etwas gesehen?«

»Die Rettung, James! Das Mädchen da oben!«

James folgte Perrys Blick bis zu der Brücke, die die beiden Bahnsteige miteinander verband. Gerade kam ein Zug mit qualmendem Schornstein und laut quietschend zum Stehen. Aber James konnte nur einen Jungen etwa in ihrem Alter entdecken, der von der Brücke aus den Zug beobachtete. Er hielt einen Notizblock und einen Stift in der Hand. »Abgesehen von diesem Eisenbahn-Liebhaber da sehe ich keinen …«

»Aber das *ist* sie doch! Ich hab dir doch von dieser Freundin erzählt, die so verrückt nach Eisenbahnen ist. *Das ist sie!*« Perry zuckte mit den Schultern. »Ich m-m-meine … Sie ist ein bisschen durchgeknallt. Kaum zu ertragen. Damit musste ich mich schon als kleines Kind abfinden, aber sie hat das Herz am rechten Fleck. Sie hilft uns bestimmt.«

»Wie heißt sie denn?«, wollte James wissen.

»Kitty. Kitty Drift. Geh zu ihr, James, schnell! Du m-m-musst!«

Verdutzt gehorchte James seinem Freund und rannte die Stufen zur Brücke hinauf. Je näher er kam, desto deutlicher wurde ihm, dass Kitty nur bei oberflächlicher Betrachtung wie ein Junge aussah – hauptsächlich, weil sie einen weiten Pullover, eine schwarze Hose und einen unförmigen Regenmantel trug. Sie war ziemlich klein, höchstens einen Meter sechzig, nach James' Schätzung. Ihre roten Haare hatte sie zu einem unordentlichen Knoten zusammengebunden, und die kastanienbraunen Augen hinter ihren großen, runden Brillengläsern standen weit auseinander. Sie hatte blasse Haut und machte ein Gesicht, als würde sie aus dem Staunen gar nicht herauskommen.

»Kitty Drift?«, sprach James sie ein wenig unsicher an.

»Ja?« Das Mädchen sah ihn an, und ihre Wangen röteten sich sofort. »Kennen wir uns? Ich weiß nicht ... Also, an jemanden wie dich würde ich mich bestimmt erinnern. Ich kenne gar keine Männer. Also, Jungs ... aber ...« Sie brach ab und fing an zu husten. Dabei sah sie ihn mit ihren weit aufgerissenen, erschrockenen Augen an. James hatte den leisen Verdacht, dass sie mit dem Husten nur ihre Verlegenheit überspielen wollte. »Tja, also ... ja. Ich bin Kitty Drift.« Sie sah ihn erwartungsvoll an. »Und wer bist du?«

»Bond. James Bond. Ich bin mit einem Freund hier, den du vielleicht kennst – Perry Mandeville?«

»Ach du meine Güte!« Kitty verzog das Gesicht. »Was hat denn Mandy hier zu suchen? Hat er mich über die Jahre nicht schon genug gepiesackt?«

»Anscheinend nicht.« James zuckte ein wenig hilflos mit den Schultern. »Wir brauchen dringend deine Hilfe.«

»Tatsächlich?« Sie trat ein wenig dichter auf ihn zu, musterte ihn von Kopf bis Fuß und lächelte. Dabei wurde eine kleine Lücke zwischen ihren beiden vorderen Schneidezähnen sichtbar. »Ach, Mandy, Mandy. Also gut – wo steckt denn der böse Bube?«

James hatte das Gefühl, als müsste er seinen Freund verteidigen. »Er hatte einen Unfall. Eine unsanfte Begegnung mit einem Automobil.«

»Aber er lebt noch? Na gut.« Kitty grinste. »Ich nehme an, ich kann ein paar Minuten erübrigen, um ihm guten Tag zu sagen. Bring mich zu ihm, James Bond.«

James ging voraus. Sie nahm seinen Arm und hüpfte mit großen Schritten und frischem Schwung neben ihm her.

Perry sah sie näher kommen. »Ah, Drift, hatte ich also recht. Du warst es tatsächlich. James, darf ich vorstellen? Das ist Kitty. Kitty …«

»Jaja«, fiel Kitty ihm ins Wort. »Dein Freund hat die Formalitäten bereits erledigt, Mandy.«

»Gut. Gib uns mal ein bisschen Geld.«

»Na, das ist ja mal ein herzliches Willkommen.« Kitty stemmte die Hände in die Hüften. »Warum sollte ich dir was anderes geben als eine saftige Ohrfeige? Seit Jahren hast du nichts Besseres zu tun, als mir kolossal auf die Nerven zu gehen.«

»Damit versuche ich l-l-lediglich, meine aufrichtige Bewunderung für dich zu verbergen, Drift. Und jetzt hör zu. James und ich müssen nach Scheveningen, aber unsere Reisekasse ist leider leer.« Perry deutete auf sein Bein. »Und das da fällt höchstwahrscheinlich demnächst ab, wenn sich nicht ein Doktor seiner annimmt. W-W-Wenn du also nichts dagegen hast …«

Kitty seufzte. »Euch ist schon klar, dass ihr im falschen Bahnhof seid, oder?«

»Du musst es ja wissen.« Perry blickte James an. »Sie sammelt die Namen und Nummern der verschiedenen Lokomotiven. Ist bei Wind und Wetter unterwegs und immer an so ungemütlichen Orten wie diesem hier.«

»Ich bin auf der Suche nach einem besonders seltenen Objekt. Einzigartig«, gab Kitty zurück. »Jedenfalls nicht nach *euch*.«

»Wir wären dir sehr dankbar, wenn du uns helfen würdest, Kitty«, sagte James diplomatisch.

»Soso. Das ist gut.« Sie lächelte ihn erneut an. »Die Züge nach Scheveningen fahren in Hofplein ab, darum müsst ihr dahin. Ihr könnt natürlich auch vom Bahnhof Delftsche Poort nach Hollands Spoor in Den Haag fahren und dann die Dampfeisenbahn nach Scheveningen Strand nehmen. Die fährt sehr regelmäßig.«

»Großer Gott«, stöhnte Perry. »James, weck mich auf, wenn sie fertig ist.«

»Zu schade, dass die alte Breitspur-Straßenbahn nicht mehr in Betrieb ist«, machte Kitty unbeirrt weiter. »Sonst hätten wir die auch nehmen können, ab Staatspoor …«

»Wir?«, unterbrach James sie erstaunt.

»Ohne mich würdet ihr euch doch sofort verlaufen.« Sie machte ein betrübtes Gesicht. »Ach, wenn wir doch bloß mit einem dieser neuen Dieselzüge fahren könnten. Das hätte Klasse. Habt ihr die schon gesehen? Die DE-3?«

James schüttelte den Kopf. Er kam sich ein bisschen überrumpelt vor.

»Die sind wunderschön. Und technisch ein gewaltiger Fortschritt. Die Waggons sind zum Beispiel nicht mehr genietet, sondern geschweißt, damit sie stromlinienförmiger werden …«

»Nicht genietet? Unvorstellbar.« Perry deutete auf sein Bein. »Drift, ist dir eigentlich klar, dass ich gerade verblute?«

»Und warum nehmt ihr euch kein Taxi?« Kitty hielt inne. »Ach so, klar. Ihr habt keine Kohle. Tja, dann wird es wohl das Beste sein, wenn ich euch zum Hofplein bringe.« Sie warf James einen scheuen Blick zu. »Da wollte ich später sowieso noch hin. Um endlich meine ultimative Entdeckung zu machen.«

»Deine ultimative Entdeckung?«

»Eines Tages. Eines frohen, frohen Tages ...«

Sie brachte die beiden Jungen wieder nach draußen. Eine kalte Brise von der Nordsee her begleitete sie auf ihrem Weg ins weiter im Landesinneren gelegenen Stadtzentrum. James stützte Perry, der mit schmerzverzerrter Miene neben ihm herhinkte. Es war gut, dass Kitty darauf bestanden hatte mitzukommen, dachte sich James. Ihre Verfolger würden nach zwei Jungen Ausschau halten, und nicht nach dem seltsamen Grüppchen, das sie jetzt bildeten.

Der Bahnhof Hofplein war ein halbkreisförmiges, weißglasiertes Backsteingebäude, in dem sich das Restaurant Loos sowie eine bescheidene Bahnhofshalle befanden. Die Bahnhofshalle war über ein erhöht gelegenes Torhaus zugänglich. Kitty redete beinahe ununterbrochen, während sie drei Dritte-Klasse-Fahrscheine kaufte und sie zu einem elektrischen Vorortzug – ein *Blokkendozen*, wie sie sagte – mit Holzbänken und großen Fenstern brachte. Verzierte Deckenleuchten verbreiteten ein rauchiges Licht.

Perry ließ sich erschöpft auf seinen Sitzplatz sinken. »Du hättest wirklich nicht mitkommen müssen, Drift.«

»Sobald wir bei deiner Tante und deinem Onkel sind, kannst du mir das Geld zurückgeben«, teilte sie ihm mit.

James atmete erleichtert auf, als der Zug über ein Viadukt aus Stahlbeton rumpelte und sie Rotterdam hinter sich ließen. Er saß neben Kitty und blickte aus dem Fenster. Tierskulpturen aus Gips verzierten die ansonsten nüchterne, weiße Brücke.

»Habt ihr gewusst, dass diese Brücke das erste Betonbauwerk in den Niederlanden war?« Kitty wurde schon wieder rot. »Entschuldigt, ich langweile euch, stimmt's? Ich glaube, ich bin ein bisschen nervös. In Gesellschaft werde ich immer nervös, und ich habe heute einfach nicht damit gerechnet. Wenn ich nervös bin, rede ich immer zu viel.«

James lächelte. »Interessierst du dich eigentlich schon immer für Züge? Lokomotivnummernsammler, so werdet ihr doch genannt, oder?«

»Manchmal, ja. Aber ich mag das Wort nicht.« Sie rümpfte die Nase. »Ich würde mich eher als *Ferroequinologin* bezeichnen.«

»Aha«, erwiderte er verwirrt.

»Das bedeutet ›Erforscherin des eisernen Pferdes‹.« Kitty neigte den Kopf. »Die Dampfmaschine ist ein wahres Wunderwerk der Technik.«

Trotzdem würde ich mir keine auf den Rücken schnallen, dachte James und tippte mit dem Finger auf die Leiterplatte in seiner Tasche.

»Ihr dahinschwebender weißer Atem … der immergleiche Rhythmus …« Kitty seufzte. »Das ist unglaublich faszinierend.«

Perry gähnte demonstrativ.

»Das ist es«, meinte James zustimmend. *Und außerdem eine große Erleichterung*, fügte er im Stillen hinzu. Zu seiner Linken schwebte die Sonne gerade dem Horizont entgegen und wärmte ihn mit ihren Strahlen, während der Zug über die Schienen ratterte. Die Häuser der Stadt wurden von einer eher ländlichen Umgebung abgelöst. Bäume, die aussahen wie flache Bürsten, säumten ebene Felder, die von langen, kerzengeraden Kanälen durchzogen wurden. James wusste nicht, ob sie bewusst als Entwässerungskanäle angelegt oder von der Natur so geschaffen worden waren. Es schien unzählige Flüsse zu geben, und überall waren größere Wasserflächen zu sehen, in denen sich der grauweiße Winterhimmel spiegelte. James legte die Hand auf die Leiterplatte in seiner Tasche und spürte, wie er sich zum ersten Mal seit Ewigkeiten ein wenig entspannte.

»Also, was bringt dich eigentlich hierher, Mandy?«, wollte Kitty jetzt wissen. »Willst du einfach nur einen Weihnachtsbesuch bei der Familie machen? Und was hast du deinem Freund für Lügen erzählt, dass er mitgekommen ist?«

»Mir war nach einem Tapetenwechsel«, sagte James. »Aber wie bist du in die Niederlande gekommen, Kitty? Dein Akzent klingt ja eigentlich viel eher nach Nordengland.«

»Ach, du meine Güte, das hast du gehört? Ja ... Doncaster, um genau zu sein. Daddy sagt, dass der wichtigste Grund für meine höchst anspruchsvolle Schulbildung der sei, jede Spur irgendeines Akzents auszulöschen. Damit ich es ›zu etwas bringe‹.« Sie lachte. »Aber warum sollte ich mich ändern? Um deine Frage zu beantworten: Daddy ist Direktor der Rhenish Railway Company, und darum sind wir hier.« Sie wandte sich an Perry. »Weißt du, jedes Mal, wenn dein Onkel George mit der Straßenbahn von Den Haag nach Scheveningen fährt, wird er höchstwahrscheinlich von einer Merryweather-Lokomotive gezogen, die aus der Firma meines Vaters stammt.«

»Stell dir das mal vor, James!«, flötete Perry mit gespielter Begeisterung.

Kitty lächelte säuerlich. »Ich hoffe, dein Bein fault bald ab.«

James hielt es für klug, das Thema zu wechseln. »Was schreibst du eigentlich in dein Notizbuch, Kitty?«

»Ich notiere mir Nummer, Name, Typenbezeichnung, Kategorie, Heimatbahnhof und das Datum der Sichtung jeder Lokomotive, die mir begegnet. Daran ist mein Daddy schuld. Als ich noch kleiner war, hat er mich jedes Wochenende zum Hauptbahnhof von Doncaster mitgenommen. Dort treffen mehrere Bahnlinien zusammen, also gibt es eine Menge zu sehen.« Kitty schob das dicke Brillengestell wieder die Nase hinauf. »Das Aufschreiben ist nicht alles. Daddy ist mit mir immer heimlich in die Lokomotivschuppen geschlichen, und manchmal sind wir auch im Führerhaus auf einer der Lokomotiven mitgefahren. Das hat mich einfach gepackt, schätze ich mal.« Sie sah James an. Mittlerweile war die Verlegenheit aus ihrem Gesicht gewichen, und sie war froh und glücklich, ihre Leidenschaft mit jemandem teilen zu können. »Ich finde, es ist eine faszinierende Vorstellung, dass das ganze Land von einem Schienennetz überzogen ist, das zu jeder Lokomotive führt, die man sich nur vorstellen kann ... Man muss sie nur entdecken.«

James lächelte. »Suchst du denn nach etwas Bestimmtem?«

»Auf jeden Fall! Ich nenne ihn den ›Geisterzug‹.« Sie lächelte unsicher. »Du musst entschuldigen. Wahrscheinlich habe ich eine kleine Schwäche für das Melodramatische. Mein Geisterzug ist jedenfalls ein Zug ohne offizielle Lackierung.«

»Offizielle Lackierung?«

»Ja, du weißt schon ... Die Farben, die Buchstaben, ganz generell die äußere Erscheinung der ganzen Flotte. Aber dieser Zug ...« Sie sah Perry, der schon wieder ein ausgiebiges Gähnen vortäuschte, tadelnd an. »Jedenfalls habe ich ihn im Lauf der letzten zwei Jahre ziemlich oft gesehen, immer zwischen Rotterdam und Den Haag. Keine Nummern, keine Namen, keine Wappen. Ich habe andere Eisenbahnfreunde gefragt, aber offiziell ... existiert mein Geisterzug gar nicht.« Sie zuckte mit den Schultern. »Aber ich *weiß*, dass es ihn gibt. Deshalb versuche ich, mir seine Fahrten zu notieren.«

»Um seine Existenz zu beweisen.« James legte den Kopf schief. »Weißt du, ich dachte immer, dass Mädchen, die im Ausland zur Schule gehen, nur Tanzgesellschaften und ähnliche Dinge im Kopf haben. Ich finde es sehr erfrischend, jemanden wie dich kennenzulernen.«

»Tatsächlich?« Die rötliche Färbung kehrte auf Kittys Wangen zurück. »Nun, nicht dass ich dich enttäuschen möchte, aber morgen findet im Hotel des Indes eine große Gesellschaft statt, auf die ich mich schon lange freue.«

»Gesellschaft?« James musste an das seltsame Gespräch zwischen Whittaker und Herta denken und saß ruckartig senkrecht auf seiner harten Holzbank. »Was denn für eine Gesellschaft?«

»Das ist eine Tradition hier unter den *Hagenaars* – Entschuldigung, ich meinte unter den vornehmeren Leuten.« Sie zuckte mit den Schultern. »Jedes Jahr lädt der deutsche Botschafter in den Niederlanden zu einer großen Weihnachtsfeier ein. Das ist einer der Höhepunkte des Jahres.

»Der deutsche Botschafter?« James ließ nicht locker. »Wer ist das? Wie heißt er?«

»Konstantin Grünner«, sagte Kitty. »Wieso? Stimmt etwas nicht?«

James und Perry starrten einander an.

Da stimmte so vieles nicht, dass James gar nicht wusste, wo er anfangen sollte.

KAPITEL 14

ES BEGINNT MIT EINEM EINBRUCH

Scheveningen war ein stiller, malerischer Vorort und schmiegte sich rund um einen golden schimmernden Strand. Als die Winterdämmerung anbrach, erwachten die Straßenlaternen zum Leben und tauchten hübsche Stadthäuser und fein säuberlich gemähte Rasenflächen in ein sanftes Licht, so dass James sich unwillkürlich an eine bemalte Pralinenschachtel erinnert fühlte.

Perrys Onkel und Tante bewohnten ein Haus in der breiten, makellos sauberen Brugsestraat. Sie lag genau zwischen der Station Renbaan-Achterweg und dem langgezogenen Strand, der selbst im Winter Scharen von Ausflüglern anlockte. Aber jetzt lag eine ruhige, friedliche Stimmung über der ganzen Gegend.

Allerdings nur so lange, bis James mit einem großen Stein das Küchenfenster zerschlug und dann den Riegel öffnete.

Kitty sah empört und fasziniert zugleich zu, wie Perry Schmiere stand und James durch das Fenster ins Haus kletterte. »Und wenn ihr erwischt werdet?«, wollte sie wissen.

»Mir ist so kalt, und ich habe so schrecklichen Hunger, dass das Gefängnis vielleicht sogar eine Erlösung wäre«, gab James zurück.

»Wirklich zu schade, dass ihr morgen nicht mit auf Grünners Feier kommen könnt«, sagte Kitty. »Das Hotel serviert wirklich köstliche Speisen.«

James ließ sich auf den Küchenfußboden sinken. »Du bist nicht zufälligerweise bereit, deine Eintrittskarte einem Verhungernden zu überlassen?«

»Niemals. Ich habe mir schließlich schon ein Kleid gekauft, mit allem was dazugehört.« Sie schnalzte tadelnd mit der Zunge. »Ich habe schon immer gewusst, dass du einen Hang zum Kriminellen hast, Mandy, aber deinen Freund anzustiften, im Haus deiner Tante und deines Onkels einzubrechen, nur um irgendwo schlafen zu können ...«

»Im Grunde genommen ist es ja gar kein Einbruch«, erwiderte Perry. »Ich gehöre ja zur Familie.«

»Das schwärzeste aller schwarzen Schafe«, schnaubte Kitty. »Du hast nicht einmal geklingelt. Weil du gar nicht damit gerechnet hast, dass sie da sind, stimmt's?«

Während Perry eine mehr als dürftige Erklärung stammelte, ging James durch das schwarzweißgekachelte Foyer und entdeckte einen ganzen Berg Post auf der Fußmatte. Offensichtlich war das Haus schon seit einiger Zeit verwaist. Er öffnete Kitty die Tür, und sie half dem hinkenden Perry über die Schwelle.

»Ich hab's doch gewusst. George und Lettice sind wieder auf einer ihrer Vergnügungsreisen.« Perry ließ sich auf einen Stuhl neben dem Tischchen mit dem Telefonapparat fallen. »Na ja, das erspart uns wenigstens ein paar unangenehme Fragen.«

»Da wären aber immer noch die Nachbarn«, meinte James.

»Du musst ihnen Bescheid sagen, dass du hier bist, bevor

sie Licht sehen und womöglich die Polizei holen.« Kitty ging in die Knie und durchsuchte die Post. »Ich könnte natürlich auch Daddy fragen, ob ihr bei uns bleiben könnt …«

»Lieber nicht«, erwiderte Perry. »Dein Vater würde uns die ganze Zeit im Auge behalten, und dann würde es ziemlich langweilig werden.«

»An deiner Stelle würde ich mich schon mal an die Langeweile gewöhnen, Mandy«, gab Kitty zurück, während sie die Post in verschiedene Stapel aufteilte. »Mit dem Bein kannst du in den nächsten Tagen sowieso keine großen Sprünge machen.«

»Apropos«, sagte James. »Ich setze heißes Wasser auf und mache die Wunde sauber, bevor du noch Wundbrand bekommst.«

»Wundbrand?« Perry schien noch ein bisschen blasser zu werden und zeigte Richtung Küche. »Beeilung, Schwester.«

»Warte!« Kitty sprang auf und schwenkte einen Briefumschlag durch die Luft. »Wusste ich's doch! War ja klar, dass George Mandeville auch eine bekommt.«

James starrte sie an. »Was ist das denn?«, wollte er wissen.

»Ich habe den Umschlag sofort wiedererkannt.« Sie riss den cremefarbenen Brief auf, ohne auf Perrys Proteste zu achten, und hielt James eine stabile, weiße Karte unter die Nase. »Bitte sehr, Sir. Eine Einladung zur Festgesellschaft des deutschen Botschafters morgen Abend – zu der Feier, die euch beiden anscheinend so wichtig ist.«

James starrte auf das verschnörkelte Siegel am oberen Rand der Karte, die elegante holländische Schrift und die Hakenkreuze in den beiden unteren Ecken. »George und Lettice Mandeville …?«

»Die Einladung geht an Politiker, Industriekapitäne und erfolgreiche Geschäftsmänner«, erläuterte Kitty. »Das ist ein höchst erlauchter Kreis.«

»Keine Frage, dass Onkel George dazugehört«, sagte Perry. »Aber trotzdem, du hättest den Brief nicht aufmachen dürfen, Drift.«

»Er ist ja gar nicht da.« Kitty blickte James an, und ihre Brillengläser ließen ihren Blick nur noch herausfordernder werden. »Aber du könntest ja seine Stelle einnehmen.«

Perry sah sie ungläubig an. »Als George M-M-Mandeville?«

»Ich würde ja wohl kaum als Lettice durchgehen«, sagte James.

»Durchaus denkbar, dass der Türsteher das gar nicht merkt.« Kitty lächelte. »Ich habe keine Ahnung, wieso ihr euch so für Grünner interessiert. Ich konnte dem alten Langweiler noch nie länger als zwanzig Sekunden lang zuhören. Aber es wäre doch ein herrlicher Spaß, wenn ihr mir dort Gesellschaft leisten würdet. Na ja, jetzt habe ich euch also bei euren kriminellen Aktivitäten unterstützt und Beihilfe geleistet. Ich glaube, ich verziehe mich lieber, bevor die Polizei euch auf die Schliche kommt.«

»Hast du noch ein paar Lokomotivnummern zu notieren?«, wollte Perry wissen.

»Nein. Aber ein Leben zu leben.« Sie gab ihm die Hand und warf James einen schüchternen Blick zu. »Bis morgen dann ... George!«

Am folgenden Abend war James auf dem Weg zum Hotel des Indes. Er zitterte im Dezember-Niesel und blickte sich um. Wurde er verfolgt?

Mit dem Geld, das Charmian ihm telegrafisch überwiesen hatte, hatte er sich ein Paar elegante spitze Schuhe und einen Regenmantel gekauft, passend zu dem Smoking und der Fliege, die er sich bei einem Schneider im vornehmen Viertel Noordeinde geliehen hatte.

»Ich würde dich wirklich wahnsinnig gerne begleiten«, hatte Perry gesagt, während James sich fertig gemacht hatte. »Stattdessen muss ich hier herumliegen, und die Einzigen, die m-m-mir Gesellschaft leisten, sind ein Radioapparat und eine Ofenkartoffel.«

»Aber immerhin hast du es warm und trocken«, erwiderte James. »Und kannst im Bett liegen ...«

»Während m-m-meine Mutter und mein Vater alle zwei Sekunden anrufen, um sich nach meinem Befinden zu erkundigen.« Perry seufzte. »Ich hätte niemals zu Hause anrufen dürfen. Ich bin ein viel zu besorgter Sohn, das ist das Problem.«

»Nein, *du* bist das Problem.«

»Jetzt mal im Ernst, James. Blade und Whittaker wissen doch genau, dass du ihre kostbare Steuerungseinheit gestohlen hast«, fuhr Perry fort. »Wahrscheinlich haben sie schon eine ganze Horde Männer losgeschickt, um nach dir zu suchen.«

»Aber auf dieser Feier suchen sie bestimmt nicht nach mir«, lautete James' Antwort. »Ich verstecke das Ding hier im Haus. Falls sie mich aus irgendeinem Grund schnappen sollten und mich zwingen, sie hierherzuführen, dann musst du mich eben aus dem Schlamassel befreien, einverstanden?«

»Auf jeden Fall! Ich kann ja noch einmal die Nachbarn aufschrecken ...« Das Ehepaar von nebenan hatte an der Tür geklingelt, genau wie von Kitty prophezeit, und hatte

Perry bestätigt, dass seine Tante und sein Onkel eine Mittelmeerkreuzfahrt unternahmen und erst nach Weihnachten wieder zurück sein würden.

Sonne und Entspannung, dachte James, während er sich dem beißenden Wind entgegenstemmte, der durch die dunkle Frederikstraat im Stadtzentrum wehte. Der Bürgersteig war mit Backsteinen im Fischgrätmuster gepflastert und bildete einen hübsch verzierten Teppich zu beiden Seiten der langen, schnurgeraden Straße. Herrliche Villen in Pastellfarben wechselten sich mit Restaurants ab, hinter deren großen Fensterscheiben Sitznischen und Tische im Kerzenschein erkennbar waren.

James knurrte der Magen, als er die Speisenden sah. Seit ihrer Ankunft in Scheveningen hatte er die meiste Zeit geschlafen. Anschließend hatten er und Perry sich über die Konservendosen in der Speisekammer hergemacht und das meiste aufgegessen. Erst jetzt, wo die Gefahr sein Blut in Wallung brachte, fühlte er sich wirklich wach und bereit, die Herausforderungen dieser selbstgewählten Mission anzunehmen.

Das Ziel seines Vorhabens war klar: Whittaker und Herta ausspionieren und herausfinden, ob sie sich mit dem deutschen Botschafter trafen. Falls James Beweise dafür erbringen konnte, dass Blade-Rise mit Grünners Hilfe Waffen an die Deutschen lieferte – Namen und Orte und dazu die Technik, die er erbeutet hatte –, dann konnte er sie an jemanden weitergeben, der damit garantiert etwas anfangen konnte: an seinen Kontaktmann beim britischen Geheimdienst, Agent Adam Elmhirst. Er hatte ihm schon bei seinem haarsträubenden Abenteuer in Los Angeles vor einigen Monaten hilfreich zur Seite gestanden.

James hatte immer noch Marcus' grässliche Schreie im Ohr. Und er ärgerte sich immer noch darüber, wie seine wahrheitsgemäße Aussage so verdreht worden war, dass Blade daraus seinen Nutzen gezogen hatte. *Jawohl,* dachte er. *Das zahle ich dir heim.*

Das Hotel des Indes beherrschte die ganze Ecke der zentralen Prachtstraße mit dem Namen Lange Voorhout, nur einen Steinwurf von den eindrucksvollen Regierungsgebäuden der Stadt entfernt. Die rötlich-ockerfarbene Fassade wurde von Scheinwerfern angestrahlt. Auf den Balkonen im ersten Stock wehten die Fahnen aller europäischen Nationen im kräftigen Wind. Luxusautomobile standen vor dem Eingang Schlange, um ihre makellos gekleideten Insassen auf den roten Teppich zu entlassen. Türsteher in maßgeschneiderten, grauen Uniformen begleiteten jeden der prominenten Gäste bis vor die Drehtür, wo sie dann in die üppig ausgestattete Marmorwelt des Hotels eintauchten.

James holte einmal tief Luft und stellte sich dann so lässig wie nur möglich in die Schlange. Er wusste, dass er älter aussah, als er tatsächlich war – bei Gelegenheit hatte man ihn schon für achtzehn gehalten –, und er hatte genügend gesellschaftliche Empfänge mitgemacht, um zu wissen, wie man sich zu verhalten hatte. Aber wenn seine Identität angezweifelt wurde ...

Er zeigte dem Türsteher seine Einladung und versuchte, so zu tun, als sei es für ihn das Selbstverständlichste auf der Welt, hier im Hotel des Indes an einer Feier teilzunehmen. Gnade Gott allen Unwürdigen, die ihn davon abhalten wollten, sich in diese Party zu stürzen ...

Der Türsteher warf einen höflichen Blick auf die Einladungskarte. »Englisch?«, sagte er fragend, und James nickte. »Mrs Mandeville kann nicht kommen?«

Wenn du wüsstest, dachte James und schüttelte mit dem Kopf.

Der Türsteher gab die Einladung mit einem ehrerbietigen Kopfnicken zurück. James war drin.

Zu seiner Linken schwang sich ein marmornes Treppenhaus in die Höhe, der Empfangstresen und die Garderoben befanden sich zu seiner Rechten. Er benahm sich so natürlich wie irgend möglich und schlenderte durch das feudale Foyer. Er wusste gar nicht, wohin er zuerst blicken sollte: auf die massiven Marmorsäulen, gekrönt mit reich verzierten Steinmetzarbeiten? Die luxuriösen roten Samtvorhänge? Die dicken roten Teppiche oder die weißen Marmorfußböden und -wände? Die Gäste gaben ihre Mäntel und Taschen an der Garderobe ab oder nahmen sich eines der gutgefüllten Gläser mit Champagner oder Fruchtsaft, die auf Silbertabletts angeboten wurden. In einer Ecke des Raumes stand ein gewaltiger Weihnachtsbaum, reich geschmückt mit Bändern und Kerzen, während festliche Kränze aus Zedern-, Tannen- und Stechpalmenzweigen die ockerfarbenen Wände zierten.

James gab seinen Regenmantel ab, der inmitten der vielen Pelzmäntel eher praktisch als modisch-elegant wirkte. Dann ging er die wundervolle Treppe ins Zwischengeschoss hinauf, wo Angestellte die Gäste in einen riesigen Ballsaal geleiteten. James warf einen Blick hinein: Das Orchester spielte gerade einen langsamen Walzer, und etliche Paare schwebten zum Klang der Musik über den rissigen Holzfußboden. Er hob den Blick und sah, dass die hohe Decke mit aquamarinblauen Seidentüchern abgehängt worden war, so dass die Kerzenleuchter und die Weihnachtsdekoration wie festlich geschmückte Bötchen auf einem weiten Meer aussahen.

Da, plötzlich, fiel James' Blick auf Whittaker. Er stand mit grimmiger Miene an der Tür, hatte seinen Haken in die Hosentasche gesteckt und hielt ein leeres Champagnerglas in den klauenartigen Fingern seiner anderen Hand. Es hatte den Anschein, als würde er auf jemanden warten. James wich zurück, schließlich wollte er nicht, dass Whittaker ihn entdeck...

»He, wohin so eilig?«, hörte er da eine vertraute Stimme sagen. »Mit diesen Absätzen werden meine Füße sowieso schon total zerquetscht, das muss niemand anders erledigen ...«

James drehte sich um und riss die Augen auf. »Kitty!«

»Sieht ganz so aus.« Ihre Stimme war noch genau dieselbe, aber ihre äußere Erscheinung hatte sich vollkommen verändert. Statt des viel zu weiten Pullovers trug sie ein elegantes schwarzes Samtkleid mit Wasserfallkragen und weiten, geschlitzten Ärmeln. Die Haare hatte sie sorgfältig zu schicken Wellen frisiert und die Brille abgelegt. Dafür waren ihre großen Augen meisterhaft geschminkt. Mit der Perlenkette und der Champagnerflöte in der Hand passte sie – zu James' großer Verwunderung – perfekt in diese Umgebung.

»Einen schönen guten Tag, Mr Bond.« Kitty machte einen tiefen Knicks und blickte ihn dann aus großen Augen an. »Und jetzt sag mir bitte, ob meine Augen rot sind. Ich trage diese neumodischen Kontaktlinsen, und die bringen mich fast um. Ich kann sie immer nur ein paar Stunden pro Tag drinlassen, und außerdem habe ich Angst, dass ich gleich heulen muss und die Tränen mein Make-up verschmieren.«

»Sie sind kein bisschen rot. Du siehst sehr hübsch aus.«

»Sehr *hübsch*?« Kitty wirkte nicht besonders erfreut. »Ach, du meine Güte, ich komme mir ja vor wie deine jungfräuliche Tante!«

James musste lächeln. »Aber ganz und gar nicht. Du hast eine verblüffende Veränderung durchgemacht.«

»Na ja, wer sich nur die Nummer der Lokomotive aufschreibt, der weiß noch gar nichts, James.« Kitty sah ihn durchdringend an. »Man muss sie in Aktion erleben, verstehst du? Ihre Ankunft herbeisehnen ...«

»Ihre Ankunft. Ja genau.« Aus dem Augenwinkel sah James jetzt, wie eine großgewachsene, blonde Frau in einem enganliegenden Abendkleid aus violetter Seide quer über die Tanzfläche auf Whittaker zuschritt. *Herta ...* Sie würde direkt an ihm vorbeikommen. Er musste unauffällig Deckung suchen und beugte sich ein wenig dichter zu Kitty. »Hmmm. Was hast du da eigentlich für ein wundervolles Parfüm aufgetragen?«

Kitty erstarrte. »Ich ... Ich trage überhaupt kein Parfüm«, sagte sie verlegen.

»Dann ist das also dein natürlicher Duft.« James beugte sich dicht an ihren Hals, bis Herta vorbeigegangen war. Als er sich wieder aufrichtete, war Kittys Lächeln ein wenig starr geworden. Sie hatte in seiner Geste wohl mehr als nur eine beiläufige Aufmerksamkeit gesehen.

»Nun ja, du darfst dich nicht nur mit mir beschäftigen«, sagte er hastig, ohne den Blick von Herta zu nehmen, die jetzt zu Whittaker trat. »Du solltest dich ein wenig unter die Leute mischen.«

»Aber wieso denn?«, erwiderte Kitty. »Die Leute sind doch alle steinalt. Die wollen mich bloß bevormunden.« Sie hängte sich bei ihm ein und versuchte, ihn weiterzuziehen. »Komm mit, ich stelle dich meinem Vater vor.«

James bremste sie. »Kitty, ich glaube wirklich nicht ...«

»Du kannst ihm ja erzählen, dass du für Mr Mandeville arbeitest und seine Kanzlei vertrittst. Das wird lustig. Schau, da drüben steht er und unterhält sich mit dem armen Mr Blade.«

James zuckte zusammen und blickte sich um. Tatsächlich, dort auf der anderen Seite des Saales stand, auf seinen Gehstock gestützt, die vertraute, gebeugte Gestalt von Hepworth Maximilian Blade. Seine mitternachtsblaue Smokingjacke hing ziemlich schief auf seinen krummen Schultern. James sah, dass auch die Hand, die den Gehstock hielt, verkrüppelt war. Die Finger standen in alle Richtungen ab. Sein Chauffeur Carrel und ein großer, dunkelhäutiger Leibwächter flankierten ihn, jederzeit bereit für den Fall, dass er Hilfe brauchen sollte.

James wandte den Blick wieder der übrigen Festgesellschaft zu und versuchte, so ruhig wie möglich zu bleiben. »Ich habe Mr Blade bereits kennengelernt, an meiner Schule«, sagte er leichthin. »Ich fürchte, er würde mir kein Wort glauben, wenn ich behaupte, dass ich für George Mandeville arbeite.«

»Das ist aber schade.« Kitty seufzte. »Aber dass Mr Blade bis nach Schottland gereist ist, das wundert mich sehr. Eigentlich wagt er sich nirgendwohin, aus Angst vor einem unglücklichen Sturz.«

»Wahrscheinlich war er der Meinung, dass die Reise sich lohnt.«

»Er besitzt ein Anwesen in Wassenaar«, fuhr Kitty fort. »Das ist das vornehmste Viertel der Stadt. Man sagt, dass in seinem Haus alles automatisiert ist, damit ihm möglichst nichts zustoßen kann ...«

James hörte ihr nur mit halbem Ohr zu. Er hielt nach Whittaker und Herta Ausschau, aber sie waren nirgendwo zu entdecken. »Du kannst mich doch auch nachher noch mit deinem Vater bekanntmachen, Kitty, aber im Augenblick glaube ich ...«

Ein leises Klingeln ertönte, und sofort wurden die Gespräche im Saal leiser. Ein Conférencier in einem edlen, roten Frack ließ ein zartes, silbernes Glöckchen ertönen.

»Ich glaube, jetzt kommen die Reden«, schlussfolgerte James, was keine allzu große Leistung war.

Der Mann sagte etwas auf Holländisch und endete mit dem Namen *»Konstantin Grünner«*.

James spürte, wie sein Herz anfing zu pochen, als ein Mann Mitte fünfzig nach vorne trat. Die Gäste spendeten ihm höflich Applaus. *Ich bin ich wirklich in der Höhle des Löwen gelandet!*, dachte James. *Und da kommt auch schon der Anführer des Rudels ...*

Grünner strahlte eine kalte Nüchternheit aus. Seine grauen Haare waren sehr kurz gestutzt, so dass die pinkfarbene, runzelige Narbe an der rechten Seite seines Halses deutlich zu sehen war. Sein Gesicht wirkte ein wenig teigig, aber seine Augen schickten stechende Blicke durch die Gläser seiner runden Drahtgestellbrille.

Er begann seine Rede auf Holländisch, wechselte dann aber in fließendes Englisch über: »Ich möchte Sie alle herzlich willkommen heißen, meine lieben Freunde. Ich weiß, warum Sie hier sind – und damit meine ich nicht hier in diesem wundervollen Hotel, das wir der Großzügigkeit des Dritten Reiches zu verdanken haben ...« In der nun folgenden

Pause erhob sich höflicher Applaus. »... sondern in Holland. In diesem Land mit seiner strategisch bedeutsamen Lage zwischen Deutschland, Großbritannien und Frankreich.«

Was den Niederlanden höchstwahrscheinlich eine Naziinvasion bescheren wird, sobald Hitler anfängt, seinen »Lebensraum« auszuweiten, dachte James grimmig.

»Wie alle, die sich heute Abend hier versammelt haben, feststellen werden«, fuhr Grünner fort, »ist dies ein exzellenter Ort, um internationale Geschäfte abzuwickeln ...«

»Und geheimes militärisches Wissen auszutauschen«, murmelte James leise, während Grünner weitersprach, allerdings auf Deutsch. Ob Whittaker und Herta bereits mit dem Botschafter über die Stählernen Schatten und die Steuerungseinheit gesprochen hatten? Oder stand das erst später auf dem Programm? Je länger er darüber nachdachte, desto mehr befürchtete er, dass Blade seine unglaubliche Erfindung an die Nazis verkaufen könnte. Schon mit einem einzigen Bataillon aus Stählernen Schatten könnte man eine militärische Einheit formen, die durchschlagsstärker war als alles andere in der Menschheitsgeschichte ...

Ein Mittel, um die Hölle auf Erden losbrechen zu lassen.

Und heute Abend könnte das Geschäft zum Abschluss kommen.

KAPITEL 15

VERRAT

Wir müssen unbedingt dahinterkommen, was Whittaker und Herta genau im Schilde führen, dachte James. Vielleicht konnte er Grünner zu seinem Treffen mit den beiden folgen? *Oder ich werde selber aktiv. Sie werden sich ja höchstwahrscheinlich nicht vor all den anderen Gästen darüber unterhalten ...*

»James?« Gerade, als er weiterhuschen wollte, nahm Kitty seine Hand. »Wo willst du denn hin? Ich dachte, du wolltest dir die Rede anhören ...«

»Ich muss mir schnell ein Glas besorgen, damit ich ihm am Schluss zuprosten kann«, flüsterte James. »Bitte entschuldige mich.«

»Na gut.« Kitty lächelte erwartungsvoll. »Aber du beeilst dich, oder?«

»Keine Sorge, du wirst merken, dass ich ganz schnell wieder da bin«, erwiderte James. *Ich hoffe nur, Blade und seine Schlägertypen merken nicht, dass ich da bin.*

Er ging die elegante Treppe hinunter ins Erdgeschoss und trat mit finsterer Miene an den Empfangstresen. »Wo soll das Treffen mit Herrn Grünner stattfinden?«, sagte er in fließendem Deutsch zum Portier. »Ich bin sein zweiter Assistent. Der Botschafter will wissen, ob alles vorbereitet ist.«

Der Mann hinter dem Tresen starrte ihn ratlos an. »Was denn vorbereitet, mein Herr? Ich weiß nicht…«

»Dann holen Sie jemanden, der Bescheid weiß!«, fauchte James ihn an. »Es ist dringend!«

Der Mann drehte sich zu einem seiner Kollegen um und redete hastig und leise auf ihn ein. Dann wandte er sich wieder James zu, immer noch mit verwirrter Miene. »Wir haben heute Abend das Zigarrenzimmer für Herrn Grünners private Treffen reserviert, aber das weiß er doch bestimmt …?«

»Sie haben mich missverstanden«, log James, ohne mit der Wimper zu zucken. »Ich habe gesagt, dass ich das Zimmer sehen will. Ich muss es persönlich inspizieren. Wer kann mich hinbringen?«

»Ich versichere Ihnen, dass Sauberkeit in unserem Haus die höchste …«

»Wer?«

Der Mann lächelte ihn geduldig an und gab seinem älteren Kollegen ein Zeichen, James zu begleiten. Während sie durch die Flure gingen, mimte James den aufgeblasenen Wichtigtuer. Dann wurde ihm klar, dass Whittaker und Herta womöglich schon auf Grünner warteten. Sollte er ihnen vielleicht alles, was er bis jetzt herausgefunden hatte, einfach vor die Füße werfen?

Vor dem Zigarrenzimmer holte er tief Luft, machte sich auf alles gefasst – und atmete erleichtert auf, als er feststellte, dass der Raum leer war. Es gab nur ein paar elegante Sofas, Mahagonitische und schwere Kristallaschenbecher, dazu einen blauschwarzen Teppich und Samtvorhänge vor den großen, bis zum Boden reichenden Fenstern.

»Ich hoffe, es ist alles zu Ihrer Zufriedenheit, mein Herr?« Der Hotelangestellte lächelte gequält.

»Es scheint alles in Ordnung zu sein«, erwiderte James. »Sie können jetzt gehen.«

»Nein, mein Herr. Ich soll hierbleiben, um sicherzustellen, dass niemand das Zimmer betritt, bevor Herr Grünner hier eintrifft.«

»Nun ... ausgezeichnet. Ich bin froh, das zu hören.« Da fiel James eine Türklinke auf, die zwischen zwei Vorhangbahnen herausragte. *Wahrscheinlich führt die Tür auf eine Veranda*, dachte er. Und das bedeutete, dass das Zigarrenzimmer auch von außen zugänglich sein musste ... »Danke.« James nickte knapp mit dem Kopf, drehte sich um und verließ das Zimmer, um mit schnellen Schritten den Flur entlangzugehen. Oben im Ballsaal wurde gerade applaudiert, und kurz darauf ertönte Musik. Grünner musste seine Ansprache also beendet haben.

James blickte auf seine Armbanduhr. Es war 21.45 Uhr. Das Treffen konnte jederzeit stattfinden.

Während er zur Rezeption zurückging, konzentrierte er sich auf den Grundriss und versuchte herauszufinden, wie er von außen in das Zigarrenzimmer gelangen konnte. Hinter der großen Treppe befand sich eine Tür, die eigentlich in die richtige Richtung führen müsste ...

Da sah er Kitty, die sich im Zwischengeschoss über das Treppengeländer beugte und sich suchend umsah ... und dann tauchte mit einem Mal Grünner auf und kam mit steifen Schritten die Treppe herunter.

Hastig öffnete James die Tür hinter der Treppe und gelangte in einen Gang, der auf einen Innenhof führte. Er fröstelte in der kalten Nachtluft. Blass schien der Mond zwischen den vorbeiziehenden Wolken hindurch. Bei den ungemütlichen Bedingungen hatte sich kein anderer Gast nach draußen gewagt – dachte er zumindest, bis er durch einen steinernen Torbogen kam und zwei Gestalten eng beisammen an einem Tischchen vor dem Zigarrenzimmer sitzen sah.

»Whittaker und Herta«, flüsterte James. Also hierhin waren sie verschwunden! Sie warteten heimlich vor der Balkontür, bis das Treffen begann.

Jetzt wurden die Vorhänge im Zimmer ein wenig beiseitegeschoben, die Türen öffneten sich einen Spalt, und ein Lichtkegel fiel auf die dunkle Veranda. Herta und Whittaker, der eine große Aktentasche dabeihatte, standen auf und betraten das Zimmer. Die Tür wurde geschlossen und der Vorhang vorgezogen, dann war es wieder dunkel.

James ging in die Hocke und huschte von Tisch zu Tisch, bis er bei der Tür angelangt war. Er hielt das Ohr dicht vor die kalte, feuchte Glasscheibe, ohne sie jedoch zu berühren. Er wollte keinen Abdruck hinterlassen, der womöglich entdeckt würde, wenn die Vorhänge aufgezogen wurden. Die Pflanzen raschelten im Wind, und James lauschte angestrengt, um zu verstehen, was im Inneren gesprochen wurde. Durch einen winzigen Spalt konnte er sogar einen Ausschnitt des Zimmers sehen.

»Sehen Sie diese Fotografie?« Grünners Englisch war gut zu verstehen, bedacht und präzise, und seine Stimme klang kalt. Er hielt sein Portemonnaie in der ausgestreckten Hand. »Ja, ich habe von Anfang an Hitler unterstützt. Er hat meine Villa in Berlin für die geheimen Treffen genutzt, die ihm den Weg geebnet haben, unser aller Führer zu werden.«

Die meisten Männer hätten wahrscheinlich ein Bild von ihrer Familie im Geldbeutel, dachte James düster.

»Dieses Dokument, unterzeichnet vom Führer persönlich,

gibt mir das Recht, mit Ihnen zu verfahren, wie ich es für richtig halte«, fuhr er fort.

Whittaker nahm das Blatt Papier, das Grünner ihm entgegenstreckte, in seine gesunde Hand. »Zu verhandeln, meinen Sie?«

»Mit Ihnen zu verfahren, ja. So, wie ich es für richtig halte.«

Das klingt doch irgendwie unheilvoll, dachte James. Er erhaschte einen Blick auf blasse Haut und goldblondes Haar – Herta kam zur Balkontür.

Hastig suchte er hinter dem nächsten Tisch und den Stühlen Deckung. Herta spähte zum Fenster heraus, halb im Mondlicht und halb im Schatten. Hell und unwirklich glänzten ihre Augen hinter der Glasscheibe. James verhielt sich mucksmäuschenstill. Es dauerte über eine Minute, bis sie sich umdrehte und die schweren Vorhänge wieder zuzog.

James wartete noch ein, zwei Minuten länger, schlotternd vor Kälte und immer darauf gefasst, dass sie wie ein Gespenst noch einmal hinter dem Fenster auftauchte. Irgendwann hörte er, wie eine Tür geöffnet wurde, und schlich um den Tisch herum: Ein Hotelangestellter ging quer über die Veranda und verschwand auf einem gepflegten Gartenpfad. James fluchte leise. Er hatte sich eine sehr ungeschützte Stelle als Beobachtungsposten ausgesucht. *Wie lange soll das Treffen wohl noch dauern?,* fragte er sich. *Wie viele Geschäfte wollen sie wohl abwickeln?*

Er schlich wieder ein wenig dichter vor die Balkontür und hörte Grünner sagen: »Ich habe heute Abend nicht viel Zeit. Man wird mich vermissen … Aber ich gebe zu, die Filmaufnahmen sind überaus überzeugend. Das Problem mit den beweglichen Einheiten haben Sie gelöst, ja?«

Whittaker versicherte ihm sofort: »Durch meine Steuerungseinheit in Kombination mit der hydraulischen Schnittstelle arbeiten alle Systeme deutlich effektiver. Der Stählerne Schatten läuft jetzt über dreißig Minuten, bevor die Unterstützung der Dampfmaschine nötig wird.«

»Ah ja, diese Steuerungseinheit ... Die würde ich mir gerne einmal persönlich ansehen ...« James beobachtete durch den schmalen Vorhangschlitz, wie Grünner auf und ab ging. Die Hände hatte er auf dem Rücken verschränkt. »Welch ein Jammer, dass sie verlorengegangen ist.«

James musste an die Leiterplatte denken, die er in Perrys Obhut zurückgelassen hatte. *Nicht ganz.*

Whittaker räusperte sich. »Wir werden die Steuerungseinheit wiederbeschaffen. In der Zwischenzeit kann Herta von den Verbesserungen berichten, die wir erarbeitet haben. Sie hat den Stählernen Schatten persönlich pilotiert.«

»Was ist mit dem Hochspannungstest?«, wollte Grünner wissen.

»Der Stählerne Schatten ist immer noch nicht ausreichend gegen einen solchen Angriff geschützt«, gestand Herta mit leiser Stimme. »Trotz unserer Versuche, die Isolation zu verbessern. In meinem Bericht finden Sie sämtliche notwendigen Daten dazu.«

»Die Blitzschlagübung hat ein Todesopfer gefordert, wenn ich richtig informiert bin?«

Hertas Stimme klang vollkommen sachlich. »Der eigentlich vorgesehene Pilot ist an einem Stromschlag verstorben. Genau wie Sie vermutet hatten, waren die Sekundärsysteme mit der Energiemenge überfordert.«

James merkte, wie seine Hände sich zu Fäusten ballten. Endlich kannte er also die schäbige Wahrheit: Marcus war bei einem kaltschnäuzigen Experiment ums Leben gekommen, einem Experiment, das nur im Interesse von Nazideutschland durchgeführt worden war. Er war nicht einmal für sein eigenes Land gestorben.

»Dieser Test war Zeitverschwendung und eine Vergeudung von Menschenleben«, stellte Whittaker fest. »Diese sogenannte Schwäche spielt in neunundneunzig Prozent der Fälle gar keine Rolle. Die Stählernen Schatten sollen ja die Speerspitze eines Überfalls bilden. Sie sollen den Gegner mit vorprogrammierten Angriffsaktionen überrumpeln ...«

»Aber nicht bei Gewitter, was?« Als Nächstes hörte James ein unheimliches, quäkendes Geräusch, bis ihm irgendwann klarwurde, dass es sich um das Lachen des Botschafters handelte. »Bei Regen wird nicht mehr weitergespielt? Sehr britisch.«

»Sie sollen den Gegner überrumpeln und den Weg für die nachfolgenden, konventionellen Truppen ebnen«, fuhr Whittaker fort, ohne auf Grünner zu achten.

»Der Regen beendet das Spiel, ja ...« Grünners Lachen verebbte, und er kratzte sich an der Narbe an seinem Hals. »Wissen Sie was, mein lieber Whittaker? Ich hatte mich so darauf gefreut, diese neue Steuerungseinheit zu begutachten. Und jetzt wurde sie Ihnen gestohlen von einem Ihrer Schüler? Das wollen Sie mir weismachen?«

»Es ist wahr«, beharrte Whittaker. »Es war der Junge, den Herta zur Vertuschung des Todesfalls benutzt hat.«

»Ich dachte, er würde sich gut als Sündenbock eignen«, meldete sich Herta zu Wort. »Damit der offizielle Bericht noch glaubwürdiger klingt.«

»Stattdessen haben Sie eine Art Kreuzritter aus ihm gemacht.« Whittakers Stimme hatte einen drohenden Unterton bekommen. »Ich weiß nicht, wie Bond an Bord des Schiffes gekommen ist und wie er die Steuerungseinheit entdeckt hat, aber wir werden sie uns *garantiert* zurückholen.«

Wollen wir wetten?, dachte James finster. Es war ein sehr eigenartiges Gefühl, ein Gespräch zu belauschen, in dem es um ihn ging. Er blickte sich misstrauisch um, weil er befürchtete, dass die Veranda sich jeden Moment mit Partygästen füllen könnte, so dass er zum Rückzug gezwungen sein würde.

»Es gibt keinen wirklichen Grund zur Besorgnis«, sagte Whittaker gerade. »Jetzt, wo die Probleme mit der Herstellung gelöst sind, können wir auf Grundlage der Notizen und der Baupläne ohne weiteres eine zweite anfertigen. Mr Blade hat bereits die entsprechende Anweisung gegeben. Er wird in Kürze ebenfalls hier eintreffen und Ihnen persönlich berichten. Sämtliche dazu benötigten Materialien werden morgen geliefert.«

Verdammt, dachte James. *Ich habe ihnen zwar die Steuerungseinheit geklaut, aber nicht einmal davon lassen sie sich aufhalten.*

»Haben Sie Dr. Whittakers Aufzeichnungen gesehen, Herta?«, erkundigte sich Grünner. »Ich meine nicht die offiziellen, die für meine Augen bestimmt waren, sondern die vollständigen Originale?«

»Ja«, sagte sie, und ihre Stimme war so nah, dass James beinahe zurückgezuckt wäre, weil er dachte, dass sie jeden Augenblick die Vorhänge zurückziehen würde. »Ich habe mir die Papiere in Fettes ausführlich durchgelesen.«

»Das ist unmöglich«, widersprach Whittaker ungehalten. »Ich habe den Code geknackt, mit dem Sie Ihre Notizen verschlüsselt haben. Sie sind sehr umfangreich: Ihre bahnbrechende Erforschung der generellen Grundlagen, Ihr wissenschaftlicher Durchbruch bei der Miniaturisierung der Komponenten …«

»Nun machen Sie doch nicht so ein entsetztes Gesicht, Dr. Whittaker, bitte!« Grünners Stimme triefte vor Sarkasmus. »Es könnte noch schlimmer sein, ja? Was, wenn der listenreiche Mr Bond auch diese Notizen gestohlen hätte? Wissen wir denn, wo sie sich befinden?«

»Im Augenblick liegen sie sicher verwahrt in einem Koffer bei Blade in Wassenaar«, erwiderte Herta.

»Woher …?« Whittaker klang erschüttert. »Woher wissen Sie das?«

»Ich weiß über die geheimen Absprachen zwischen Blade und Ihnen genau Bescheid«, teilte sie ihm mit. »Und ich wollte diese Notizen unbedingt ausfindig machen. Schließlich habe ich nicht gesehen, wie Bond die Steuerungseinheit an sich genommen hat, die Sie mir nicht anvertrauen wollten. Ich wollte sichergehen, dass Sie und Blade nicht die einzige Möglichkeit, sie nachzubauen, leichtfertig weggegeben haben.«

»Das ist ein schwerer Vertrauensbruch«, protestierte Whittaker, »und darüber hinaus …«

»Seit Jahren speist Blade mich mit kleinen Details über dieses Projekt ab, immer eins nach dem anderen.« Grünner verlor langsam aber sicher die Geduld. »Mein Land hat schon mehr als genug Geld für Waffen und Munition von Blade-Rise ausgegeben, nur damit wir die Stählernen Schatten auf jeden Fall bekommen – und damit die Mittel, um die Herrschaft des Nationalsozialismus auf die ganze Welt auszudehnen …«

Dann ist Blade also tatsächlich ein Verräter. Diese Erkenntnis erschütterte James zutiefst. *Er macht Geschäfte mit dem Feind, nur weil er riesige Gewinne kassieren will, und gibt Grünner und seinen Nazibossen die Mittel in die Hand, einen Angriff …*

»Und dann, kurz bevor alles fertiggestellt und zur Auslieferung bereit ist, geht plötzlich die alles entscheidende Steuerungseinheit verloren. Wie überaus praktisch.« Grünners Stimme erhielt einen immer bedrohlicheren Klang. »Vielleicht will Blade mich ja hintergehen? Sein technisches Wunderwerk einem anderen Käufer anbieten? Den Russen oder den Japanern … oder anderen, die sich dem wachsenden Einfluss der Nationalsozialisten entgegenstellen wollen?«

»Ich weigere mich, diesem paranoiden Geschwätz auch nur eine Sekunde länger zuzuhören.« James konnte sich gut vorstellen, wie die Adern an Whittakers Schläfen anschwollen und seine Augen aus den Höhlen traten. »Lassen Sie sich von Blades eigenen Worten überzeugen, sobald er …«

»Sie und Ihre Arroganz, so typisch britisch, Dr. Whittaker. Aber sie wird Ihren Tod bedeuten.«

»Fahren Sie zur Hölle …« Whittaker unterbrach sich mitten im Satz.

Und durch den Schlitz im Vorhang sah James auch, warum: Grünner hatte sich vor Whittaker gestellt. In der Hand hielt er eine Pistole, deren Schalldämpfer genau auf Whittakers Brust gerichtet war.

»Ich glaube, Sie nehmen mich nicht ernst.« Der Botschafter lächelte, und auf seinem Gesicht glänzten Schweißtropfen. »Aber die Macht, die ich repräsentiere, die unwiderstehliche Macht des Dritten Reiches, fordert unbedingten Respekt.«

»Sie … Sie können mich nicht umbringen!«

»Vor allen Dingen kann ich nicht zulassen, dass das Wissen über die Stählernen Schatten weitergetragen wird.« Grünner zuckte mit den Schultern. »Es ist zuallererst Blades Projekt, und ich finde, er müsste die kriegerischen Bemühungen der Nationalsozialisten mit mehr … mehr Begeisterung unterstützen. Aber Sie, Whittaker? Herta hat mir berichtet, dass Sie Ihren Mitarbeitern furchtbar auf die Nerven gehen, ja? Und da wir nun wissen, wie wir Ihre privaten Notizen in unseren Besitz bringen können …«

James zog sich ein Stück vom Fenster zurück. *Ich muss Hilfe holen*, dachte er. *Ihn ablenken … Den Feueralarm in Gang setzen oder …*

Da wurden plötzlich die Vorhänge zur Seite gerissen, und Whittaker suchte mit weit hervorquellenden Augen nach der Klinke. James duckte sich hinter den nächsten Tisch, aber er wusste, dass es zu spät war: Whittaker hatte ihn gesehen, hatte die Stirn gerunzelt und den Mund geöffnet, um zu schreien.

Doch Grünner hatte bereits geschossen. Die Kugel schleuderte Whittaker nach vorne gegen das Fensterglas. Er ruderte mit den Armen und schlug sich dabei seinen Metallhaken gegen die Schläfe, so dass die Spitze sich in seinem eigenen Fleisch verfing. Die Augen starr auf James gerichtet, den Haken zu einem schlaffen, blutigen Salut erhoben, so ging Whittaker langsam in die Knie.

Viel hätte nicht gefehlt, und James hätte sich übergeben. Er versuchte, gleichmäßig zu atmen und sich vollkommen ruhig zu verhalten. Herta stand bereits an der Balkontür und zog die Vorhänge wieder zu, so dass Whittaker nicht mehr zu sehen war. Mit zitternden Knien kam James wieder näher geschlichen.

»Soll ich das da wegräumen?«, wollte Herta wissen.

»Lassen Sie ihn zunächst einmal liegen, damit Blade sieht, was seinem Untergebenen widerfahren ist. Ich denke, das kann eine recht lehrreiche Wirkung haben.« Dann klatschte jemand in die Hände, wahrscheinlich Grünner. »Ich möchte jetzt nicht länger warten. Holen Sie Blade. Ich habe ihm einen Vorschlag zu machen – den er selbstverständlich akzeptieren wird –, und dann begleiten Sie ihn zu sich nach Hause, um die Notizen abzuholen.«

»Sehr gern, Herr Botschafter«, sagte Herta.

Auf welchem Weg wird sie wohl das Zimmer verlassen? James befürchtete bereits das Schlimmste und versteckte sich wieder hinter dem nächsten Tisch. Im selben Augenblick wurde die Balkontür aufgerissen. Herta kam heraus. Sie sah aus, als sei nicht das Geringste vorgefallen, und wandte sich nach rechts, um sich wieder unter die Gäste zu mischen. Die schweren Vorhänge des Zigarrenzimmers schaukelten im Wind, und James sah, wie Grünner ihr hinterherblickte. Auf dem Gesicht des großgewachsenen Mannes lag die Andeutung eines zufriedenen Lächelns.

Dann fiel die Tür mit einem leisen Klicken ins Schloss.

KAPITEL 16

ZÄHNE UND KLAUEN

James zögerte keine Sekunde. Er lief auf einem gepflasterten Weg nach links, um auf die Rückseite des Hotels zu gelangen.

Wenn ich diese Leiterplatte nicht genommen hätte, dachte er, *dann wäre Whittaker jetzt vielleicht noch am Leben.* Sollte er sich deswegen schuldig fühlen? Vielleicht ja, aber in Wahrheit fühlte er gar nichts, nicht einmal einen Hauch von Genugtuung für Marcus, weil einer seiner Mörder jetzt auch tot war.

Solange ich meine Informationen nicht nutzen kann, habe ich gar nichts erreicht, wurde ihm klar.

Das Wichtigste war jetzt, an Whittakers Notizen zu kommen, bevor Grünner und Herta sie beiseiteschaffen konnten – oder Blade selbst. Zwei Menschen waren tot, und beide waren Opfer dieses selbstsüchtigen Verräters geworden. Wenn James sich die Unterlagen mitsamt der Steuerungseinheit sichern konnte, dann würde Blades Geschäft mit Grünner möglicherweise platzen – und er hätte genügend Beweise in der Hand, um Agent Elmhirst zu verständigen. Blade würde vor Gericht gestellt, und die nationale Sicherheit Großbritanniens würde gewahrt bleiben.

Das wäre eine angemessene Revanche, fand James. Geradezu perfekt.

Aber wie, zum Teufel, sollte er das bewerkstelligen?

Ein Pfad, der zur Küche und zur Wäscherei führte, war mit Barrieren abgesperrt worden, und James lief in die andere Richtung. Wenn er doch bloß seinen Regenmantel noch dabeigehabt hätte. Er musste unbedingt ein Taxi finden. Kitty hatte ihm ja verraten, wo Blade wohnte ... Wie hieß das Viertel gleich noch mal ...?

Der Pfad endete auf einer unbelebten Gasse, die auf die Lange Voorhout führte. James rannte quer über die breite Straße. Er merkte, wie die neuen Schuhe seine Fersen wundscheuerten. Zu seiner Linken verlief eine dunkle Gracht, die die Straße von den riesigen Palästen dahinter trennte. Er beschleunigte seine Schritte und sah ein paar Nachtschwärmer, die sich auf die Rückbank eines Taxis drängten. Er rannte auf sie zu, doch dann konnte er nur hilflos mitansehen, wie der Austin 12 losfuhr und ihn einfach stehenließ.

An der nächsten Kreuzung gelangte James auf eine etwas belebtere Straße. Hier hatten die Cafés und Bars noch geöffnet. Also musste es doch auch andere Taxis geben ...

Schwer atmend stürmte er die Straße entlang. Verdammt! Weit und breit kein Taxi zu sehen! Sein ohnehin schon knapper Vorsprung schrumpfte mit jeder Minute weiter zusammen.

Ohne auf den Verkehr zu achten, rannte er über eine Querstraße. Ein Automobil musste scharf bremsen und hätte ihn um ein Haar auf die lange Motorhaube genommen. Erschrocken hörte James die Hupe und dann die Stimme des Fahrers, der ihm auf Holländisch etwas zurief. Er drehte sich um. Erst jetzt wurde ihm klar, was dieses Automobil – ein Fiat 510S – eigentlich war.

»Ein Taxi!« Er grinste, trat vor das Seitenfenster des wild gestikulierenden Fahrers und versuchte, ihm die Hand zu schütteln. »Sind Sie frei? Können Sie mich mitnehmen?« Er zog den letzten Rest des Geldes, das Tante Charmian ihm geschickt hatte, aus seiner Innentasche und drückte dem Fahrer einen Schein in die Hand. »Bitte!« Er hatte zwar keine Ahnung, was das Geld wert war, aber nachdem er sich auf die Rückbank geworfen hatte, fuhr der Fahrer los, ohne sich zu beschweren.

»Danke«, keuchte James, als der Fiat nach links um die Ecke bog, genau in die Richtung, aus der James gerade gekommen war. »Sprechen Sie Englisch?«

Der Fahrer ließ ein unverbindliches Knurren hören.

»Ich muss nach Wassenaar!«, versuchte James es erneut. »Kennen Sie das Hepworth-Blade-Anwesen in Wassenaar?«

»Blade-Rise?« Der Fahrer warf ihm einen seltsamen Blick zu und knurrte dann erneut: »Ja.«

»Dann bitte schnell.« Der Fahrer gab Gas, und James saß verkrampft in seinem Sitz. Er hatte jetzt schon zwanzig Minuten vergeudet. Wie viel Zeit blieb ihm wohl noch, bevor Herta und Blade eintrafen?

Das Taxi fuhr eine breite Straße hinunter Richtung Stadtzentrum. Auf der rechten Seite spiegelte sich das blasse Mondlicht auf der Wasseroberfläche einer Gracht. Zahlreichen Boote lagen fest vertäut am Ufer und schaukelten sanft in der Brise. Das Taxi überquerte die Gracht und fuhr dann auf einer anderen breiten Straße steil bergab. Dann tauchte aus der Dunkelheit urplötzlich ein riesiger, sechseckiger Kirchturm auf. James betrachtete ihn verblüfft.

Der Fahrer bemerkte seine Reaktion und sagte: »Grote of Sint Jacobskerk.«

»Jacob?« wiederholte James fragend. Dass die Holländer das »J« wie »Y« aussprachen, also wie die Deutschen, kam ihm ziemlich seltsam vor.

»Auf Englisch heißt James«, sagte der Fahrer.

James musste lächeln. Die Große Kirche des Heiligen James. Ob die Götter heute ihre schützende Hand über ihn hielten? Oder war das ein Omen? Schließlich konnte man nur als Toter heiliggesprochen werden ... Er schauderte und ließ sich gegen die Rückenlehne sinken. Automatisch prägte er sich besonders markante Gebäude oder Stellen ein, an denen sie vorbeikamen, für den Fall, dass er sich alleine auf den Rückweg machen musste.

Nach fünfzehn Minuten hatten sie die Stadt hinter sich gelassen und fuhren durch eine ländlichere Gegend. Rechts lag ein dichter Wald, während links prachtvolle Villen inmitten sorgfältig gepflegter Parklandschaften zu sehen waren.

Das Taxi verlangsamte seine Fahrt und bog in ein Gebiet mit schmaleren, ruhigeren Sträßchen ein, wo die Häuser über hohe Hecken lugten. Schließlich fuhr der Fahrer nach links in eine Sackgasse, blieb stehen und schlug mit beiden Händen auf das Lenkrad. »Blade ist hier«, sagte er und streckte James auffordernd die geöffnete Hand entgegen.

James spähte hinaus in die Dunkelheit und gab dem Fahrer alles Kleingeld, was er noch in der Tasche hatte. Der Mann hatte keine Einwände, und James stieg hastig aus. Das Taxi wendete, fuhr zurück und ließ James im Schein einer einzelnen Straßenlaterne stehen. Auf beiden Straßenseiten wucherte eine hohe Feuerdornhecke und verbarg einen mit Stacheldraht gekrönten Metallzaun. Am Ende der Sackgasse befand sich ein gewaltiges, gusseisernes Tor. Die

Rasenflächen dahinter wurden von gepolsterten Geländern gesäumt. Ja, das musste Blades Anwesen sein. Sogar im Garten wurde dafür gesorgt, dass Blade möglichst unversehrt blieb. Und am anderen Ende des Parks lag eine riesige Villa im Licht des bleichen Mondes.

James war klar, dass er nur von oben einen Überblick über das Anwesen bekommen konnte, also musste er den Laternenmast hinauf. Nun ja, wenigstens gab es hier keine Nachbarn, die ihn womöglich bemerken könnten. Er zog seine Smokingjacke aus und schlang sie sich um die Schultern, bevor er den dunklen, geriffelten Pfahl mit beiden Händen packte und dann bis zu der verzierten elektrischen Laterne an der Spitze hinaufkletterte. Sie schien so hell, dass er kaum etwas von der Umgebung sah, und das Glas war so heiß, dass er es kaum anfassen konnte. Behutsam verlagerte James sein Gewicht und hielt sich mit den Beinen fest, während er sich die Jacke um die bloßen Hände schlang. So konnte er sich besser festhalten und das grelle Licht abdecken. Ob er auch in den Feuerdorn klettern konnte, ohne sich zu verletzen? Während er noch dabei war, diese Möglichkeit abzuwägen, hörte er das tiefe Brummen eines näher kommenden Automobils.

Herta? So früh schon?

Er hatte gehofft, mehr Zeit zu haben ... Schnell ließ er sich wieder auf den Boden gleiten und drückte sich in den Schatten der Hecke. Schon huschte nur wenige Meter von ihm entfernt Scheinwerferlicht über den Asphalt. Elegant und kraftvoll glitt der silberfarbene Tatra 77 auf das imposante Gittertor zu. Ein hydraulisches Pumpgeräusch ertönte, danach ratterte es laut, und das Tor schwang ganz von selbst auf. James sah fasziniert zu. Was für ein genialer

Mechanismus: Vermutlich reagierte das Tor auf ein Funksignal aus dem Inneren des Automobils.

James konnte die Insassen des Wagens nicht erkennen, aber er war sich ganz sicher, dass Herta darin saß, und Blade bestimmt auch.

Als der große Wagen um die nächste Biegung verschwand, schwang das Tor langsam wieder zu. James kroch aus seinem Versteck, rannte los und schaffte es mit einem großen Sprung gerade noch durch den immer schmaler werdenden Spalt. Unsanft prallte er auf den Boden, rappelte sich wieder auf und lief geduckt weiter über den Rasen. Keine zwanzig Meter vor ihm verschwanden die roten Heckleuchten aus seinem Blickfeld, und er machte sich vorsichtig an die Verfolgung. Dabei hielt er sich immer dicht am Rand der Fahrbahn und nutzte die Bäume als Deckung. Die Villa, die jetzt vor ihm lag, entsprach bis ins kleinste Detail seiner Vorstellung von einem Gespensterschloss.

Als der Tatra beim Eingang angelangt war, hörte James lautes Bellen, gefolgt von ein paar tiefen Knurrlauten. Angst kroch ihm über den Rücken. Wachhunde! Kampfhunde! Das Gebell kam näher, wurde lauter.

Er drehte sich um, aber ihm war klar, dass er es niemals rechtzeitig bis zum Tor schaffen würde. Riesige, muskulöse Schemen schossen bereits an dem Automobil vorbei auf ihn zu. Sie fletschten elfenbeinfarbene Fangzähne, jederzeit bereit, ihn in Stücke zu reißen.

Er lief auf den nächsten Baum zu, als der erste Hund ihm mit voller Wucht in den Rücken sprang. James stürzte, bekam keine Luft mehr, drehte sich auf den Rücken – und sah sich dem speichelnassen Gebiss eines Deutschen Schäferhundes gegenüber, der nach seinem Gesicht schnappte.

Der Hund drückte ihn mit seinen Vorderpfoten zu Boden und zerfetzte ihm mit seinen Krallen das Hemd. James packte das Tier bei den Vorderläufen und versuchte, es wegzuschieben. Doch dann sprang ein zweites Tier auf seine Beine. James spürte, wie Zähne über seine Schienbeine kratzten und sich in seine Haut bohrten. Er wollte die Arme schützend vor seinen Körper halten, doch dann verbiss sich ein dritter Schäferhund in seinen Ellbogen. James öffnete den Mund, wollte schreien ...

Mit einem Mal ließen die Hunde von ihm ab. Wie auf ein unhörbares Kommando drehten sie sich um und trabten zurück zum Haus. James blieb etliche Sekunden lang starr vor Schreck liegen, dann stemmte er sich langsam auf alle viere und blickte den verschwindenden Schäferhunden nach.

Regungslos kauerte er im Schatten und sah, dass Herta und Blade jetzt ausgestiegen waren. »Keine Ahnung, was in sie gefahren ist«, sagte Blade. Er wirkte vollkommen ruhig ... obwohl James sah, dass Herta mit einer Pistole auf ihn zielte. Carrel, der Chauffeur, hielt etwas in die Luft – eine Metallkugel, ungefähr so groß wie ein Kricketball. Die Schäferhunde beachteten die drei gar nicht, sondern strebten vermutlich schnurstracks ihrem Zwinger entgegen. *Wie hat er das gemacht?*, wunderte sich James. Dann fiel ihm das Gartentor ein, das sich auch auf ein Funksignal hin geöffnet hatte. Vielleicht reagierten die Hunde auf ein ähnliches Signal aus dieser Kugel? Vielleicht konnte Blade die Tiere damit bändigen, so ähnlich wie mit einer Hundepfeife?

Jetzt richtet Herta ihre Pistole auf Carrel, während dieser die Haustür der Villa aufschloss. Blade schlurfte mit langsamen Schritten und gefolgt von Herta ins Innere, und James sah nach, ob er ernsthaft verletzt worden war. Abgesehen von einer Risswunde an der Hüfte und einem losen Hautfetzen an der Wade schien er mit Kratzern und blauen Flecken davongekommen zu sein.

Dann sah er, dass die Haustür offen stand. *Endlich habe ich auch mal Glück*, dachte James. Er wartete etliche Minuten lang ab und ertrug die Schmerzen in seinem Bein mit zusammengebissenen Zähnen. Doch dann wurde die Furcht, dass die Hunde womöglich zurückkehren könnten, wieder stärker, und er schlich vorsichtig und leise durch die offene Tür.

Dort fand er sich in einer gewaltigen Eingangshalle wieder. Verblüfft stellte er fest, dass der schwarze Fußboden unter seinen Füßen sich ganz sanft bewegte. Er fühlte sich weich an, wie Gummi. Im Licht des hellen, elektrischen Kronleuchters sah er, dass die Wände mit dicken Teppichen bezogen waren. *Falls Blade stolpert*, vermutete James. *Er hat das Haus nach seinen Bedürfnissen ausstatten lassen.*

Zur Rechten führte eine Tür in ein Arbeitszimmer. Dort waren die Ecken und Kanten der Möbel ebenso gepolstert wie der Fußboden und die Wände. Es sah fast aus wie in einer Gummizelle. Links befand sich ein Treppenhaus, und auch das Geländer war mit einem schwammartigen Schaumstoff überzogen, während auf den Stufen Gummimatten lagen. Neben der Treppe stand eine große, begehbare Aufzug-Plattform, mit der eine Person in den ersten Stock befördert werden konnte. Da sich die Plattform aber noch im Erdgeschoss befand, schloss James, dass Blade und die anderen noch hier unten sein mussten.

Weiter vorne führte eine Doppeltür in ein großes Wohnzimmer. Er trat ein und blickte sich um. Hier war alles fein säuberlich aufgeräumt – keine Unordnung, kein Durcheinander, keine antiken Möbel, nur ein Sofa in der Mitte des Zimmers und daneben ein Filmprojektor, der auf die Wand gerichtet war. An den Sofalehnen waren große Becher befestigt, aus denen Strohhalme hervorragten, so dass keine Gläser benötigt wurden. Und die offene Tür am anderen Ende des Zimmers führte in ein ähnlich sparsam eingerichtetes Esszimmer.

Wie groß mochte dieses Haus wohl sein? Wenn er angestrengt lauschte, dann musste er doch bestimmt hören können, wo Blade …

»*Jetzt, Sir!*«, ertönte da Carrels laute Stimme. Er musste irgendwo noch jenseits des Esszimmers sein. Doch dann wurde seine Stimme von einem lauten Knall und Geklapper übertönt.

»Was ist denn da …?« James lief ins Esszimmer und riss die Doppeltür am hinteren Ende auf. Nach links und rechts erstreckte sich ein hell erleuchteter, mit Leder gepolsterter Korridor. Von links waren Kampfgeräusche zu vernehmen, und James beschleunigte seine Schritte. Blade konnte nicht kämpfen, daher musste es wohl Carrel gegen Herta sein. Der Chauffeur hatte sie wahrscheinlich angegriffen, damit sein Arbeitgeber sich in Sicherheit bringen konnte.

James war klar, was er zu tun hatte. Solange Carrel und Herta miteinander kämpften, konnte ihn niemand daran hindern, Whittakers Akten zu suchen und an sich zu nehmen.

Doch dann blieb er ruckartig stehen. Carrel kam links von ihm zu einer Tür herausgestürzt. Er hatte einen tiefen, blutenden Schnitt in der Wange. Jetzt prallte er gegen die weiche Wand und sank bewusstlos in die Knie. Herta kam ihm hinterher. Sie hatte eine kleine, flache, halbautomatische Pistole auf seine Brust gerichtet.

»Nein!« James warf sich auf sie. Herta riss die Waffe herum, aber da war es schon zu spät. James packte den Lauf mit beiden Händen und bog ihn zur Seite. Gemeinsam stürzten sie durch die Tür und landeten in einem großen, weißen Zimmer. Herta ließ die Pistole los, während James mit einem flüchtigen Blick die Aktenschränke an der hinteren Wand registrierte. *Whittakers Notizen*, dachte er. *Hier müssen sie sein.*

Sie landeten gemeinsam auf dem weichen Fußboden, James oben und Herta unten. Aber schon im nächsten Augenblick hatte Herta sich aufgebäumt und zur Seite gerollt. Jetzt war sie es, die James zu Boden drückte. Sie wollte ihm den Ellbogen gegen den Adamsapfel schlagen, doch er zog das Kinn nach unten ... Der Schlag ließ weiße Sternchen über seine Netzhaut tanzen, aber auch sie stöhnte vor Schmerz. Mit einer schnellen Bewegung packte James sie an den Haaren und zog, so fest er konnte. Sie hielt den Atem an, drückte den Rücken durch und rammte ihm den Kolben ihrer Pistole gegen das Brustbein. Er bekam keine Luft mehr vor Schmerz, und bevor er wusste, wie ihm geschah, hatte Herta sich losgerissen. James wirbelte herum und wollte sie an den Handgelenken packen, aber er war nicht schnell genug. Sie brachte sich mit einer Rolle rückwärts aus seiner Reichweite, schnappte sich ihre Pistole und kam auf die Füße.

James starrte direkt in die Mündung eines Colt 1908. Herta hatte den Finger auf den Abzug gelegt. Der Finger zuckte.

KAPITEL 17

EIN HAUS VOLLER FALLEN

James schlug mit der Ferse aus und traf Hertas Schienbein, so dass sie das Gleichgewicht verlor. Noch während sie fiel, rammte er ihr mit voller Wucht die Faust gegen das Kinn. Sie stöhnte, ließ die Waffe fallen und landete ohnmächtig auf dem Fußboden.

»Recht so«, zischte James.

Dann kümmerte er sich um Carrel. Die Wunde in seiner Wange sah zwar schlimm aus, aber er würde es überleben. Er durchwühlte die Taschen des Chauffeurs und fand einen Schlüsselring, an dem nicht nur der Autoschlüssel hing, sondern auch das kugelförmige Ding, mit dem er die Hunde gebändigt hatte ... und das – bitte, lieber Gott – auch das Tor öffnen würde. Er steckte es ein und sah sich in dem Zimmer mit den Aktenschränken um.

Auf dem Fußboden lag ein großer, brauner Lederkoffer.

Die Entwicklungsunterlagen für den Stählernen Schatten?

James ging neben dem Koffer in die Hocke, verzog das Gesicht, als er sein verletztes Bein belasten musste, und klappte den Deckel auf. In dem Koffer lagen stapelweise Papiere voller Tabellen, Notizen und Gleichungen, die keinerlei Sinn ergaben. Trotzdem empfand er eine tiefe Genugtuung. *Geschafft!* Er hatte sich Whittakers Unterlagen gesichert! Und da er darüber hinaus auch die Steuerungseinheit in Besitz hatte, konnte er sich sicher sein, dass er Blades Pläne erfolgreich durchkreuzt hatte ...

Aber wo steckte Blade eigentlich? Holte er womöglich Hilfe?

Wenn das so ist, dachte James, *dann wird es langsam Zeit zu verschwinden.* Er klappte den Deckel wieder zu und nahm den Koffer in die Hand. Er war schwer und unhandlich, aber das war nicht weiter schlimm. Jetzt musste er ihn nur noch rechtzeitig in den Wagen schaffen, bevor die Hunde Appetit auf einen kleinen Nachschlag bekamen ...

Als James auf den Flur trat, hörte er ein langsam näher kommendes Geräusch. Einen Augenblick lang war er wie erstarrt und lauschte gebannt dem regelmäßigen, mechanischen Surren. Das erste Mal hatte er dieses Geräusch in Fettes gehört, und dann noch einmal in dem Steinbruch beim Kloster Thornhill. Aber das hier ...

Jetzt kam eine höchst merkwürdige, riesenhafte Gestalt mit steifen Bewegungen um die Ecke gebogen. Die äußere Hülle hatte ungefähr die Form eines Menschen. Sie besaß zwei mechanische Hände, die sich in regelmäßigen Abständen öffneten und schlossen. Anstelle der Metallrüstung des Stählernen Schattens war dieser Roboter jedoch mit dickem Schaumstoff überzogen, um den Mann in seinem Inneren vor Verletzungen zu schützen und ihn zu stützen, während er sich wie ein groteskes, lebensgroßes Aufziehspielzeug vorwärtsbewegte.

Hinter einem dicken Visier aus Plastik starrte Blade mit wütendem Blick nach draußen. *»Mit dir habe ich nicht gerechnet, Bond.«* Seine Stimme dröhnte zu den eingebauten

Lautsprechern hervor. *»Musst du dich eigentlich ständig einmischen? Das reicht mir jetzt. Stell die Akten auf den Boden.«*

James drehte sich mit dem Koffer in der Hand um und steuerte das Esszimmer an. Aber als er die Hand an die Türklinke legte, kam ein Eisengitter von Decke herabgesaust und versperrte ihm den Weg.

»Dieses Haus wurde nach meinen Wünschen erbaut und automatisiert«, sagte Blade mit knisternder Stimme. *»Genau wie dieser mechanische Anzug soll es mich beschützen und mich gegen Angreifer verteidigen.«*

James machte sich auf die Suche nach einem anderen Ausgang, ging durch den Flur am Esszimmer vorbei und stieß auf eine weitere Tür. Als er die Klinke drückte, kam wieder ein Eisengitter herabgesaust und hätte ihm beinahe die Hand abgeschlagen.

James wurde übel. *Das System verriegelt jede Tür, sobald jemand versucht, sie zu öffnen.* Er versuchte, ruhig zu bleiben, und lief weiter den Korridor entlang. Das seltsame Surren von Blades Schutzanzug dröhnte ihm in den Ohren. Er kam zwar nur langsam voran, war aber unaufhaltsam.

Das Ding wird niemals müde, erkannte James. *Und ich bin jetzt schon völlig erschöpft.*

»Stell die Akten auf den Boden!« Erneut ließ sich Blades knisternde Stimme vernehmen.

James entdeckte noch eine Tür und schleuderte voller Verzweiflung den schweren Koffer dagegen. Und tatsächlich öffnete sie sich. Dahinter kam ein breites Treppenhaus zum Vorschein, das in düstere Tiefen hinabführte. Auch hier stand eine Aufzugplattform bereit, um einen Passagier ins Untergeschoss zu befördern.

Ganz egal, wie verkrüppelt er ist, dachte James, *aber mit diesem Ding kann Blade mir überallhin folgen.* Er rannte die elastischen Gummistufen hinab, bis er einen ek-lig stechenden Gestank wahrnahm und keuchend stehen blieb.

Der Gummibelag auf den Treppenstufen hatte begonnen zu schmelzen. Seine neuen Schuhe blieben daran kleben, sanken ein, hielten ihn fest ...

»Eine geniale Idee, findest du nicht auch?« Blades Stimme drang aus dem Korridor zu ihm herab. *»Wenn sich das Haus im Abschottungsmodus befindet, werden Heizplatten unter den Treppenstufen aktiviert, um die Eindringlinge aufzuhalten ...«*

Voller Verzweiflung warf James den Koffer die Treppe hinunter – so schwungvoll, dass er nicht auch noch stecken bleiben konnte. Dann zerrte er an seinen Schnürsenkeln, schlüpfte aus den Schuhen und stürzte sich todesmutig ebenfalls die Treppe hinunter, rollte und kugelte, so schnell es nur ging. Eine stinkende, klebrige, schwarze Masse beschmutzte seinen Smoking, bis er schließlich im Untergeschoss aufschlug. *Wenigstens bin ich weich gelandet.*

Er musste husten, rappelte sich auf und suchte nach einem Lichtschalter, da zuckte ein Stromschlag durch seinen Arm. Er schrie auf und zog die Hand zurück. *Was habe ich jetzt wieder angerichtet?* Das Licht ging an und beleuchtete eine geräumige Werkstatt, voll ausgestattet mit Werkbänken, Werkzeugen und abgetrennten Arbeitsbereichen. James fluchte leise. Die Fenster saßen so hoch, dass er sie unmöglich erreichen konnte.

Jetzt hatte Blade in seinem absonderlichen Schutzanzug ebenfalls den oberen Treppenabsatz erreicht. Er betrat die

Plattform, sie erwachte summend zum Leben und trug ihn nach unten.

James' Magen ballte sich vor Angst zusammen, und ihm wurde schlecht. Er klammerte sich an den Koffer und nahm alle verbliebene Kraft zusammen, um sich umzuschauen, einen Plan zu entwickeln. *Mach ja nicht noch mal einen Fehler.* Was konnte er also unternehmen? Wenn er versuchte, die Treppe wieder hinaufzugehen, würde er sofort stecken bleiben ...

Die Werkstatt war eindeutig dafür gedacht, dass Blades Mitarbeiter hier nach seinen Anweisungen irgendwelche Dinge anfertigten. Wie sonst wären die gezackten Metallteile zu erklären, die mechanischen Werkzeuge und Schweißbrenner, die Blade auf keinen Fall selbst handhaben konnte, oder der massive Betonfußboden, auf dem all die schweren Maschinen standen? James' Blick fiel auf ein seltsames Ding, eine Art überdimensionales Gewehr, das mit Gummischläuchen an mehrere Druckbehälter angeschlossen war. Er lief darauf zu und versuchte zu verstehen, was das Ganze sollte: Auf einem riesigen Bunsenbrenner saß ein bauchiger Schmelztiegel mit einem Griff auf der einen und einer Düse auf der anderen Seite. Wenn dem Brenner Druckluft zugeführt wurde, dann würde die Flamme immer heißer werden, so dass der Inhalt des Schmelztiegels sich stark erwärmte. Und wenn man dann die Düse öffnete ...

Das Ding schießt mit Metall!, erkannte James, nachdem er die festen, silbernen Spritzer bemerkt hatte, die überall an der dahinterliegenden Wand klebten. In Fettes hatte Blade doch davon gesprochen, dass er Metall auf eine Leiterplatte sprühen konnte und dass das sehr viel schneller und einfacher sei als das bisher übliche Verfahren ...

James schaltete die Schnellheizung des Tiegels ein. Die Plattform in seinem Rücken schwebte immer noch unter lautem Surren nach unten. *»Du kannst mir nicht entkommen, Bond«*, rief Blade. *»Mach es dir doch nicht noch schwerer.«*

»Was haben Sie denn dieses Mal vor?«, gab James zurück. »Wollen Sie mir auch noch Whittakers Tod in die Schuhe schieben, so wie Sie es mit Marcus gemacht haben?«

»Wo ist die Steuerungseinheit?«

»Fahren Sie zur Hölle!« Das schwere, unhandliche Gerät wurde sehr schnell heiß. James packte den isolierten Griff mit der Hand, schwang die Sprühdüse herum und richtete sie auf Blade. Als er den Abzug betätigte, spuckte die Mündung flüssiges Metall. Rotglühende Funken stieben hervor und bedeckten den Boden. Blade wich zurück und brachte sich in Sicherheit.

Er muss ja nur warten, bis das Gas alle ist, dann kann er mich in aller Ruhe schnappen. Missmutig betrachtete James den rauchenden Silbersee, der sich vor ihm auf dem Fußboden ausgebreitet hatte. Wie sollte er den ohne Schuhe überqueren?

»Ich habe dir doch gesagt, dass das keine zweckmäßige Waffe ist, Bond«, stichelte Blade. *»Nur noch wenige Minuten …«*

Er will dich bloß einschüchtern, dachte James und ließ den Finger am Abzug. *Einfach nicht beachten …*

Laut dröhnend schwang jetzt ein großes Gitter in der Wand hinter ihm auf, dazu zwei weitere in der Decke. Dichter, weißer Schaum quoll daraus hervor. James wurde von der eklig stinkenden Chemiesuppe umhüllt und fiel zu Boden. Die Flammenspritze zischte und fauchte, während der

Schaum sich über den Schmelztiegel legte und den Strahl aus geschmolzenem Metall zum Erliegen brachte.

»Ein Feuer hier unten hätte katastrophale Auswirkungen«, sagte Blade, während aus unsichtbaren Vorratskammern hinter den Wänden und der Decke immer noch mehr Schaum hervorquoll. *»Darum müssen vor jedem Gebrauch der Werkzeuge die Sicherheitssysteme deaktiviert werden …«*

James bekam fast keine Luft mehr und konnte auf dem glitschigen Fußboden nur mit Mühe das Gleichgewicht halten. Er hörte, wie Blade in seinem mechanischen Anzug näher gerumpelt kam, ohne sich durch den Schaum aufhalten zu lassen. Eiserne Greifer reckten sich ihm entgegen.

Doch schließlich versiegte die Flut, und die letzten Schaumreste fielen in dicken Flocken zu Boden. In fiebriger Hast tastete James sich durch die klebrige Masse. Seine Finger kämpften mit den Schnallen an Whittakers Koffer, bis er endlich den Deckel aufklappen konnte.

Blade blieb wie angewurzelt stehen. *»Was machst du denn da?«*

»Wie viele Jahre … hat es gedauert … all diese kostbaren Erkenntnisse zu sammeln?« Mühsam rang James um Atem. »Was würden Sie davon halten, wenn ich das alles einfach in diese Brühe werfe?«

Kein Laut drang aus den Lautsprechern.

»Ich kann Sie nicht hören …« Mit frischer Kraft, auf Händen und Füßen, schubste James den Koffer vor sich her. Vorsichtig umkreiste er Blade. Regungslos wie eine Statue stand der mechanische Schutzanzug da.

Aber als James gerade dachte, dass er außer Reichweite sei, wirbelte das Ding herum und streckte beide Arme nach ihm aus. Mit aller Kraft stieß James den Koffer von sich weg, so dass Blades mechanische Hände nichts als Schaum zu fassen bekamen.

»Lass das!« Jetzt, endlich, schien Blade wirklich Angst zu haben, und das fühlte sich sehr angenehm an. *»Du verstehst das nicht … Ich brauche diese Aufzeichnungen. Ich brauche die Steuerungseinheit …«*

»Und *ich* möchte am Leben bleiben«, murmelte James. Er klappte den Kofferdeckel zu und rannte die rauchenden, völlig ruinierten Treppenstufen hinauf, so schnell er nur konnte. Seine schaumnassen Strümpfe bewahrten ihn davor, kleben zu bleiben. Mit einem euphorischen Gefühl des Triumphes erreichte er das obere Ende. Er wusste, dass Blade ihn jetzt nicht mehr erreichen konnte.

Ohne sich umzublicken, den Koffer fest an die Brust gedrückt, so schlitterte James den ledergepolsterten Korridor entlang. *Eine dieser Türen muss doch zum Ausgang …*

Da hörte er ein lautes kratzendes Geräusch und blieb wie angewurzelt stehen. Es kam aus dem Esszimmer, jenseits der Gitterstäbe.

Nein. Das *waren* die Gitterstäbe, die gerade zurück in die Decke gezogen wurden.

Jemand hatte den Abschottungsmodus abgeschaltet. Aber wer? Carrel vermutlich. Er war Blades Chauffeur und Leibwächter, also wusste er bestimmt, wie man das anstellte. Aber weshalb sollte er ausgerechnet jetzt so etwas …?

Weil er dazu gezwungen wird.

James torkelte weiter und blickte sich um. Da sah er Herta im Korridor stehen. Und wieder hatte sie ihre Pistole in der Hand.

»Stopp!«, rief sie.

Geh zum Teufel! Schweißnass und erschöpft schlitterte er in das Foyer. *Warum habe ich bloß die Pistole nicht an mich genommen?*

In dem Moment, als er die Haustür erreicht hatte, betrat auch Herta das Foyer. Ohne eine zweite Warnung drückte sie ab.

KAPITEL 18

BEDROHT VON ALLEN SEITEN

Der Knall dröhnte James in den Ohren, doch da die massive Eichentür hinter ihm bereits wieder ins Schloss fiel, erreichte ihn die Kugel nicht.

Er sah den Tatra draußen in der Einfahrt stehen, riss die Fahrertür auf, schwang sich hinter das Lenkrad und schob den Koffer neben sich. Trotz seiner abgrundtiefen Erschütterung konzentrierte er sich, so gut es ging, auf das Cockpit des Wagens. Das futuristisch wirkende Lenkrad aus gebürstetem Aluminium befand sich genau in der Mitte des Armaturenbretts. Weiß umrandete Instrumente und Messgeräte umgaben es wie Satelliten. Anstatt zweier Einzelsitze besaß der Tatra eine durchgehende Ledersitzbank.

James stellte den Regler für das Benzin-Luft-Gemisch auf volle Kraft, drückte den Starterknopf und hoffte das Beste. Der Motor sprang sofort an. Er zog am Handgasgriff, um den Hauptvergaser zu aktivieren, stellte den Benzin-Luft-Regler auf halb, legte den ersten Gang ein und fuhr los. Als er das Lenkrad bis zum Anschlag nach rechts drehte, riss Herta die Haustür auf. Eine Kugel ließ das Beifahrerfenster zersplittern, und James gab Vollgas. Beinahe wäre er mit seiner klitschnassen Socke vom Gaspedal abgerutscht. Er konnte bloß hoffen, dass er den Motor nicht abwürgte. Mit schlingerndem Heck rutschte er von der Fahrstraße auf den weichen Rasen, wollte unbedingt so schnell wie möglich die schützenden Bäume erreichen. Als er es schließlich geschafft hatte und hinter einer Reihe Lärchen entlangfuhr, hielt er direkt auf das Tor zu. Schon während er sich näherte, schwang es langsam auf. Wahrscheinlich hatte Carrel den Sender nicht ausgeschaltet. Jetzt, dachte James, ist Herta genauso hilflos wie Blade. Jetzt konnte sie weder die Wachhunde bändigen noch ihn verfolgen.

Er stieß einen tiefen, bebenden Seufzer aus und ließ die Sackgasse in Richtung Hauptstraße hinter sich. Der Tatra hatte Bärenkräfte, aber James fuhr jetzt langsamer und versuchte, wieder einigermaßen ruhig zu atmen, das Geschehene zunächst einmal zu verdrängen und sich auf die Straße zu konzentrieren.

Viel Erfolg hatte er damit jedoch nicht. Er war vollkommen durchnässt und stank nach Chemie. Außerdem brannte der Schaum in seinen vielen, kleinen Wunden. Wieder und wieder hatte er alle möglichen grässlichen Bilder vor Augen – Blade, der mit seinem Roboterapparat näher und näher kam, Whittaker mit dem in seiner Schläfe feststeckenden Haken und Grünner, Whittakers Mörder, der Mann, dessen Befehle Marcus das Leben gekostet hatten, Grünner mit seinem gewinnenden Lachen und den starren grauen Augen …

Bitte, lieber Gott, dachte James und warf einen Blick auf den Koffer, der neben ihm lag, *lass mich irgendetwas in diesen Akten finden, das Grünner und Blade belastet.* Er wusste, dass Agent Elmhirst sich nur mit wirklich eindeutigen Beweisen überzeugen lassen würde. Nur dann würde er etwas Konkretes unternehmen. Nur dann würde Marcus nicht umsonst gestorben sein.

James bog auf die Hauptstraße Richtung Den Haag ein. Hoffentlich war der Weg nach Scheveningen gut ausgeschildert. Er fuhr, so schnell er sich traute, der Küste entgegen. Allerdings hatte er in den labyrinthartigen Straßen und Sträßchen des hübschen Vorortes bald schon die Orientierung verloren – bis er die Station Renbaan-Achterweg erkannte, die Bahnstation in der Nähe des Hauses der Mandevilles in der Brugsestraat. Mit einem erleichterten Seufzer wandte er sich nach links und nahm denselben Weg, den er schon gestern mit Perry und Kitty gefahren war. Er ließ den Wagen ein kleines Stückchen entfernt stehen. Falls jemand auf der Suche nach dem Tatra war, dann wollte er die Verfolger schließlich nicht direkt zu seinem Versteck führen.

Auf nassen Socken humpelte er bis zum Haus. Den Koffer mit den Akten hatte er fest unter den Arm geklemmt. Aber als er in die Brugsestraat einbog, sah er direkt vor dem dunklen Haus einen weiteren Tatra 77 stehen …

Er spürte einen Stich in der Magengegend. Dieser Tatra war burgunderrot. Bestimmt war es reiner Zufall, dass er ausgerechnet hier parkte …

Und dass die Haustür offen stand?

James stieß einen leisen Fluch aus. Was, wenn Blade oder einer seiner Gehilfen ihn bei der Veranstaltung im Hotel erkannt hatten? Er hatte sich als George Mandeville ausgegeben … Da war es für die eventuellen Verfolger ziemlich naheliegend, mit der Suche bei der angegebenen Adresse zu beginnen. Doch dann hatten sie hier nicht James vorgefunden, sondern …

»Perry«, stieß er hervor. Er schob den Koffer unter eine Hecke im Vorgarten, schlich behutsam zu der offenen Tür und stieß sie so weit auf, dass er ins Innere huschen konnte. Bis auf das Ticken der großen Standuhr und das Röhren eines Motorrades auf irgendeiner weit entfernten Straße war kein Geräusch zu hören.

Dann flammte das Licht im Flur auf. James blinzelte und machte sich auf alles gefasst.

In der Küchentür stand Blades Leibwächter, der, den James auch auf der Feier im Hotel gesehen hatte. Er war groß und breitschultrig und schien, nach seinen Gesichtszügen zu urteilen, indonesischer Herkunft zu sein. Einen seiner muskelbepackten Arme hatte er um …

»Kitty?« James runzelte die Stirn und ballte die Fäuste. »Was ist denn hier los?«

»Es tut mir schrecklich leid, James!« Kitty trug immer noch ihr Abendkleid. Sie machte einen verängstigten und ziemlich kläglichen Eindruck. »Mr Blade hat mich mit dir zusammen gesehen, während Grünner seine Ansprache gehalten hat. Er hat mich nach deiner Unterkunft gefragt, und ich habe ihm gesagt, dass du hier wohnst. Alleine.«

Alleine? James warf einen schnellen Blick zur Treppe, dann sah er wieder Kitty an. Sie schüttelte ganz leicht den Kopf. Sie hatten Perry also nicht entdeckt. Noch nicht.

»Daddy wollte noch auf der Feier bleiben, aber ich war müde, darum hat Blade angeboten, dass Mr Van Diemen …« Sie legte den Kopf in den Nacken, um ihren Kidnapper anzusehen. »… mich nach Hause fahren würde. Aber stattdessen hat er mich hierhergebracht und mich gezwungen, auf dich zu warten.«

»Da wir Sie auf der Feier nirgendwo mehr entdecken konnten …« Van Diemen starrte James unter schweren Lidern an. »Mr Blade möchte die Sachen wiederhaben, die Sie ihm weggenommen haben. Wo sind sie?«

»Weißt du, James, ich bin sehr froh, dass du hier bist«, fiel Kitty ihm ins Wort. »Weil ich jetzt nämlich endlich *das* machen kann.« Sie rammte ihren spitzen Absatz mit voller Wucht auf Van Diemens Fuß, stieß ihm gleichzeitig den Ellbogen in den Magen und ruckte kräftig an dem Arm, mit dem er sie festhielt.

Der Leibwächter flog in hohem Bogen über sie hinweg, landete mit dem Steißbein auf dem Fliesenboden und stieß einen lauten Schrei aus. Er drehte sich um und kauerte auf dem Fußboden. James machte einen Schritt auf ihn zu, um ihm keine Verschnaufpause zu gönnen ... und zuckte zurück, als von oben eine schwere Vase herabfiel. Sie landete auf Van Diemens Hinterkopf. Kitty kreischte schrill, während der Leibwächter stumm und regungslos dalag.

»Scharfschütze Mandeville meldet sich zum D-D-Dienst!«, johlte Perry aus dem ersten Stock herunter. »Ich habe gewartet, b-b-bis ich ihn im Visier hatte. Hoffentlich war mein Tantchen nicht allzu sehr vernarrt in dieses g-g-grässliche Monstrum.«

»Sie hat ihn höchstwahrscheinlich nicht einmal gekannt«, witzelte James und tastete Van Diemen nach Waffen ab. Nachdem das mit Herta passiert war, wollte er kein Risiko mehr eingehen. »Das war sehr beeindruckend, Kitty.«

Sie zuckte mit den Schultern. »Die Schuhe drücken mich schon den ganzen Abend. Ich bin froh, dass ich die Schmerzen mit jemandem teilen konnte.«

James stellte fest, dass der Kerl ein Schulterhalfter mit einer Beretta Modell 418 trug, einer schönen Pistole. »Ich habe eigentlich die Judo-Technik gemeint.«

»Ach so, das. Reine Selbstverteidigung. Daddy wollte, dass ich erst den ersten Dan mache, bevor ich alleine losziehe, um Züge zu beobachten.«

»Und was ist mit mir?«, rief Perry, während er die Treppe heruntergehumpelt kam.

James steckte Van Diemens Autoschlüssel ein und lächelte. »Toller Wurf, Perry.«

»Als ich gehört habe, dass jemand die Haustür aufbricht, da wusste ich wirklich nicht, was ich machen soll«, gestand Perry. »Mit dem Bein tauge ich ja nicht mal als Dekoration. Aber d-d-dadurch bin ich darauf gekommen.«

»Ich bin beinahe beeindruckt, Mandy. Wirklich beinahe.« Kitty starrte James an, der gerade die Pistole einsteckte, und musterte sein heruntergekommenes Äußeres. »Mein, Gott, James, wie du aussiehst.«

»Ja, was ist denn eigentlich passiert?«, wollte Perry wissen, nachdem er unten angelangt war. »Und was, zum Teufel, sollen wir jetzt mit diesem Van Diemen anfangen?«

»Wir können nicht hierbleiben«, sagte James. »Hier sind wir nicht mehr sicher. Ist die Steuerungseinheit immer noch oben in dem Versteck in der Heizungskammer?«

»Nein.« Perry warf ihm das mit Tüchern umwickelte Bündel zu. »Die habe ich in meine persönliche Obhut genommen.«

»Also gut. Ich ziehe mir schnell trockene Sachen an, irgendetwas aus dem Kleiderschrank deines Onkels, und dann nichts wie los.« Mit der Steuerungseinheit in der Hand lief James die Treppe hinauf. »Ich habe euch eine Menge zu erzählen – und die dazugehörigen geheimen Unterlagen habe ich auch mitgebracht. Natürlich nur, falls es euch interessiert …«

Kitty blickte Perry an, dann nickten sie gemeinsam. »Sprich weiter, James, um alles in der Welt, sprich weiter!«

Zwanzig Minuten später fuhr James mit Kitty und Perry in Van Diemens burgunderrotem Tatra 77 davon. Er hatte die Automobile getauscht, weil der silberne mehrere Kugeln abbekommen und weniger Benzin im Tank hatte. Auf dem Weg von Den Haag nach Rotterdam nickte er anerkennend mit dem Kopf. Wie geschmeidig der Wagen über die Fahrbahn glitt, wie sanft er sich lenken ließ.

Drei gestohlene Automobile an drei Tagen, dachte er. *So langsam wird es zur Gewohnheit.*

Er hatte eigentlich vorgehabt, Kitty bei sich zu Hause abzusetzen, aber sie wollte nichts davon wissen. »Man hat mich entführt, und ich will verdammt nochmal wissen, weshalb!« Sie hatte ihre schon halb schlafende Mutter angerufen, um ihr zu sagen, dass Mr Blade sie bei einer Freundin abgesetzt hatte (»Das ist ja nicht total gelogen«, sagte sie), und anschließend von James verlangt, dass er genau schilderte, wie sein Abend verlaufen war.

Nachdem er den beiden alles erzählt hatte, stellte er den Wagen unter einer Laterne in einem ruhigen Vorort von Rotterdam ab und setzte sich zu Kitty und Perry in den Passagierraum. Wenigstens roch er jetzt besser, auch wenn das blaue Hemd und der schwarze Pullover, die er unter dem Mantel trug, ein wenig zu eng waren und der Saum seiner geborgten Tweedhose ein ganzes Stück über seinen abgestoßenen Schulschuhen endete. *Wer weiß, vielleicht kommt das ja eines Tages in Mode*, dachte er verschmitzt.

Der Tatra 77 war vor allem auf Bequemlichkeit ausgerichtet. Da unter dem Bodenblech keine Antriebswelle verlief, war im hinteren Bereich Platz für sechs Personen auf zwei einander gegenüberliegenden, cremefarbenen Lederbänken. Und durch die großen Fenster tauchte der Schein der Straßenlaterne den Innenraum in ein helles Licht.

Kitty hatte die Akten auf der hinteren Lederbank ausgebreitet. Die hochhackigen Schuhe hatte sie gegen ein praktischeres Paar mit flachen Absätzen und einer Zierborte eingetauscht. Dazu trug sie eine schwarze, mit Spitzen besetzte Leinenhose und eine weiße Bluse. Jedes einzelne Stück stammte aus dem Kleiderschrank von Perrys Tante. Sie hatte auch die Kontaktlinsen herausgenommen und die Brille wieder aufgesetzt, so dass sie jetzt aussah wie eine Streberin.

»Hier gibt es ja jede Menge Zeug«, sagte sie, während sie die einzelnen Seiten durchging. »Frachttransporte von britischen Häfen nach Amsterdam, zum Teil sogar schon in den zwanziger Jahren ... Bestellungen für irgendwelche Dinge, die keine Namen haben, sondern nur Seriennummern ...«

»Und dann sind d-d-da noch Unmengen von Gleichungen, mit denen sogar die Lehrer in Fettes ihre liebe Mühe hätten«, fügte Perry hinzu. »Und Zeichnungen.« Er tippte auf ein Blatt, um James darauf aufmerksam zu machen. »Das da sieht doch genauso aus wie das Ding, das wir in Ruskie gesehen haben ...«

»Das müssen die Entwicklungsunterlagen für den Stählernen Schatten sein«, mutmaßte James.

»Und *das* da.« Kitty hatte nach einem Blatt gegriffen, auf dem mit Schreibmaschinenschrift Uhrzeiten und Bahnhöfe notiert worden waren. »Also, das! Das, *das*!«

James sah sie verwirrt an. »Was ist denn das? Abfahrtszeiten?«

»Ja! Nein! Oh!« Kitty sah aus, als wäre sie einer Ohnmacht nahe. »Wenn ich doch bloß mein Notizbuch dabeihätte! Nein, das brauche ich gar nicht! Ich kenne diese Uhrzeiten ganz genau. Oh, mein ganzes Leben ...«

»Hör auf, so zu stammeln, Drift«, schnauzte Perry sie an. »Was ist denn los mit dir?«

»Mein Geisterzug. Der, von dem ich euch erzählt habe ...« Kitty legte die Hand auf James' Knie. »... als *er* mich gefragt hat. Keine offizielle Lackierung, keine regelmäßige Strecke.« Sie nahm die Brille ab und sah James durchdringend an. »Ich glaube, dass das hier der Fahrplan ist. Zuletzt ist er vor zwei Tagen in Rotterdam losgefahren, um 14.00 Uhr.«

Auch James wurde von ihrer plötzlichen Aufregung erfasst. »Und wohin ist er gefahren?«

»Die Zielangabe lautet *Immer Winter.*«

»Was soll das denn bedeuten?«, sagte Perry fragend.

»Ich habe keine Ahnung«, erwiderte James.

Kittys dunkle Augen fingen an zu leuchten. »Ich habe den Geisterzug selbst zwischen Rotterdam und Den Haag gesehen. Andere haben ihn sogar schon bei Nijmegen beobachtet, auf dem Weg Richtung Osten ...«

»Zur deutschen Grenze.« James stieß den Atem aus. »Also gut. Was steht noch auf dem Fahrplan?«

»Morgen früh um 4.46 Uhr ist ein Halt vorgesehen, und zwar in *Schaduw Nieuw Oost.*« Kitty machte eine bedeutungsschwangere Pause. »Das bedeutet *Schatten Neu Ost.*«

»Gibt es einen Bahnhof, der so heißt?«

»Offiziell nicht. Es könnte aber ein Code sein ...« erwiderte Kitty.

»O-o-oder irgendwas anderes«, ergänzte Perry missmutig.

»Tja, dann sollten wir aber möglichst schnell dahinterkommen, was das sein könnte.« Mit klopfendem Herzen betrachtete James die Zahlen. »Weil es nämlich nur noch wenige Stunden sind, bis unser Geisterzug in diesem Schattenbahnhof anhalten soll.«

KAPITEL 19

BLINDE PASSAGIERE

»Hast du Hunger?« Es war vier Uhr morgens, und Kitty stand mit James neben den Bahngleisen. Ihr Eifer war ungebrochen. »Mir hängt der Magen in den Kniekehlen. Zum Glück habe ich noch ein Sandwich in der Manteltasche. Die Häppchen bei diesen Feiern machen mich nie satt, deswegen nehme ich immer ein bisschen Extrabrennstoff für den Nachhauseweg mit. Aber gestern Abend bin ich gar nicht dazu gekommen, darum ...« Sie holte ein weißes Päckchen hervor. »Edamer und Apfel, magst du das? Ist natürlich ein kleines bisschen zerquetscht ...«

»Lass es dir schmecken.« James versuchte, nicht zu hinken, aber seine Wade tat ihm ziemlich weh. Er war Kittys Richtungsangaben gefolgt und so dicht wie nur möglich zu dieser Stelle mitten in der Wildnis gefahren. Perry hingegen konnte seine Freunde nur im Sitzen unterstützen. Mit dem verletzten Bein hätte er den Weg auf keinen Fall geschafft, darum war er im Tatra sitzen geblieben. Er traute sich zu, ihn selbst zu lenken, zumindest bis zum nächsten Telefonhäuschen. Von dort sollte er Adam Elmhirst in England anrufen und ihm berichten, was hier gerade passierte – mit besten Grüßen von James Bond.

Das war jedenfalls der Plan.

Die Steuerungseinheit hatte James mitgenommen. Er wollte sie nicht bei den Akten aufbewahren, damit nicht alle Eier im selben Nest lagen. Außerdem würde Adam Elmhirst sich dadurch eher zum Eingreifen bewegen lassen, sobald James mit ihm sprechen konnte. Dann würde endlich Schwung in die Sache kommen. Und bis dahin konnte Perry bei den Drifts auf James und Kitty warten.

James ließ den Blick über die flache, vom Mond beschienene Landschaft gleiten. Nur gelegentlich stach ein Baum daraus hervor. Er wurde das Gefühl nicht los, dass sie verfolgt wurden, dass Blade oder Grünner oder beide ihre Agenten auf sie gehetzt hatten. Zum soundsovielten Mal sah er nach, ob die Steuerungseinheit noch in seiner Tasche steckte.

Dann sagte er zu Kitty: »Bist du wirklich sicher, dass wir hier richtig sind?«

»Darauf würde ich ein ganzes Mittagessen setzen. Oooh, *Mittagessen*! Wäre das nicht einfach himmlisch?« Sie bot James erneut das Sandwich an, und er schüttelte abermals den Kopf. »Also gut, dann erkläre ich dir mal, wie ich darauf komme, hier nach dem Schatten Neu Ost zu suchen. Im Jahr 1843 lag der Bahnhof Nieuw Oosteinde noch am Schnittpunkt der Bahngleise mit der Laan van Nieuw Oosteinde, also der Avenue des Neuen Ostendes. Benannt war er nach dem Wirtshaus zum Neuen Ostende.«

James gähnte, und sein Atem bildete in der Kälte dichte Wolken. Kitty hörte sich an wie eine Lehrerin, und mit ihrer dicken Brille sah sie auch fast so aus. »Vielleicht beiße ich doch mal von deinem Sandwich ab. Das hört sich ja so an, als müsste ich noch eine ganze Weile durchhalten.«

»Du bist so gemein.« Sie zog eine Grimasse, ließ ihn aber

trotzdem abbeißen. »Also, der Bahnhof wurde 1864 geschlossen, und der neue wurde erst 1907 eröffnet, am selben Ort. Mittlerweile war die Strecke elektrifiziert worden. Gestern sind wir doch auf der alten Strecke gefahren, weißt du noch? Das war die erste elektrifizierte Eisenbahnstrecke in den Niederlanden.«

»Führt das alles eigentlich irgendwohin?«, wollte James wissen.

»Ja«, erwiderte sie. »In die eine Richtung nach Leiden, in die andere nach Utrecht.«

»Kitty ...«

»Oh, stimmt ja. Entschuldige, James. Also, während der gut vierzig Jahre zwischen der Stilllegung des alten und der Eröffnung des neuen Bahnhofs hat man versucht, eine Zweigstrecke zu bauen. Die sollte knapp zwei Kilometer nördlich der alten verlaufen, mit Bahnhöfen in Voorburg und Zoetemeer, und dann bei Gouda wieder auf die Hauptstrecke nach Utrecht stoßen ...«

»Ich finde das alles wirklich höchst faszinierend«, murmelte James, »aber ...«

»Das Interessante daran ist, dass diese Strecke nie fertiggestellt wurde. Es war nicht genügend Geld vorhanden, Investoren haben sich wieder zurückgezogen. Die Schienen, die schon verlegt waren, sind einfach liegen geblieben, aber die Strecke war unvollendet und darum sinnlos. *Es sei denn* ... dass irgendjemand Jahre später ... sie wieder in Betrieb genommen hat.«

Mit einem Mal wurde James klar, worauf sie hinauswollte. »Du willst damit sagen, dass Blade einen Teil dieser unvollendeten Strecke für seine Frachttransporte nutzen könnte?«

»Na ja, er hat ja einen enormen Einfluss, nicht wahr? Es wäre doch denkbar, dass er für sich selbst eine eigene Abzweigung von der Hauptstrecke hat anlegen lassen, mit einem geheimen Bahnhof Schatten Neu Ost irgendwo auf der Strecke Richtung Deutschland. Wahrscheinlich über Nijmegen, wo er wieder auf die staatliche Linie trifft, und dann weiter nach *Immer Winter.*« Kitty tippte sich mit dem Zeigefinger an den Nasenflügel und hinterließ eine Butterspur darauf. »Will noch jemand behaupten, dass eine genaue Kenntnis des Eisenbahnnetzes nur unnötiger Ballast ist?«

»Ich bestimmt nicht.« James hob die Finger zum Schwur. »Ehrenwort.«

»Das kann ich nur hoffen.« Kitty schlang sich zum Schutz vor der Kälte die Arme um den Oberkörper. »Also mach dich auf was gefasst.«

James nickte. »Das habe ich vor, aber nicht nur das. Wie gesagt, wenn der Zug an uns vorbeifährt, dann springe ich auf.«

»Du wolltest wohl sagen: *Wir* springen dann auf.«

James sah sie zweifelnd an.

»Ich gebe mich ganz bestimmt nicht damit zufrieden, meinen Geisterzug wieder nur kurz vorbeizischen zu sehen«, fuhr Kitty fort. »Nicht nach all der Zeit. Und, nur zu deiner Information: Ich bin schon oft als blinder Passagier auf Güterzügen mitgefahren. Damit kenne ich mich aus.«

»Wie meinst du das?«

»Der Geisterzug ist mit alten Waggons bestückt – wahrscheinlich immer noch dieselben wie in den zwanziger Jahren. Diese alten Holzwaggons sind oft mit quer eingebauten Stahlträgern verstärkt worden, damit sie auch schwerere

Güter befördern können. Und an diesen Trägern kann man sich gut festhalten und sich manchmal sogar drauflegen.«

»Kitty ...« James versuchte es noch einmal. »An Bord zu klettern ist nur der Anfang. Wir haben ja keine Ahnung, wohin der Zug fährt oder was uns an seinem Ziel erwartet.«

»Ich brauche bestimmt keinen Aufpasser, falls du das damit andeuten wolltest.«

»Ich meine ja nur ...«

»Ach, sei jetzt still. Wir können ja jederzeit abspringen, wenn der Zug in den Bahnhof einfährt. Und wer weiß ...« Kitty blinzelte träge. »Vielleicht liege ich ja auch komplett falsch mit meinen Vermutungen.«

»Falls das so ist und falls der Geisterzug uns doch nicht erscheinen sollte ...« James starrte den dunklen, unendlichen Schienenstrang entlang. »Dann müssen wir wohl der Polizei alle unsere Indizien überlassen und darauf hoffen, dass sie Blade aufhalten kann.«

»Und das würde dich umbringen, stimmt's?« Kitty blickte ihn nachdenklich an. »Die meisten Jungen in deinem Alter wären erleichtert, wenn sie mit der ganzen Sache nichts mehr zu tun haben müssten, nach allem, was du schon durchgemacht hast. Aber du machst immer weiter.«

James vergrub die Hände in den Hosentaschen. »Wenn wir rauskriegen können, wohin genau Blade seine Waffen schickt, können wir den Ermittlern genau sagen, wo sie mit der Suche anfangen sollen.« Er starrte auf seine Fußspitzen. »Ich will unbedingt sichergehen, dass ich alles getan habe, was ich ... für Marcus tun kann.«

»Aha, ich verstehe.« Kitty wischte sich ein paar Brösel vom Mantel. »Ich dachte, dass du vielleicht eher auf Rache aus bist.«

James blickte sie an, ohne ein Wort zu sagen.

»Ich weiß, dass du einen sehr guten Freund verloren hast«, fuhr Kitty fort. »Und du willst, dass die Leute erfahren, was tatsächlich passiert ist und warum. Aber Typen wie Blade und Grünner haben sehr viel Macht. Wenn sie einen jungen Mann in der Blüte seiner Jahre umgebracht haben ...«

»Je größer sie sind, desto tiefer fallen sie«, meinte James achselzuckend. »Vermutlich bringe ich einfach gern zu Ende, was ich angefangen habe. Und außerdem ... Ich kann ja wohl schlecht zulassen, dass du dir deinen Geisterzug ganz alleine schnappst, oder?«

Kitty lächelte sanft. »Ich habe schon befürchtet, dass ich das Rätsel niemals lösen würde.« Dann wurde ihr Blick wieder härter. »Moment mal ... Bist du etwa der Meinung, dass Mädchen kein Recht haben, ihre eigenen Abenteuer zu erleben?«

»Dass du gut allein zurechtkommst, habe ich schon mitbekommen«, sagte James hastig. »Ich will nur nicht das Gefühl haben, dass ich dich vielleicht in irgendetwas verwickelt ...«

»Tja, das hast du aber sehr wohl getan. Heute Abend wäre ich um ein Haar entführt worden, und das nur wegen dir. Aber falls du glaubst, dass du deswegen für mich verantwortlich bist – vergiss es. Hier und jetzt geht es nur um den Geisterzug, und das bedeutet, dass du bei *meinem* Abenteuer mitmachen darfst.« Sie hielt für einen kurzen Moment inne und gab ihm einen ungeschickten Kuss auf die Wange. »Willkommen an Bord.«

James' Verblüffung wandelte sich zu einem Lächeln. »Tja, vielen Dank. Aber wenn dein kostbarer Zug nicht langsam mal kommt, dann gibt es auch kein Abenteuer.«

»Im Fahrplan steht ... Pschscht.« Kitty signalisierte ihm mit ihrem Sandwich, dass er still sein sollte. James biss noch einmal ab, und sie machte noch einmal »Pschscht«.

»Hör doch«, sagte sie.

»Was ist denn?« James hörte nichts.

»So ein romantisches Geräusch, so voller Hoffnung ...« Ein warmes Lächeln legte sich über Kittys Gesicht. »Da ist er ja, pünktlich auf die Minute.«

Jetzt hörte James es auch, und dann sah er schon die ersten Rauchwolken in der Ferne. Der Geisterzug war im Anmarsch. Er spürte, wie seine Nervenenden vibrierten, wie seine Müdigkeit verschwand und das Blut durch seine Adern rauschte. Er blickte sich um. Überall nur weite Landschaft, kein Sichtschutz, abgesehen von ein paar Grasbüscheln. »Da gehen wir in Deckung«, sagte er.

»Ich hoffe bloß, dass sie unseren Atem nicht sehen können.« Kitty blies James feuchten Nebel ins Gesicht und legte sich neben ihn in das nasse Gras. »Wie lang der Zug wohl ist? Der mittlere Teil ist am besten.«

»Wieso denn das?«

»Weil wir dann genau zwischen dem Lokomotivführer am vorderen und dem Bremser am hinteren Ende sind. Wenn der Zug schwer beladen ist, dann muss der Bremser dem Fahrer helfen, die Geschwindigkeit zu regulieren, um die Puffer zu entlasten.«

»Ja, natürlich.« James nickte. »Mit ein bisschen Glück sind wir weit genug von der Mannschaft in der Lokomotive entfernt ... In der Dunkelheit dürften sie uns eigentlich nicht bemerken.« Er betrachtete den näher kommenden Zug aufmerksam. Mit schätzungsweise vierzig Stundenkilometern schnaufte er unaufhaltsam durch die Landschaft.

»Vor der Kurve hier wird er langsamer werden«, erklärte ihm Kitty. »Es gibt so etwas wie eine Faustregel unter Eisenbahn-Mitfahrern. Wenn du die Schrauben an den einzelnen Rädern nicht zählen kannst, dann ist er zu schnell.«

»Klingt vernünftig«, erwiderte James.

»Aber du springst bestimmt so oder so auf, stimmt's? Du bist verrückt ...«

Er lächelte sie an, und sie lächelte zurück.

Die dunkle Zugmaschine schob sich zwischen dem flachen Land und dem schwarzblauen Himmel Stück für Stück näher. Die Bremsen quietschten, dicke Rauchwolken quollen aus dem Schornstein und bildeten einen gespenstischen Schleier. Auf der Lokomotive waren keine Zahlen, keinerlei Kennzeichnung zu erkennen, genau wie Kitty gesagt hatte. Im Führerhaus saßen zwei Männer dicht beieinander. Gleichzeitig tastete James noch einmal nach der Leiterplatte in seiner Innentasche.

»Auf die Plätze ...«, sagte Kitty schwer atmend. »Fertig ...«

»Los!« James rannte los, so schnell er konnte, und gab sich alle Mühe, inmitten der Rauchwolken und des Ascheregens die Waggons zu erkennen. Jeder besaß einen Rahmen aus Stahl. Alles andere – Wände, Boden, Decke und Türen – war aus Holz. Die Räder waren in all dem Qualm kaum zu sehen, von der Anzahl der Schrauben gar nicht zu reden ...

Aber die Eisenleiter, die vom Trittbrett bis aufs Dach führte – sie wurde gebraucht, damit man beim Beladen die von oben herabsinkende Fracht dirigieren konnte –, die konnte er deutlich erkennen.

»Los jetzt!«, rief ihm Kitty inmitten des ganzen Durcheinanders von hinten her zu.

James rannte neben dem Zug her und versuchte, dabei irgendwie zu atmen, ohne einen Hustenanfall zu bekommen. Gleichzeitig streckte er die Hände nach der Leiter aus. Als der Zug wieder schneller wurde, stieß er sich ab, packte zu und schaffte es tatsächlich, die Füße auf die unterste Sprosse zu bekommen. Die Lokomotive ließ ein durchdringendes Pfeifen hören – es klang wie ein Alarmsignal –, aber James klammerte sich fest. Er zitterte vor Kälte, und seine Finger waren schon halb taub. Der Zug schwankte davon und schaukelte ihn ununterbrochen hin und her. Er sah sich nach Kitty um. Hatte sie es geschafft? War sie auch mit an Bord gekommen?

»Hier!« Trotz des Rumpelns der Räder auf den Schienen hörte er ihre Stimme. Nachdem der Rauch sich ein wenig verzogen hatte, sah er eine winkende Hand. Sie ragte unter dem Güterwaggon hervor. Erschrocken lehnte er sich ein Stück weiter nach draußen und sah, dass Kitty flach auf dem Rücken auf zwei Metallträgern lag, genau so, wie sie es ihm vorhin beschrieben hatte.

»Hauptsache, man kennt sich aus, was?«, rief James ihr zu. »Soll ich zu dir runterkommen, oder kommst du zu mir rauf?«

»Hier rüttelt es so heftig, dass man sich vorkommt wie ein Wackelpudding!« Wild entschlossen klammerte Kitty sich an den Trägern fest. »Meinst du, dass du die Tür aufkriegst?«

Behutsam setzte James einen Fuß auf das Trittbrett, beugte sich hinüber und zog am Hebel der Schiebetür. Sie rührte sich nicht von der Stelle.

»Muss abgeschlossen sein«, lautete Kittys Urteil. »Verdammt.«

»Haben wir denn mit etwas anderem gerechnet?« James zuckte mit den Schultern. »Die Geister, die im Geisterzug mitfahren, können wahrscheinlich einfach so durchgehen. Aber hier draußen fallen wir viel zu sehr auf.«

»Ich habe aber keine Lust, auf den nächsten Waggon zu klettern, nur um dann festzustellen, dass der auch abgeschlossen ist«, rief Kitty ihm zu. »Und da oben sitzt du ja praktisch auf dem Präsentierteller.«

»Auf einem eiskalten Präsentierteller«, erwiderte James. Dann ließ er sich vorsichtig auf das Trittbrett nieder und machte sich bereit, zu Kitty unter den Waggon zu klettern.

»Warte doch, bis wir ein bisschen langsamer werden!«, brüllte sie ihm zu.

Einen Augenblick lang wurde James unsicher: Der Zug war gerade ziemlich schnell, und er wusste, dass sie recht hatte. Wenn er ausrutschte, dann würden die Räder ihn garantiert in zwei Stücke reißen oder ganz zermalmen. Aber hier draußen war es so fürchterlich kalt. Der schneidende Wind trocknete ihn aus, und bald würden die ersten Krämpfe einsetzen. Er würde das Gefühl in seinen Armen und Beinen verlieren ... Wenn er seine Position also noch verändern wollte, dann jetzt!

James hielt sich mit beiden Händen an der untersten Treppensprosse fest und schwang seine Füße unter den Waggon, nur wenige Zentimeter von den tödlichen Rädern entfernt. Er versuchte, mit den Füßen die Stahlträger zu ertasten. Der Zug wackelte, und er wäre beinahe abgeworfen worden, aber dann biss er die Zähne zusammen und hielt sich noch besser fest. Kitty hangelte sich auf den nächsten Träger, der der Länge nach in der Mitte des Waggons verlief, und machte ihm Platz. Es war absolut furchterregend, sich mit nur einer Hand festzuhalten und gleichzeitig mit der anderen nach dem Träger zu tasten. Doch dann, ehe er sich's versah, lag er unter dem Waggon. Er drehte sich um und packte den dicken Balken aus Metall, der unter ihm verlief. Der Krach in dem engen Zwischenraum war ohrenbetäubend. Unter ihm, gerade einmal dreißig Zentimeter von seiner Nase entfernt, zischte der Boden vorbei.

»Mein Gott.« James blickte Kitty an, die nur als dunkler Schatten neben ihm zu erkennen war. »Und du sagst, dass du das schon öfter gemacht hast?«

»Aber noch nie auf einem fahrenden Zug«, gab sie zu. »Und ich kann nicht behaupten, dass ich es gerne wiederholen würde.«

James stimmte ihr innerlich zu. Sein Kopf dröhnte wegen des lauten Rumpelns und Dröhnens, und von der ständigen Schaukelei wurde ihm übel. Wo, zum Teufel, fuhr dieser Zug wohl hin? Und was würde sie dort erwarten?

KAPITEL 20

DIE SCHATTENFABRIK

Kilometer um Kilometer donnerte der Zug dahin. Am Himmel wurde es allmählich heller, so dass James Kitty jetzt besser sehen konnte.

»Welche Besatzung hat so ein Güterzug normalerweise?«, fragte er sie.

»Mindestens einen Fahrer und einen Heizer, nehme ich an, um den Dampfdruck, das Wasser, das Feuer im Auge zu behalten ...«

Trotz seiner unbequemen Lage musste James schmunzeln. Ihr Wissen beeindruckte ihn. »Also zwei vorne und der Bremser ganz hinten. Nur drei Mann, vor denen wir uns in Acht nehmen müssen. Könnte schlimmer sein, schätze ich.« Er versuchte, die bittere Kälte und die feinen Nadelstiche in seinen Gliedmaßen zu ignorieren. »Obwohl, etwas Schlimmeres als diese Fahrt kann ich mir eigentlich gar nicht vorstellen.«

»Lange kann es nicht mehr dauern«, sagte Kitty, aber es war klar, dass sie ihn nur trösten wollte. »Wir sind ungefähr vierzig Kilometer von Utrecht entfernt aufgesprungen und haben die neue Strecke noch nicht erreicht.«

Dann wird es aber langsam Zeit, dachte James und schloss erschöpft die Augen. Sein Kopf dröhnte.

Da ertönte vom hinteren Ende des Zuges her ein lautes, durchdringendes Kreischen, und er zuckte zusammen. Der Bremser hatte begonnen, die Fahrt des Zuges zu verlangsamen.

Aus Kittys Miene sprach Hoffnung. »Hört sich so an, als wären wir fast da.«

»Dann sollten wir lieber abspringen, solange es noch geht«, meinte James. »Und anschließend rauskriegen, wo wir sind ...«

»Und wie stellst du dir das vor?« Mit einer Kopfbewegung wies sie in Richtung Erdboden, der immer noch nur dreißig Zentimeter unter ihnen dahinraste. »Wir müssen aufpassen, dass sie uns nicht sehen, und können nur hoffen, dass wir eine Möglichkeit bekommen, sobald wir stehen. Oder wir finden vielleicht eine bessere Position, aus der wir abspringen können, sobald der Zug wieder losgefahren ist. Wenn er noch nicht zu schnell ist.«

James starrte sie an. »Dass du das alles so kühl kalkulieren kannst.«

»Das liegt nur daran, dass die Kälte mein Gehirn eingefroren hat«, erwiderte Kitty und neigte den Kopf leicht nach vorne. James wusste, dass sie nur so gefasst tat, und spürte auch die Angst, die sich hinter dieser Fassade verbarg.

Ihm selbst ging es ähnlich. Wenn er geahnt hätte, dass sein privater Kreuzzug, seine Suche nach Gerechtigkeit für Marcus, ihn hierherführen würde, in ein Spinnennetz aus Hochverrat und hochmoderner Waffentechnik ... hätte er dann aufgegeben? Hätte er alldem den Rücken gekehrt? Nein, sagte er sich. So etwas brauchte er nicht einmal zu denken. Der Moment, das Hier und Jetzt – ganz egal, welche Risiken oder Chancen es bergen mochte –, das musste sein einziges Ziel sein. *Wo immer ich hingehe,* dachte James, *da bin ich.*

Unter dem Waggon konnte er nicht viel sehen. Doch als der Zug seine Fahrt immer mehr verlangsamte, hörte James, wie schwere Tore geöffnet wurden. Zwei Männer – einer auf jeder Seite der Gleise – tauschten auf Holländisch ein paar Begrüßungsworte mit der Zugbesatzung aus. Langsam fuhren sie weiter, und es wurde dunkler, als würden sie in einen Tunnel fahren. Schließlich gab es gar kein Tageslicht mehr, sondern nur das harte, grelle Gelb einer elektrischen Deckenbeleuchtung. Gott sei Dank wurde es auch ein wenig wärmer, und es roch nach Diesel und Schwarzpulver. Die Männer machten die Tore wieder zu.

»Wo sind wir?«, flüsterte James, als der Zug schließlich quietschend und zischend stehen blieb.

»So einen Bahnschuppen habe ich wirklich noch nie gesehen.« Kitty lauschte kurz, dann ließ sie sich auf die Schienen gleiten und rollte sich seitwärts bis zum Rand des Waggons. Aufmerksam blickte sie sich um.

Langsam und unter großen Schmerzen löste James die Hände von seinem Stahlträger und ließ sich ebenfalls zwischen die Schienen fallen. Er tastete nach der Steuerungseinheit in seiner Tasche und rutschte dann, immer noch auf dem Rücken liegend, auf die andere Seite des Waggons, um vorsichtig nach draußen zu spähen.

Sie befanden sich in einer riesigen Fabrikhalle, so groß wie ein Flugzeughangar. Das Dach bestand aus gewaltigen Milchglasscheiben. Ordentlich gestapelte Holzkisten und Paletten waren zu erkennen, und James konnte das laute Knirschen und Zischen einer Hydraulik ganz in der Nähe hören. Dann rollte ein Gabelstapler vorbei.

»Sieht aus wie eine Lagerhalle oder so was«, flüsterte Kitty ihm zu.

Aber dann gab es da noch Förderbänder, Drehbänke, Schweißstationen zu sehen, alle unbemannt. Die Schienen liefen einmal durch den ganzen Hangar, der am anderen Ende ein gewaltiges Rolltor besaß, durch das der Zug einfach wieder nach draußen fahren konnte.

»Das ist keine Lagerhalle, das ist eine Fabrik.« James rollte sich wieder unter den Zug neben Kitty. »Eine Fabrik, die um einen eigenen Bahnhof herum gebaut worden ist, damit man das fertige Produkt unbeobachtet transportieren kann.«

»Dadurch kann man auch den Zug viel besser geheim halten, weil er nie an den normalen Bahnhöfen anhält und nie zweimal zur gleichen Zeit fährt.« Kitty stieß einen leisen Pfiff aus. »Und das alles hat Blade-Rise auf die Beine gestellt ... Glaubst du etwa, dass mein Geisterzug all die Jahre lang mit illegalen Waffen nach Deutschland gefahren ist?«

»Das kommt mir sehr wahrscheinlich vor, ja«, erwiderte James. »Ein glatter Verstoß gegen den Friedensvertrag, der nach dem Krieg geschlossen wurde.«

»Hitler hat in den letzten Jahren doch deutlich gemacht, dass er Deutschland wieder aufrüsten will. Nach allem, was er über die Wiederherstellung des Nationalstolzes und solche Dinge gesagt hat, ist das ja kein Geheimnis mehr. Aber die Nazis können doch auch selbst Waffen herstellen. Also warum kaufen sie dann bei Blade-Rise ein?«

»Weil Grünner die Entwicklung des Stählernen Schattens abwarten wollte. Und jetzt kann er ihn seinem Führer präsentieren und das ganze Lob dafür einheimsen«, erwiderte James niedergeschlagen. »Sie müssen für den Prototyp sehr viel Geld bezahlt haben. Ich habe gesehen, was das Ding alles kann. Es muss einen unglaublichen Wert besitzen.«

»Aber wenn du die Erprobung dieses Prototyps in Schottland beobachtet hast«, sagte Kitty, »dann muss er ja mit demselben Schiff nach Holland gekommen sein wie du und Mandeville.«

»Stimmt. Die Frage ist also: Was laden sie jetzt gerade in diesen Zug?« James blickte sich um, konnte aber nirgendwo jemanden von der Zugbesatzung oder irgendwelche Wachleute entdecken. Nichts rührte sich. »Jedenfalls wird hier anscheinend nichts mehr produziert.«

»Vielleicht haben sie den Auftrag fertiggestellt und räumen jetzt die Halle aus ...«

James legte warnend den Zeigefinger auf die Lippen. Er hatte über dem leisen Zischen der Lokomotive näher kommende Schritte und Stimmen gehört. Der Bremser, der einen dunkelblauen Overall und eine Arbeitsjacke trug, hatte seinen Waggon verlassen und sich zu den beiden Männern gesellt, die das Tor geschlossen hatten. Jetzt rief er dem Lokomotivführer an der Zugspitze etwas zu.

»Sprichst du Holländisch?«, flüsterte James.

»Nicht so gut, wie ich eigentlich sollte«, gestand Kitty. »Der Bremser hat gesagt, dass sie jetzt dreißig Minuten Pause machen oder so ähnlich. Und der Heizer hat gesagt, dass das Feuer gut brennt und der Druck stabil ist und dass es nach der Pause sofort losgehen kann.«

»Dann scheinen sie es also ziemlich eilig zu haben.« James blickte sie an. »Das Gleiche gilt auch für uns. Du bleibst hier. Ich sehe mich mal ein bisschen um.«

Doch Kitty legte ihm die Hand auf die Brust und bedeutete ihm, sich nicht von der Stelle zu rühren. Im selben Augenblick dröhnte ein lauter, metallischer Schlag durch die Halle, dann wurde unter rostigem Quietschen ein Waggon ganz in ihrer Nähe geöffnet. Eine Minute später kamen die Stiefel eines Arbeiters in ihr Blickfeld – ein drittes Besatzungsmitglied –, und dann wurde auch der Behälter direkt über ihren Köpfen aufgeschlossen und geöffnet. Der Mann drehte sich um und ging weg, um den Gabelstapler zu holen.

James kroch unter dem Zug hervor. Er konnte zwar nur den einen Arbeiter sehen, aber er wusste, dass es jederzeit mehr werden konnten. Mit einem schnellen Blick in ihren Waggon stellte er fest, dass er leer war. Dann huschte er weiter, um sich den nächsten anzuschauen. Darin standen vier große Kisten.

Was da wohl drin sein mochte?

James duckte sich hinter eine Werkbank, während der Arbeiter in seinem dunkelblauen Overall sich daranmachte, die letzten Kisten und Paletten in den Güterwaggon zu laden. Da fiel sein Blick auf ein paar Werkzeuge, die irgendjemand auf dem Boden liegen gelassen hatte. Er nahm einen Hammer, einen Meißel und einen Schraubenzieher an sich und verzog dabei schmerzlich das Gesicht – seine Handflächen waren voller Blasen. Nachdem die letzten Kisten verladen waren, zog der Arbeiter die Tür zu und schloss sie ab. Vermutlich hatten die Arbeiter an jedem Bahnhof einen Generalschlüssel, mit dem sie die Waggons jederzeit öffnen konnten. James betrachtete die Werkzeuge, die er in der Hand hatte, und hoffte, dass ihm das auch gelingen würde – wenn auch auf die unsanfte Tour.

Der Arbeiter verließ den höhlenartigen Schuppen, und

James kroch lautlos wieder unter den Zug, dorthin, wo er Kitty zurückgelassen hatte …

Nur um festzustellen, dass sie nicht mehr da war.

Die Angst schnürte seine Eingeweide ein. Er blickte sich voller Panik um – *sie haben sie gefangen genommen, sie ist verletzt, sie haben sie umgebracht* – und sah sie nur wenige Meter entfernt hinter dem nächsten Waggon hervorspähen, mit einem unverschämten Grinsen im Gesicht.

»Wieso hat das denn so lange gedauert?«, flüsterte sie ihm zu. »Hier, sieh mal, wir können auf der Kupplung mitfahren. Ist zwar ziemlich wackelig, aber wenn wir sowieso abspringen wollen, bevor der Zug zu schnell geworden ist …« Sie hielt inne. Offensichtlich hatte sie seinen Gesichtsausdruck registriert. »Was ist denn los?«

»Ich werde nicht abspringen«, sagte James. »Das ist mir inzwischen klargeworden. Ich muss diesen Zug aufhalten.«

»Aber er steht doch gerade.«

»Was ich damit sagen will: Ich kann nicht zulassen, dass die Fracht, die er geladen hat, nach Deutschland kommt.« James ging bis an die Spitze des Zuges und blickte zu der riesigen, schwarzglänzenden Lokomotive empor. Es war schon immer sein Traum gewesen, einmal so ein Ding zu steuern. Er kletterte in das Führerhaus und öffnete die Tür zur Feuerkammer. Einen Augenblick lang stand er nur da und genoss die Wärme, die die glühenden Kohlen verströmten. Wie jeder Junge auf der Welt kannte er das Prinzip: Die Hitze aus der Feuerkammer erwärmte das Wasser in dem umgebenden Kessel. Sobald das Wasser kochte, wurde es zu Dampf, und wenn der Dampfdruck hoch genug war, öffnete der Lokomotivführer das Reglerventil, so dass der Dampf in die Zylinder strömen konnte. Durch den Dampfdruck wurden die Kolben in Bewegung gesetzt, die diese Bewegung an die mit den Rädern verbundenen Pleuelstangen weitergaben. Je heißer das Feuer, desto mehr Dampf wurde erzeugt und desto schneller konnte man fahren.

James bewunderte die Eleganz dieses Systems. Obwohl dafür Unmengen von Schmutz und Schweiß und brutaler Kraft aufgewendet werden mussten, war es doch ein wunderschön bis ins kleinste Detail durchdachter Prozess, ein wahres Wunder der Ingenieurskunst.

Er drehte sich zu Kitty um. »Wie kann man das kaputt machen?«

»Sabotage, meinst du?« Kitty sah ihn besorgt an. »Äh ... also ... Wir könnten Sand in die Ölbehälter kippen ...«

»Siehst du hier vielleicht irgendwo Sand?«

»Ach, wenn wir doch am Strand von Scheveningen wären.« Kitty biss sich auf die Lippe. »Tja, dann vielleicht die Feuerkammer. Wenn das Wasser im Kessel so weit absinkt, dass die Feuerkammer nicht mehr rundherum bedeckt ist, dann besteht die Chance, dass sie explodiert.«

»Das heißt, wir müssen den Heizer daran hindern, seine Arbeit zu machen«, wurde James klar. »Aber egal, was wir unternehmen, hier gibt es immer genug Personal und Werkzeug, um die Sache wieder in Ordnung zu bringen. Ich glaube, wir müssen abwarten, bis wir wieder unterwegs sind.«

»Du willst einen fahrenden Zug überfallen und zwei Männer überwältigen? Das ist glatter Selbstmord.« Kitty sah ausgesprochen unzufrieden aus. »Für wen hältst du dich eigentlich? Für Richard Hannay aus einem dieser lächerlichen Spionageromane?«

James lächelte leise. »Komm, lass uns wieder in Deckung

gehen. Sie sind jetzt schon zwanzig Minuten weg, wir haben also noch zehn …«

Gemeinsam gingen sie zurück zum Güterwaggon. Lange Minuten verstrichen, in denen nur das Zischen des Zuges und das Summen der elektrischen Beleuchtung zu hören waren. Aber irgendwann nahmen sie schließlich doch eine Bewegung wahr, draußen vor dem Schuppen. Eine Tür wurde geöffnet, und Männerstimmen kamen langsam näher.

Der Bremser schlurfte wieder zurück zum letzten Waggon. *»Volgende halte, Düsseldorf. We zullen op tijd terug zijn voor Kerstmis.«*

James erkannte, dass Holländisch eine gewisse Ähnlichkeit mit Deutsch hatte. »Der nächste Halt ist in Düsseldorf?«

»Und dann hat er noch gesagt, dass sie zu Weihnachten wieder zurück sein werden!«, übersetzte Kitty mit glänzenden Augen. »Damit wäre also der letzte Teil des Geisterzugrätsels auch gelöst. Die Fahrt von hier nach Düsseldorf dauert vielleicht vier oder fünf Stunden, nehme ich an. Und dann …« Ihre Begeisterung erlosch schlagartig. »Weihnachten. Das hätte ich fast vergessen. Klingt das nicht herrlich normal? Es ist kurz vor Weihnachten, James!«

Er versuchte, ihr ein aufmunterndes Lächeln zu schenken. »Bleib hier, Kitty«, schlug er dann plötzlich vor. »Schleich dich nach draußen und schlag dich bis zur alten Strecke durch. Dann fährst du zu deinem Vater und erzählst allen, dass *Immer Winter* in Düsseldorf liegt. Die Behörden werden die Strecke sperren und den Zug anhalten.«

Sie schnaubte verächtlich. »Das glaubst du doch selber nicht. Bis ich zurück bin und mir irgendjemand auch nur ein Wort glaubt …«

»Genau deshalb muss ich es auf meine Weise versuchen.«

»Das würdest du nicht überleben. Glaubst du wirklich, dass Marcus das gewollt hätte?«

James gab keine Antwort.

»Also gut. Dann bleibe ich hier und versuche, einen Ausweg zu finden.« Verärgert wischte Kitty sich über die Augen. »Aber nicht, weil du mich so höflich darum gebeten hast, sondern weil, wenn wir uns beide umbringen würden, niemand erfahren würde, zu welchem Ziel der Geisterzug fährt.«

James hörte, wie die Tür des Bremserwaggons zugeknallt wurde. »Hinter der Werkbank da drüben stehen ein paar leere Kisten«, sagte er nachdrücklich. »Wenn du dich dahinter versteckst, bis alle anderen weg sind …«

»Ich werde schon eine Möglichkeit finden.« Kitty sah ihn an. »Als wir uns kennengelernt haben, dachte ich, dass du unmöglich ein Freund von Mandeville sein kannst. So beherrscht, so erwachsen …« Sie schüttelte den Kopf, drehte sich um und huschte geduckt und so leise wie möglich davon.

James sah ihr nach. Er hätte sie zu gerne zurückgeholt, aber dann wurde ihm klar, dass er gar nicht gewusst hätte, was er hätte sagen sollen. Also steckte er die Werkzeuge, die er vorhin gefunden hatte, in seinen Hosenbund und überlegte, was er jetzt zu tun hatte. Wieder auf die Stahlträger? Nein, bestimmt nicht. Denn dann hätte er am helllichten Tag an dem fahrenden Waggon emporklettern müssen, und das wäre *wirklich* Selbstmord gewesen.

Es gab nur eine einzige andere Möglichkeit. James kam unter dem Waggon hervor und kletterte geschickt auf die Kupplung, so wie Kitty es vorgeschlagen hatte. Er setzte einen Fuß auf die Metallpuffer, die die Verbindung zum nächsten Waggon herstellten, und den anderen auf die parallel dazu gespannte Kette. Dann lehnte er sich mit dem Rücken an die Containerwand. Eines war ihm klar: Sollte er während der Fahrt abrutschen und zwischen die Waggons fallen, so würde er unweigerlich zerquetscht werden.

Dieselben Männer, die dem Zug die Tore zum Depot geöffnet hatten, schoben jetzt die Ausfahrttore auf. Anschließend verzogen sie sich in den hinteren Teil des Gebäudes und waren nicht mehr zu sehen. *Sehr entgegenkommend*, dachte James. Das Zischen des Kessels wurde immer gleichmäßiger und kraftvoller, während die Kohle in die Feuerkammer geschaufelt wurde. Ein plötzliches, lautes Klappern ließ ihn zusammenzucken. Dann wurde ihm klar, dass die beiden Männer mit Hilfe von langen Ketten die Glasfenster im Dach öffneten, damit der Dampf und der Rauch abziehen konnten.

Endlich setzte sich der Zug langsam in Bewegung und verließ den Schuppen. James schickte einen stummen Dank gen Himmel, für den Fall, dass dort vielleicht jemand zuhörte.

Bis er den Mann, der den Gabelstapler gefahren hatte, am Ausgang stehen sah. James duckte sich zusammen, versuchte, sich so klein wie möglich zu machen.

Wie in Zeitlupe drehte der Mann den Kopf in seine Richtung.

KAPITEL 21

AUF DER FALSCHEN SEITE DER GLEISE

Die blauen Augen des Mannes weiteten sich, als er James zwischen den Waggons kauern sah. Die Lokomotive war bereits draußen im Freien, darum konnte er den Lokomotivführer und den Heizer nicht mehr warnen. Also stürmte er los und versuchte, den Eindringling von der Kupplung herunterzuzerren. James zog den Meißel aus seinem Hosenbund, schlug nach dem Mann und traf ihn mit der flachen Seite auf die Nase. Sie fing sofort an zu bluten, der Mann schrie laut auf und hielt sich schützend die Hände vors Gesicht. Darum sah er James' Fuß nicht kommen, der ihn mit einem kräftigen Tritt rückwärts gegen die Wand schleuderte. Dann sank er benommen zu Boden.

»Hoffentlich einer weniger, mit dem du dich abgeben musst, Kitty«, murmelte James leise. Er spähte nach draußen. Ob die beiden Männer, die die Fenster öffneten, etwas gemerkt hatten? Es sah nicht so aus.

Doch dann hörte er ein schrilles, hohes Quietschen und wusste, dass die Bremsen angezogen wurden.

Der Bremser, wurde ihm schlagartig klar. Er muss mitbekommen haben, dass da etwas nicht stimmt.

James fasste einen spontanen Entschluss und sprang von dem immer langsamer werdenden Zug ab, und zwar so, dass die Waggons sich zwischen ihm und den beiden anderen Männern befanden. Dann rannte er, so schnell er konnte, nach hinten zum letzten Wagen. Sobald der Zug komplett im Freien war, würde der Bremser zu seinem Ausguck im Dach herausschauen, aber im Moment konnte er James durch den vielen Rauch unmöglich sehen …

Als James das Zugende erreicht hatte, flog die Tür des letzten Waggons auf und krachte ihm mitten ins Gesicht. Es war, als wäre er gegen eine Wand gelaufen. Mit brummendem Schädel fiel er zu Boden und ließ Hammer und Schraubenzieher fallen. Durch den brennenden Schmerz hindurch sah er, wie der Bremser absprang und auf ihn losstürmte.

Nein, dachte er, packte den Hammer und traf den Angreifer genau ins Gesicht. Dieser ging mit einem schmerzerfüllten Aufschrei zu Boden. Gleichzeitig sprang James in das Bremserhäuschen. Er kurbelte wie wild am Rad, um die Bremsen wieder freizugeben, aber er fürchtete, dass es bereits zu spät war. Der Zug wurde nicht schneller. Der Fahrer musste ebenfalls die Bremse gezogen haben.

Jetzt wurden weitere Schreie laut. Mit immer noch dröhnendem Kopf streckte er den Kopf zum Ausguck hinaus … und sah, dass Kitty sich im Griff des Gabelstaplerfahrers wand, der wieder auf die Beine gekommen war. Die beiden anderen warteten, bis der Zug ganz zum Stehen kam, um die Gleise überqueren und ihrem Kollegen beistehen zu können.

Wenn James ihr helfen wollte, dann – das war klar – musste er schnell sein. Fieberhaft blickte er sich um, suchte nach irgendetwas, das er benutzen konnte … und entdeckte eine lange Holzstange mit einer gebogenen Spitze aus Metall (vermutlich zum Auskoppeln der Waggons), eine mit Paraffin gefüllte Milchflasche für die Laternen an der Seite und am Ende des Zuges und dann noch etwas, was aussah wie ein quadratischer Baseballschläger ... Das war ein Bremsstock. Er hatte schon einmal beobachtet, wie mit so einem Ding als Hebel die Handbremsen eines Waggons angezogen wurden.

Jetzt wurde die Waggontür von außen aufgerissen, und der Bremser sprang herein. James packte die Milchflasche und schüttete ihm das Paraffin ins Gesicht. Der Mann taumelte rückwärts, hielt sich die Hände vor die Augen, stand schwankend in der Tür, bis er von einem kräftigen Stoß mit dem Ende der langen Stange getroffen wurde und erneut auf dem harten Betonboden landete.

»James!«, rief Kitty.

Er packte den quadratischen Schläger, sprang aus dem Waggon und rannte zu ihr. Noch bevor er bei ihr angelangt war, bückte sie sich nach vorne und schleuderte den Gabelstaplerfahrer gegen die Seitenwand eines Güterwaggons. James hob den Schläger, aber dieses Mal blieb der Kerl liegen.

Hastig schlang Kitty James die Arme um den Hals. »Tut mir leid, aber der Gauner hat mich gesehen, bevor ich mich verstecken konnte.«

Dann drehte James sich um und sah einen der beiden Arbeiter zwischen den Waggons hervorkriechen. Er hatte einen Revolver in der Hand. James ließ den Schläger mit voller Wucht auf seine Finger krachen, so dass die Waffe zu Boden fiel. Aber ihm blieb keine Zeit, sie aufzuheben. Der andere Kerl hatte ebenfalls einen Revolver und gab jetzt einen Warnschuss in die Luft ab.

»Komm mit!« James nahm Kitty an der Hand, und so rannten sie auf das geöffnete Tor zu. Als sie ins Freie liefen, hörten sie noch einen Schuss. Die kalte Morgenluft wirkte belebend, und James fühlte sich gleich viel wacher. Allerdings wurde ihm bald klar, dass sie das Spiel verloren hatten. Der Zug stand, und sowohl der Zugführer als auch der Heizer waren ausgestiegen. Beide waren bewaffnet.

James blieb stehen und drückte Kitty die Hand. »Sie haben uns erwischt«, stieß er keuchend hervor. »Nimm die Hände hoch.«

Sie gab ihm keine Antwort, aber er erinnerte sich an ihre Worte: *Wenn wir uns beide umbringen würden, dann würde niemand erfahren, zu welchem Ziel der Geisterzug fährt.*

In seinem Rücken näherten sich Schritte. James' Knie gaben nach, noch bevor er den Schlag im Nacken spürte, und dann hüllte die Finsternis ihn ein.

Als Kind hatte James es immer sehr genossen, im Auto seiner Eltern auf dem Rücksitz einzuschlafen, warm und geborgen unter eine Decke gekuschelt. Wenn er die Augen öffnete, sah er Lichtblitze durch die Dunkelheit zucken und meinte, das Profil seiner Mutter zu erkennen und ihre Hand auf der Schulter seines Vaters.

Beim Aufwachen spürte er die schaukelnde Bewegung und sah beruhigt den weißen Himmel über sich, glaubte einige wenige vollkommene Sekunden lang, in Sicherheit zu sein. Dann schaltete die Realität sich ein, und er erkannte, wo er war: Er lag im Bremserwagen, direkt neben Kitty, und zwar mit gefesselten Händen und Füßen. Sein

Schädel drohte zu platzen, selbst geringste Bewegungen verursachten ihm Übelkeit. Kitty schlief oder war bewusstlos, jedenfalls konnte James ihren leisen Atem hören. Der Bremser sah zu seinem Ausguck hinaus und beobachtete die vor ihnen liegende Strecke. Jetzt wandte er den Blick nach unten, und James machte schnell die Augen wieder zu. *Tu so, als würdest du schlafen*, dachte er, doch da hatte die Finsternis ihn bereits wieder in Besitz genommen.

Als er das nächste Mal wieder zu Sinnen kam, merkte er, wie das gleichmäßige Rumpeln der Räder langsamer wurde. Der Bremser drehte am Rad und verstärkte die Bremskraft. James drehte den Kopf hin und her – jetzt tat es schon ein bisschen weniger weh. Vor den Fenstern sah er dichten Wald vorbeihuschen, und es kam ihm so vor, als wollten die Bäume jede Spur des Zuges vertuschen. Der kalte Duft nasser Tannen erfüllte die Luft, dazu das brennende Paraffin aus den Laternen und die Kohle, die in dem kleinen Ofen verglühte. Der Rauch aus dem Schornstein wehte am Fenster vorbei.

Schlagartig wurde es dunkel. *Ein Tunnel*, erkannte James. Der Zug fuhr jetzt sanft bergab, aber das Gefälle nahm immer mehr zu. An der Tunnelwand hingen elektrische Laternen, verbunden durch schwarze Kabel, die aussahen wie Adern. Der Zug war jetzt noch knapp zehn Stundenkilometer schnell und schlängelte sich gemächlich tiefer.

Fast so, als würden wir verschluckt werden, dachte James. Obwohl seine Hände auf dem Rücken gefesselt waren, schaffte er es, Kittys Finger zu berühren. Sie zeigte keine Reaktion, bekam immer noch nicht mit, was um sie herum vorging. Einen kurzen, grimmigen Augenblick lang beneidete James sie darum.

Schließlich wurden die Schienen wieder waagerecht, und der Zug blieb schnaufend in einer riesigen Halle im Licht zahlreicher Scheinwerfer stehen. Als der Bremser die Tür aufmachte, sah James zwei Männer draußen stehen. Sie waren grau von Kopf bis Fuß, angefangen bei ihren Mänteln über ihre Reithosen und Mützen bis hin zu ihrer Hautfarbe. Lediglich ihre Gürtel und die Marschierstiefel glänzten schwarz. James registrierte auch das auffällige Abzeichen an ihren linken Ärmeln – ein Adler mit gespreizten Schwingen über einem Hakenkreuz.

Das sind keine einfachen deutschen Soldaten, wurde ihm schaudernd klar. *Die sind von der SS* – so lautete die Abkürzung für die sogenannte »Schutzstaffel«, eine Eliteorganisation der Nationalsozialisten. Er hatte schon etliches über die SS gelesen. Das waren die Männer, die bei Hitlers großangelegter »Blutreinigung« im Sommer sehr viele Menschen ermordet hatten. James wusste, dass alle Mitglieder ihrem Führer einen fanatischen Treueeid geschworen hatten.

Eine großgewachsene, schlanke, junge Frau ging an den beiden vorbei und bestieg den Bremserwagen. Ihr grauer Umhang und ihr Rock ähnelten der Uniform der Soldaten, aber die Miene, mit der sie James betrachtete, wirkte sehr viel interessierter.

»Sososo. James Bond.« Fehlte nur noch, dass sie sich genüsslich die Lippen leckte. »Welche Freude, dich wiederzusehen.«

James sagte gar nichts. Sein Schädel pochte immer noch wie verrückt, aber trotzdem zwang er sich, ihr in die Augen zu schauen.

»Du hast einen außerordentlichen Einfallsreichtum an

den Tag gelegt, um unseren kleinen Geheimnissen auf die Spur zu kommen. Und jetzt hast du es tatsächlich bis hierhergeschafft, ins Zentrum aller Dinge, in einen militärischen Forschungsbunker unter einem bezaubernden Wäldchen südlich von Düsseldorf. Einen Bunker, der für alle Zeiten Bestand haben wird ... So lange, bis die Hölle gefriert.«

»Darum habt ihr diesen Ort *Immer Winter* genannt«, stieß James atemlos hervor.

»Sehr richtig! Du hast die Akten, die du mir gestohlen hast, also gründlich durchgelesen ...« Der Bremser reichte ihr ein in Tücher gewickeltes Bündel, das James mehr als bekannt vorkam. Der Kerl musste es ihm, während er bewusstlos gewesen war, aus der Jackentasche gezogen haben. »Aber mit der Steuerungseinheit konntest du nicht so viel anfangen, stimmt's? Nun, danke, dass du sie uns zurückgebracht hast. Ach, und übrigens: Die Akten? Wir haben sie auf der Rückbank von Blades Automobil gefunden. Ziemlich ungeschickt.«

»Tut mir leid, wenn ich dich enttäuscht habe.« James wandte sich ab. *Kein Wort über Perry? Bitte, bitte, sag, dass er entwischen konnte. Wenigstens das.*

»Aber das Vergangene ist uninteressant, nicht wahr, James? Ich wette, du hast dich schon gefragt, welche Fracht dieser Zug auf seiner letzten Fahrt wohl befördert hat, hmm?« Herta zog die Backen ein und nickte nachdenklich. »Ich kann mir vorstellen, dass dich das brennend interessiert.«

James versuchte, sein Gehirn zum Nachdenken zu bewegen, anstatt immer nur zu reagieren. Was wollte sie bloß von ihm? Er konnte versuchen, den Unschuldigen zu mimen, aber nachdem er sie in Blades Villa niedergeschlagen hatte, würde das vermutlich nicht allzu viel nützen. Sollte er vielleicht maßlos übertreiben und mit seinem angeblichen Wissen prahlen, so dass sie ihn am Leben ließ, damit sie ihn ausführlich befragen konnte? »Ich vermute, dass ihr die Teile des Stählernen Schattens dabeihabt, die nach der Vorführung in Ruskie noch gründlicher getestet werden sollen.«

»Wie gut du Bescheid weißt, aber ... Stählerner Schatten? Singular?« Herta schüttelte den Kopf. »Unsere Vereinbarung mit Mr Blade besagt, dass er uns vier Stählerne Schatten mitsamt den voll funktionsfähigen Steuerungseinheiten liefert.«

»Vier von diesen Dingern?«

»Du hast uns die Originalsteuerung gestohlen, die einzige im ganzen Land zu jenem Zeitpunkt. Herr Grünner wollte sie sofort haben, weil die Zeit drängt und er noch etliche langwierige Versuche durchzuführen hat.« Hertas Augen wurden groß. »Aber jetzt haben wir Blade. Er wird uns helfen. Die anderen Stählernen Schatten werden in diesem Moment gerade abgeladen.«

»Und warum erzählst du mir das alles?«, wollte James wissen.

»Weil du eine Antwort auf deine Fragen verdient hast.« Herta hielt inne und ging neben ihm in die Knie. »Und was noch besser ist ...« Sie beugte sich nach vorne und legte ihm die Hand auf die Kehle. »... Du darfst bei der Antwort *mitmachen.*« Sie drückte zu, und James hielt unwillkürlich die Luft an. »Du bist schon ganz außer Atem vor Aufregung, nicht wahr?«

James erwiderte ihren Blick. Als ihr Bild vor seinem Auge langsam unscharf wurde, sah er, wie sie einen schwarzen Kanister hochhob.

»Doch bevor wir anfangen, ist ein klein wenig mentale Vorbereitung notwendig«, sagte sie. »Sobald ich sicher sein kann, dass du schön tief einatmest …«

James drohte zu ersticken. Seine Lungen brannten, und ihm wurde schwarz vor Augen.

Endlich ließ Herta los. Keuchend rang er nach Luft, und sie sprühte ihm kalten Nebel in den weit aufgerissenen Mund. Es schmeckte ekelhaft und brannte in seiner Kehle. »Was ist das denn?«

»Ein Nervengift, allerdings noch im Experimentierstadium«, erwiderte sie. »Es entspannt manche Muskelpartien, andere werden teilweise gelähmt. Wenn man viel davon abbekommt, wird man sehr müde und kann sich nur noch dunkel an das Geschehene erinnern.«

James wurde schwindelig. »Das hast du mir gegeben, nachdem Marcus …«

»Ja. Aber dieses Mal bekommst du genau die richtige Dosis für unsere Zwecke.« Bevor er vollends das Bewusstsein verlor, hörte James sie noch hinzufügen: »Und deine kleine Freundin auch.«

KAPITEL 22

MENSCH UND MASCHINE

Ein bösartiges Zischen und Blubbern riss James aus dem Schlaf. Muffiger Gummigestank drang in seine Nase, und er konnte nur verschwommen sehen, weil ihm jemand eine Gasmaske aufgesetzt hatte. Er wollte sie abnehmen, doch dann musste er feststellen, dass seine Arme ihm nicht gehorchen wollten.

Was, zum Teufel ...? Er war nicht gefesselt, sondern stand da, die Arme nach rechts und links ausgestreckt wie ein Gekreuzigter. Er wollte den Kopf drehen, doch über der Gasmaske saß noch etwas Hartes – ein Helm oder etwas Ähnliches. Durch die runden Linsen sah er, dass seine Arme und sein gesamter Oberkörper von silbernen Bändern umgeben waren – er steckte in einer Metallrüstung fest. Außerdem kam es ihm so vor, als sei er ein ganzes Stück gewachsen. Und der Teufel, der auf seinem Rücken saß, säuselte ihm ununterbrochen leises Zischgeblubber ins Ohr.

Großer Gott, schoss es James durch den Kopf. *Ich stecke in einem Stählernen Schatten.* Er triefte vor Schweiß, aber seine Kehle war wie ausgedörrt.

»Heb die Beine an, als würdest du marschieren.« Aus mehreren Lautsprechern in seiner Umgebung dröhnte eine gebieterische Stimme mit einem harten, deutschen Akzent.

»Der Schatten wird jede deiner Bewegungen auf mechanische Weise imitieren. Marschiere mit übertrieben kraftvollen, eindeutigen Bewegungen, wie ein Kind. Das ist notwendig, um dem System die nötigen Impulse zu geben.«

James war verwirrt und orientierungslos und machte, was die Stimme von ihm verlangte. Hauptsache war, dass sie endlich aufhörte zu reden. Er hob das eine Bein an. Es fühlte sich schwer an, als würde es von einem Gewicht nach unten gezogen ... bis ein Motor anfing zu summen und die Last übernahm. James' Bein wurde hoch- und nach vorne gehoben und landete mit einem metallischen Rumms, den er kaum spürte, auf dem Boden. Anschließend hob er das andere Bein, und auch hier spürte er zunächst einen Widerstand, bis ...

James stellte fest, dass seine Beine jetzt vollkommen selbständig weiterrannten. Er musste an die Vorführung in Ruskie denken, an das komplizierte Gestell aus Stangen und Schiebern, in dem Herta gesteckt hatte. »Lasst mich raus!«, brüllte er hinter seiner Gasmaske. Seine Stimme ging fast unter im Zischen und Surren der vielen beweglichen Teile um ihn herum. Er lehnte sich nach links und versuchte, sein rechtes Bein zu befreien, da neigte sich der Roboter ebenfalls nach links. Und als James den Körper nach rechts beugte, folgte ihm der Apparat ebenfalls.

»Die Steuerung erfolgt intuitiv, verstehst du?« Die Stimme hatte einen arroganten Tonfall bekommen. *»Jetzt drück auf die große runde Taste neben deiner linken Hand, um den Motor neu zu starten.«*

Was? Ungeschickt bewegte James seine tauben Finger. Er blickte nach unten und entdeckte eine ganze Reihe viereckiger Tasten an einem stählernen Griff in seiner Hand. Und, tatsächlich, eine große runde Taste war auch zu sehen. Er schlug mit der flachen Hand darauf, und der Schatten blieb stehen. Sein eines Bein hing noch in der Luft, und James versuchte automatisch, es abzusenken. Begleitet von einem hydraulischen Jaulen gehorchte der Apparat.

Ganz ruhig bleiben. James versuchte, seine Atemzüge zu verlangsamen. *Lass dir die Kontrolle nicht aus der Hand nehmen.* Ihm war klar, dass er aus einem ganz bestimmten Grund in dieses Ding gesteckt worden war und dass er diesen Grund schon bald erfahren würde.

Was jedoch alles andere als eine tröstliche Erkenntnis war.

James versuchte, seine Aufmerksamkeit auf die Umgebung zu richten. Er schien sich in einer Art Höhle zu befinden, umgeben von feuchtkalten Felswänden im gelblichtrüben Schimmer mehrerer Natriumdampflampen. Vermutlich war er immer noch in dem geheimen Bunker. Vor sich sah er eine Wand aus weißem Beton.

»Vorwärts, marsch«, ertönte jetzt das Kommando. *»Wie vorhin. Du musst es tun.«*

Ich muss …? Genauso hatte James sich damals gefühlt, nachdem er Marcus gefunden hatte und wieder zu sich gekommen war, benommen und unsicher. Sehr betont hob er das Bein. Der Schatten reagierte auch dieses Mal wieder unverzüglich und lief mit seinen automatischen Schritten los. Dicht vor der weißen Wand drückte James erneut die runde Taste. Die Rüstung blieb stehen und setzte den linken Fuß mit einem lauten Knall auf dem Boden ab.

»Jetzt schlag mit dem linken Arm gegen das Hindernis«, befahl die körperlose Stimme.

James versuchte, die Arme zu heben, doch sie fühlten sich an wie aus Blei. Er spürte, wie der Druck auf seine Schultern und Oberarme zunahm und wie die Metallhülle, die ihn umgab, anfing zu beben. Ein Kribbeln lief ihm den Nacken hinunter, fast wie ein leichter Stromschlag.

»Kraftvolle Bewegungen und nicht zucken.« Die Stimme klang ungeduldig. *»Der Schatten reagiert auf geschmeidige, gezielte Bewegungen …«*

Tatsächlich? James probierte einen Faustschlag aus, so, als wäre er nicht in diesem Ding eingesperrt. Dieses Mal ließ sich die Rüstung viel leichter bewegen. Er hörte den Aufprall des Metalls auf die Mauer, spürte jedoch keinen Widerstand. Weißer Staub hüllte ihn ein, und dann sah er den Riss im Beton.

»Noch einmal zuschlagen«, sagte die Stimme. *»Dr. Weissmann, assistieren Sie dem Piloten. Angriffsmanöver drei aktivieren.«*

Jetzt nahm James am äußersten Rand seines Gesichtsfeldes eine Bewegung wahr. Da streckte jemand die Hand in seinen beweglichen Käfig, drückte dreimal auf die Finger seiner linken Hand und zog sich wieder zurück.

»Jetzt, Bond. Versuch es noch einmal.«

Die Mechanik im Inneren seines stählernen Anzugs gab ein unwirsches Röhren von sich. James hielt den Atem an, als er sah, dass er wie ein automatischer Rammbock die Betonmauer bearbeitete. Sein Arm war mit beweglichen Drähten an dem Stahlrahmen befestigt und schaukelte sanft hin und her, schien ansonsten jedoch an all dem nicht beteiligt zu sein. Völlig verblüfft sah James zu, wie der Beton vor seinen Augen zu Trümmerbrocken zerfiel. Dass er solch eine Kraft besaß … Dass er solch eine Zerstörung herbeiführen konnte, nur mit einer einzigen Bewegung. Das war ein großartiges Gefühl.

»Heb den rechten Arm. Drück die Taste neben deinem rechten Zeigefinger.«

James war neugierig, was er sonst noch alles bewirken konnte, hob den rechten Arm, führte die Hand in Richtung Brust und tat, wie ihm befohlen worden war. Jetzt jagten die Maschinengewehre, die am Handgelenk des Schattens befestigt waren, ihre Kugeln in die Betonstaubwolken. James merkte, wie sein Oberkörper von links nach rechts und wieder nach links gerissen wurde. Ein Scheinwerfer erwachte zum Leben und beleuchtete eine andere Wand, nur wenige Meter hinter der ersten. Darauf war eine Gruppe britischer Soldaten abgebildet, die versuchten, sich wegzuducken. Er konnte den Blick nicht davon abwenden, während der Arm seines Stählernen Schattens sie mit einem Kugelhagel überzog, bis nur noch ein Haufen Trümmer übrig war.

Dann verstummten die Schüsse. Wie betäubt ließ James den ausgestreckten rechten Arm sinken.

»Sehr gut. Der Stählerne Schatten hat die simulierte Maschinengewehrstellung erfolgreich zerschlagen und sämtliche feindlichen Kräfte vernichtet«, ließ sich die Stimme vernehmen.

Noch ein letztes Blubbern, ein allerletztes Zischen, dann verstummte das Brummen, und der stählerne Koloss stand still. James war zwar sein Gefangener, trotzdem bewunderte er die unglaubliche, ungezähmte Kraft dieser Erfindung.

Irgendjemand klatschte bedächtig Beifall. *»Sehr gut.«* James erkannte die Stimme, trotz Maske und Helm. *»In der*

Tat, ein Film ist mit einer solch anschaulichen Vorführung einfach nicht zu vergleichen.«

James schnappte nach Luft, als ihm der Helm und die Maske vom Kopf gezogen wurden.

Ein dünner Mann in einem weißen Mantel und mit einem Mikrophon in der Hand – er hatte wohl James die Befehle gegeben – trat beiseite, und ein größerer, kräftigerer Mann kam nach vorne: Grünner. Der Mann, der das Experiment in der Dachkammer der Fettes School angeordnet hatte, das Experiment, bei dem Marcus ums Leben gekommen war. Es kam James vor, als sei das eine halbe Ewigkeit her. Grünners blasses, rundes, ausdrucksloses Gesicht glänzte vom Schweiß, und seine uniformierte Brust hob sich mit jedem heiseren Atemzug. Er war nicht mehr der höfliche, biedere Botschafter, der den Anwesenden ein erfolgreiches Jahr 1935 wünschte. Er trug eine graue Schirmmütze mit silbernen Zierstreifen. In der Mitte prangte der Totenkopf der SS und darüber, aus Nickel, der Naziadler mit dem Hakenkreuz im Lorbeerkranz. Welche Rangabzeichen und Orden Grünner auf der Brust und den Schultern trug, war nicht zu erkennen, aber James nahm an, dass dieser Mann es in der Nazipartei bis weit nach oben geschafft hatte. Hinter ihm standen zwei Soldaten in Habachtstellung neben einer Metalltür, die in die Höhlenwand eingefügt worden war. Begleitet wurden sie von zwei Männern in Labormänteln, höchstwahrscheinlich Techniker.

»Wie geht es dir denn, James, hmm?« Grünners Stimme klang höflich, ja, beinahe väterlich, aber das schmale Lächeln ließ ahnen, dass etwas ganz anderes dahintersteckte. »Ich hoffe, du spürst nicht allzu viele Nebenwirkungen. Blade, was halten Sie von Ihrem neuen Piloten?«

»Blade?« Mühsam versuchte James, seine sieben Sinne beisammenzuhalten. Nach dem Echo zu urteilen musste die Höhle gewaltige Ausmaße haben, aber im Moment war nur eine Ecke davon beleuchtet. Der Rest lag im Dunkeln. Wenigstens konnte James jetzt, wo er den Helm nicht mehr trug, den Kopf drehen. Er blickte sich nach Kitty um – vergeblich. Stattdessen standen ein paar Meter zu seiner Linken etliche Wachen, daneben Carrel und Van Diemen, beide ziemlich lädiert, sowie die bucklig-verkrümmte Erscheinung von Hepworth Blade.

James verspürte eine bittere Schadenfreude, als er den Verräter dort hilflos in seinem Rollstuhl sitzen sah. »Dann sind Sie also nicht entkommen. Haben die schmutzigen Geschäfte mit Ihrem Geldgeber Sie doch noch eingeholt.«

Blade ließ keine Reaktion erkennen. »Herta hat mich aus der Maschine befreit«, sagte er nur.

»Und ich habe ihr Wachen zur Seite gestellt, um sie bei ihrer Aufgabe zu unterstützen«, fügte Grünner hinzu. »Wir müssen größtmöglichen Schutz walten lassen. Blades Geist ist ein höchst wertvolles Gut für das Reich. Und du, Bond … Nun, ich glaube, auch du kannst noch sehr wertvoll werden.«

Darauf würde ich mich nicht verlassen. James zerrte an den Metallbändern, die ihn im Inneren des Apparats festhielten. Sein Körper fühlte sich seltsam hohl und leer an, aber wenigstens kehrte so langsam das Gefühl in seine Hände und Füße zurück. »Lassen Sie mich endlich raus hier.«

»Och, mein lieber Junge, das kann ich leider nicht.« Grünner stieß wieder sein seltsames, quiekendes Lachen aus. »Seht euch doch an, ihr beiden – jeder gefangen, auf seine eigene Art.«

Blade erwiderte mit wutverzerrter Miene: »Verdammt nochmal, Grünner ...«

»*Stabsscharführer* Grünner bitte, Blade.« Grünners bleiches Gesicht war bei dieser Antwort deutlich dunkler geworden, und seine Stimme klang hart. »Gegenüber dem Rest der Welt darf ich nur Konstantin Grünner sein, der langweilige, dienstbare Beamte an einem Schreibtisch in Den Haag. Als deutscher Botschafter in einem strategisch so bedeutenden Land besitze ich die perfekte Position, um Informationen zu sammeln, die für das Deutsche Reich von Interesse sein könnten. Aber hier, in meinem eigenen Herrschaftsbereich, erweisen Sie mir gefälligst denselben Respekt, den mir auch mein Führer erweist.«

Blade starrte ihn mit seinem unbeugsamen Blick an. »Vielleicht erweise ich Ihnen ja Respekt, Herr *Stabsscharführer*, wenn Sie endlich versuchen, ihn sich zu verdienen.«

»Glauben Sie etwa, das habe ich nicht?« Grünner lächelte wieder und wandte sich an James. »Nun, Bond, lass mich dir alles erklären. Herr Blade ist nicht zufrieden mit seiner Anwesenheit hier, musst du wissen. Für die Außenwelt wird es so aussehen, als sei er einfach verschwunden. Der Baron mit den verrenkten Armen – weg, über Nacht! Sein Firmenimperium wird in sich zusammenstürzen ...« Er nickte Blade mitfühlend zu. »Was meinen Sie, wie lange wird es wohl dauern, bis Ihr illegaler Waffenhandel ans Licht kommt?«

Blade gab keine Antwort.

»Und du, mein Kleiner ... Der Waisenjunge, der in irgendeinem schottischen Dorf zu einem Kreuzzug aufgebrochen ist ... Wird man dich vermissen? Dich, der du den durch und durch sinnlosen Tod deines Freundes rächen wolltest ... Zusammen mit deiner kleinen Freundin.«

»Was haben Sie mit Kitty gemacht?«, wollte James wissen.

Grünner blieb die Antwort schuldig und ließ seinen Blick etliche Sekunden lang auf Blade ruhen. »Ich kann das Bedürfnis nach Rache gut verstehen, diesen unbedingten Willen, eine Ungerechtigkeit geradezurücken ... Wie zum Beispiel die Verträge, die das Ende des letzten Krieges besiegelten. Verträge, die unserem Volk seinen Reichtum, seine Ehre, seine Rechte als Nation genommen haben ...«

»Verträge, die Sie alle beide jedenfalls gebrochen haben.« James starrte Blade wütend an. »Sie haben ihm Waffen angeboten, und er hat sie gekauft.«

»Hitler war noch weit von den Hebeln der Macht entfernt, als ich die ersten Geschäfte mit dem deutschen Heer gemacht habe.« Auf Blades verzerrtem Gesicht erschien ein spöttisches Grinsen. »Und Ihren Unteroffiziersrang, *Stabsscharführer* Grünner, haben Sie nur als Belohnung für Ihre Loyalität gegenüber den Nazis in jenen ungezügelten Jahren erhalten. Warum haben Sie mich hierhergebracht? Doch sicherlich nicht, um mir meine eigenen Rüstungsapparate vorzuführen, oder?«

»Es gibt tatsächlich etwas, was die Phantasie eines Hepworth Blade, des großen Visionärs, übersteigt?« Grünner lachte erneut. »Nun, Sie haben mit Ihrer Phantasie das Projekt Stählerner Schatten angestoßen. Und jetzt ist es endlich, endlich fertig geworden. Ich bin mir sicher, dass der Führer von den Möglichkeiten, die diese Rüstungsapparate unseren Soldaten in Zeiten des Krieges bieten, fasziniert sein wird.«

»Und doch behandeln Sie mich so!«, rief Blade empört. »Sie stehlen meine Unterlagen, sie zwingen mich, persönlich hierherzukommen ...«

»Und darüber regen Sie sich auf?«, fiel James ihm wütend ins Wort. »Sie haben Ihr Land verraten, nur für Ihren ganz persönlichen Gewinn …«

»Halt den Mund.« Grünner würdigte James kaum eines Blickes, streckte nur den Arm aus und versetzte ihm einen kräftigen Klaps. Dabei behielt er Blade ununterbrochen im Auge. »Deutschland hat im Lauf der Jahre sehr viel Geld für Ihre Dienste bezahlt. Und Sie werden, wie ich es Ihnen bereits gesagt habe, Ihren Erfindergeist von nun an in den Dienst des Spezialwaffen-Entwicklungsprogramms der Nationalsozialisten stellen. Sie werden die Entwicklung der nächsten Generation von Rüstungsapparaten überwachen und unsere eigenen Wissenschaftler unterstützen und inspirieren.«

»Lächerlich!« Blade starrte zu Carrel und Van Diemen hinauf, die wiederum die bewaffneten Soldaten anstarrten. »Ich lasse mich unter keinen Umständen gegen meinen Willen hier festhalten.«

»Sie tun das, was ich Ihnen befehle!« Mit geblähten Nasenlöchern kam Grünner auf Blade zu und versetzte ihm mit dem Handrücken einen Schlag ins Gesicht.

Blade schrie auf vor Schmerz, und sein Kopf wurde von der Wucht des Schlages zur Seite gerissen. Carrel und Van Diemen wollten ihrem Arbeitgeber zu Hilfe kommen, aber Grünners Soldaten hoben sofort ihre halbautomatischen Mauser C-96-Pistolen, und die Leibwächter blieben wie angewurzelt stehen.

James starrte den deutschen Botschafter an. Er kam sich so hilflos vor, und das war ein scheußliches Gefühl.

»Sie widern mich an, Blade, ist Ihnen das klar?« Grünner nahm Blades entstellte Hand in seine und fing an zu drücken. »Aber ich benötige nur Ihr Gehirn, nicht dieses widerwärtige Gefängnis, das Sie Ihren Körper nennen. Unglaublich, dass etwas so Hässliches gleichzeitig so zerbrechlich sein kann!« Er beugte sich ein wenig näher und lachte schrill. »Wenn ich will, dann kann ich Ihnen jede einzelne Ihrer Gliedmaßen brechen lassen, und zwar ein Dutzend Mal. Malen Sie sich die Schmerzen aus, Blade, das angsterfüllte Warten ... Zu wissen, dass Ihr Körper an jeder Stelle neue Knochen bilden wird, dass Ihre Beine gebogen, Ihre Arme verzogen, Ihre ganze Gestalt auf albtraumhafte Weise verunstaltet werden wird ...«

»Lassen Sie ihn in Ruhe«, fiel James ihm mit krächzender Stimme ins Wort. Ja, er verabscheute Blade aus tiefstem Herzen, aber ihn so zu behandeln ...

Grünner beachtete ihn gar nicht. Er fing an, Blade wie einem Hund über den Kopf zu streicheln. »Dieser ganze Schmerz, dieses Leiden – vielleicht hilft es Ihrem genialen Geist ja, sich zu konzentrieren –, als Ablenkung gewissermaßen.« Dann sah er James an und lächelte. »Es wird Ihnen nicht anders ergehen als diesem Jungen da, der in einen Ihrer mechanischen Anzüge eingesperrt ist!«

Blade starrte ihn hasserfüllt an. »Sie haben jetzt ... die Stählernen Schatten. Sie haben sich die Unterlagen beschafft. Damit können Sie in aller Ruhe die Schaltkreise analysieren. Sie wissen, welche Komponenten dafür nötig sind. Sie können noch mehr davon produzieren, eine ganze Armee damit ausstatten ...«

»Ah, in der Tat, das können wir.« Grünner zwickte Blade spielerisch in die Backe. »Aber wir werden es nicht tun, dank Ihnen.«

Blade legte fragend die Stirn in Falten. »Nein?«

»Es hätte ja gar keinen Sinn, verstehen Sie? Wir haben das exklusive Recht an Ihren Stählernen Schatten nicht erworben, weil wir noch mehr davon herstellen wollen, sondern einfach nur, weil wir nicht wünschen, dass andere Nationen eine solche Technologie besitzen. Wir wollen – wie sagt man? – ›den Markt beherrschen‹.«

Da, plötzlich, hörte James das Zischen einer Hydraulikvorrichtung. Dann öffnete sich irgendwo in der Dunkelheit hinter den Hügeln aus zerborstenem Zement eine Tür. Ein metallisches Kratzen ertönte, und dann das Scheppern schwerer Schritte. Ein spannungsgeladenes, elektrisches Flirren lag in der Luft. Die feuchten Haare in James' Nacken begannen zu kribbeln.

»Haben Sie das etwa nicht erraten, Blade?« Grünners Stimme triefte vor Überheblichkeit. »Wir brauchen Ihre minderwertigen Rüstungsapparate gar nicht. Wir haben nämlich bessere entwickelt.«

Mehrere Scheinwerfer flammten auf, so dass ein größerer Teil der Höhle jetzt beleuchtet war. In der Mitte befand sich eine stabile Stahlkammer, und die Tür war geöffnet. Mit offenem Mund starrte James das Ding an, das da herausgekommen war – noch ein mechanischer Kampfanzug. Seine Außenhaut war blutrot lackiert, und er war nicht so sperrig wie der Stählerne Schatten, wirkte insgesamt einfacher, aber immer noch überaus beeindruckend. Darin stand Herta in einem purpurroten Schutzanzug. Jedes ihrer Gelenke war über Drähte und andere Leitungen mit dem stabilen Stahlrahmen verbunden. Ein Arm endete in einer furchterregenden Schere, der andere in der rußgeschwärzten Mündung eines Flammenwerfers. Auf ihrem Rücken blubberte allerdings keine Dampfmaschine. Stattdessen führten zahlreiche Kabel von dem Panzer zu einem Gestell voller Glasglocken und Batterien, das ungefähr einen Quadratmeter Platz einnahm. Als Herta ein paar Schritte nach vorne machte, wurden die Kabel automatisch länger.

»Da, sehen Sie das, Blade? Ein extrem leistungsstarker Rüstungsapparat, ursprünglich nach dem Vorbild Ihres Stählernen Schattens gebaut, aber mit Verbesserungen versehen, die ihn Ihrer Erfindung weit überlegen machen.« Mit einem breiten Grinsen im Gesicht wies Grünner auf das Ding. Seine Hängebacken strahlten vor reinster, kindischer Freude. »Und morgen werde ich den Repräsentanten des deutschen Militärs genau das beweisen.«

James wollte aufspringen, stemmte sich mit aller Kraft gegen seine Fesseln, aber es war, als sei er selbst auch aus Metall. Hilflos musste er mitansehen, wie Herta, die lächelnd im Zentrum ihres widerstandsfähigen, roten Stahlroboters stand, noch ein paar Schritte auf ihn zumachte und die Schere dicht vor seiner Nase auf- und zuschnappen ließ.

KAPITEL 23

BLUTBANNER

Grünner wandte sich von Blade ab und hob beschwichtigend die Hand. »Na, na«, sagte er zu Herta.

Langsam ließ sie die Schere zuklappen.

»Eine sehr viel sanftere Reaktion, Blade, nicht wahr? Und Pfund für Pfund um zwanzig Prozent stärker und widerstandsfähiger als Ihre Stählernen Schatten.« Grünner blickte ihn überheblich an. »Wie arrogant von Ihnen, Blade, zu glauben, dass nur Sie in der Lage wären, solch eine Waffe zu schaffen. Sicherlich, es war Ihr Genie – und das von Dr. Whittaker –, das uns auf diesen Weg gebracht hat, aber wir haben schnell dazugelernt. Und jetzt haben wir einen eigenen Rüstungsapparat entwickelt.«

»Darum haben sie Whittaker getötet und Sie entführt, sobald die Stählernen Schatten fertig waren«, murmelte James während er Blade ansah. »Um zu verhindern, dass Sie auch für andere solche Apparate bauen können.«

»So ein schlaues Bürschchen, sieh mal einer an. Ich fürchte nur, er redet zu viel.« Begleitet von einem irren Lachen baute Grünner sich vor James auf und legte ihm den gestreckten Finger an den Hals. »Herta, bereitmachen, um ihm die Kehle zu zerfetzen.«

»Nein ...« James stemmte sich gegen die schweren Bänder, die ihn immer noch an den Stählernen Schatten fesselten, während die Schere erneut aufklappte und Herta die beiden Klingen behutsam links und rechts von seinem Hals in Position brachte, als wollte sie ihm im nächsten Augenblick den Adamsapfel entfernen.

»Um Gottes willen, Mann!«, brach es aus Blade hervor. »Das ist doch nicht notwendig!«

Grünner schüttelte den Kopf, ganz so, als würde ihn diese Bemerkung köstlich amüsieren.

James stand stocksteif da und wagte nicht einmal, die Augen zu schließen. Er malte sich aus, wie die beiden Klingen seinen Hals durchtrennten, Arterien durchschnitten, wie sein Atem blutige Blasen schlug …

»Also gut. Das reicht jetzt.« Grünner gab Herta ein Zeichen, und sie gehorchte und zog die Schere zurück. »Natürlich kann ich ihn nicht töten! Schließlich haben wir morgen die große Vorführung unserer Rüstungsapparate geplant, nicht wahr?«

»Vorführung?« James versuchte, so ruhig wie möglich zu klingen. »Darum stecke ich in diesem Ding?«

»Du hast vielversprechende Ansätze gezeigt. Aber mach dir keine Sorgen, du bekommst noch eine zusätzliche Ausbildung in deinem Stählernen Schatten. Es wäre doch grob unsportlich, wenn du mit der einzigen Waffe, die dir gegen das Blutbanner zur Verfügung steht, nicht gänzlich vertraut wärst, nicht wahr?« Grünner betrachtete Herta in ihrem Rüstungsapparat und verströmte dabei denselben Stolz wie ein Bauer beim Anblick seines preisgekrönten Zuchtbullen. »Denn genau so nennen wir unseren mechanischen Kampfanzug, verstehst du: das Blutbanner. In der Geschichte des Heiligen Römischen Reichs Deutscher Nation war diese rote

Fahne das Zeichen, das den Königen ihr absolutes Herrscherrecht verlieh. Schon im 13. Jahrhundert wurde das Blutbanner in die Schlacht mitgeführt.«

Eine Geschichtsstunde ist jetzt so ziemlich das Letzte, was ich gebrauchen kann, dachte James.

»Und heute?« Grünner klang ganz so, als würde er eine Rede vor seinem geliebten Führer halten. »Heute nehmen wir die Energie der Zukunft, um das Streben der Vergangenheit zu vollenden. Wir werden unsere roten Fahnen – unsere Blutbanner – in den Boden unserer Feinde rammen und so unseren Triumph sicherstellen.«

»Sie wenden Funktechnologie an, um den Radius der Rüstung zu erweitern, nicht wahr?« Blade wirkte beeindruckt. »Ich weiß, dass die Russen bereits mit unbemannten, ferngesteuerten Panzern experimentiert haben, und habe selbst bereits den einen oder anderen kleineren Feldversuch gestartet …«

James schauderte. »Ich erinnere mich.«

»Unsere Technologie jedoch ist – genau wie unser Streben – ein klein wenig fortschrittlicher.« Es war Grünner anzumerken, wie sehr er sich auf diesen Augenblick gefreut hatte. »Eine tragbare Hochfrequenz-Funkausrüstung erlaubt es dem Piloten, alles Notwendige in Echtzeit an den kommandierenden Offizier durchzugeben. Falls also eine Situation eintritt, der er selbst nicht gewachsen ist, kann jemand aus dem Kreis der versammelten Experten ihn lenken …«

James spähte in die Stahlkammer, aus der Herta hervorgekommen war, und sah dort eine Gestalt über ein Gerät gebeugt sitzen, das durchaus ein Funkgerät sein konnte.

Grünner genoss diesen Augenblick sichtlich. »Eine deutlich elegantere Lösung, würden Sie nicht auch sagen, Blade? Anstatt sich einzig und allein auf allgemeine, vorprogrammierte Bewegungsabläufe zu verlassen, die vorhersehbar und daher anfällig sind für Gegenmaßnahmen aller Art?«

»Elegant?« Blade deutete auf den dicken Kabelstrang, den der Apparat hinter sich herzog. »Wie wollen Sie denn so eine unhandliche Energieversorgung mit in die Schlacht schleppen? Ganz zu schweigen von einem zweiten Piloten am Funkgerät.«

»Vielleicht könnten ja Ihre stählernen Landser unsere Blutbanner bewachen, was?« Grünner umkreiste Herta mit bedächtigen Schritten. »Ihre Schöpfung ist der unseren zwar unterlegen, aber in der Rolle als Unterstützer könnten sie durchaus sinnvoll sein.«

»Aber die Kabel ...«, fuhr Blade fort. »Sie können jederzeit durchtrennt werden, und woher kommt dann die nötige Energie für Ihre ...?

»Genug! Was Sie hier sehen ist lediglich eine frühe Form dessen, was eines Tages in unserem Namen in die Schlacht ziehen wird.« Grünner zeigte mit dem Finger auf ihn. »Und jetzt, da Sie hier sind, werden Sie dieses Projekt weiter voranbringen. Ja, die Energieversorgung ist verbesserungswürdig, aber das Blutbanner-Forschungsprogramm bietet so viele Möglichkeiten, Blade. Ich lade Sie ein, diese Möglichkeiten zu ergreifen, ja, ich bestehe darauf!«

»Denken Sie an den menschlichen Körper, so voller Energie«, schaltete sich Herta ein. »Mit einer internen Energiequelle versehen, die wir ununterbrochen bei uns tragen. Stellen Sie sich vor, dass wir dieses Prinzip auf die Rüstungsapparate übertragen können. Oder dass wir die Energie eines Blitzschlages in den Batterien eines Blutbanners speichern können.«

»Habt ihr Marcus deshalb während eines Gewitters umgebracht?«, schaltete sich James mit grimmiger Miene ein. »Du warst damals auch im Laboratorium ... Ich habe deine Stimme gehört ...«

»Grünner hat mich nach Fettes geschickt, angeblich, um Dr. Whittaker zu unterstützen ... Aber in Wirklichkeit sollte ich vor allem die Schwächen des Stählernen Schattens bestätigen.« Herta zuckte mit den Schultern. »Ich habe diesen Narren davon überzeugt, dass seine neue Steuerungseinheit in der Lage war, Hochspannung in Reserveenergie umzuwandeln. In Wirklichkeit habe ich nur die Stromstärke gemessen, die benötigt wird, um die Isolation des Stählernen Schattens zu überwinden, den Piloten zu töten und die Steuerungseinheiten zu überlasten.«

»Eine Gebrauchsanweisung für einen Mord«, sagte Blade leise.

»Wir wollten die Achillesferse Ihrer Erfindung kennenlernen, Blade. Für den Fall, dass Sie uns hintergangen und den Apparat auch an andere Mächte verkauft haben.« Grünner lächelte selbstgefällig. »Bei der morgigen Vorführung jedoch werden wir uns nicht mit den Schwächen Ihres Rüstungsapparates aufhalten, sondern uns vor allem auf seine Stärken konzentrieren, damit der Sieg des Blutbanners umso beeindruckender ausfällt.«

»Damit Hitler umso beeindruckter ist von Ihnen?« James spürte, wie ihn die Übelkeit überkam, genau wie nach dem Aufwachen im Schulsanatorium von Fettes. Das war eine Reaktion auf das Nervengift. Er leckte sich über die rissigen Lippen und ließ seinen Kopf nach vorne sinken. »Ich glaube, mir wird gleich schlecht. Kann ich jetzt raus aus diesem Ding?«

»Eine kurze Pause ist dir gestattet«, meinte Grünner. »Die Demonstration findet morgen um 12.00 Uhr mittags statt: drei Stählerne Schatten gegen zwei Blutbanner, und zwar auf einem speziellen Testgelände hier im Bunker. Einer der Schatten wird von dem jungen Bond hier gesteuert werden, die anderen von Ihren beiden Leibwächtern, Blade.«

»Zivilisten?«, brüllte Blade los. »Sind Sie wahnsinnig«

»Keineswegs. Aber Sie müssen es mir nachsehen. Diese spezielle Einheit der SS rekrutiert ausschließlich Deutsche zwischen siebzehn und dreiundzwanzig Jahren, deren arischer Stammbaum bis ins Jahr 1800 zurückreicht. Außerdem dürfen die Kandidaten nicht verheiratet und nicht vorbestraft sein.« Grünner lächelte schmal. »Solche Männer wachsen nicht gerade auf Bäumen, was? Es wäre doch eine schreckliche Verschwendung, sie für so etwas zu gebrauchen. Daher bin ich dankbar, Alternativen zu haben.«

James sah ihm direkt in die Augen. »Ich gehe immer noch zur Schule.«

»Aber du bist groß genug, um zu kämpfen.«

»Und wer kämpft dann in Ihren Rüstungsapparaten?«

»Da Weihnachten vor der Tür steht, habe ich mir erlaubt, für ein wenig Fröhlichkeit zu sorgen.« Grünners Augen leuchteten vor Vorfreude. »Die Blutbanner-Anzüge sind so leicht zu bedienen und doch so kraftvoll – nun ja, selbst ein Schulmädchen wäre dazu in der Lage! Sieh doch ...«

Auf etwas wackeligen Beinen kam ein zweites Blutbanner aus der Stahlkammer gestapft. In der purpurroten Hülle steckte ein hilfloses, zu Tode entsetztes, rothaariges Mädchen mit leeren, braunen Augen.

»Kitty ...«, flüsterte James.

»Es wäre unklug, in ihr immer noch Kitty zu sehen, James«, sagte Herta. »Du solltest sie viel eher als das Mädchen betrachten, das dich töten wird.«

Wieder und wieder hallten diese Worte durch James' Schädel, während er in seinem spartanisch eingerichteten Gästezimmer lag.

Er hatte Kitty zugerufen, dass alles gut werden würde, doch seine Worte hatten hohl und leer geklungen, während er aus dem Kampfanzug geholt und auf sein Zimmer gebracht worden war. Darin befanden sich lediglich ein Bett, ein Schrank und in einer Ecke eine Toilette – aber er sollte sich ja auch nur ein wenig ausruhen, bevor seine nächste Trainingsstunde anfing.

Das Mädchen, das dich töten wird ...

James machte die Augen zu, aber er wurde das Bild von Kitty einfach nicht los, ihr vor Entsetzen kreidebleiches Gesicht, die Augen infolge des Nervengifts immer noch leer. In einer Arena zu kämpfen, nur damit die Zuschauer daran ihren Spaß hatten! Das war eine grausame, barbarische Vorstellung, nichts anderes als die Gladiatorenkämpfe im alten Rom.

Wie ein kalter Knoten ballte sich die Anspannung in James' Magengrube zusammen. *Wenn sie einen Kampf sehen wollen, dann sollen sie den kriegen, verdammt nochmal*, schwor er sich. Doch der Gedanke, dass er gegen Kitty kämpfen musste ... Dass er sich zwischen irgendwelchen vorprogrammierten Bewegungen entscheiden musste, in der Hoffnung, die eine zu finden, die sein Leben vielleicht um wenige Sekunden verlängerte.

Ich kann nicht gegen dich kämpfen, Kitty, dachte er. *Es muss doch einen Ausweg geben …*

Es MUSS einfach.

KAPITEL 24

SEITENWECHSEL

Später am Nachmittag öffnete sich knarrend die Zimmertür. Nur mühsam gelang es James, die Augen aufzuschlagen. Eine Wache stand in der Tür und streckte ihm den schwarzen, isolierten Overall entgegen, den er als Schattenpilot tragen musste.

Nachdem er sich umgezogen hatte, wurde er durch endlos lange Gänge gebracht. Sie waren so breit, dass sie sogar von Fahrzeugen benutzt werden konnten, was ihm erst klarwurde, als in seinem Rücken eine Hupe ertönte und ein leichter Panzerwagen, anscheinend ein sowjetischer D-8 mit offenem Verdeck, sie überholte. Rücken an Rücken mit dem Fahrer saß ein Bordschütze neben einem großen Maschinengewehr. Langsam bekam James eine Vorstellung von den Ausmaßen dieses Forschungszentrums.

Er malte sich aus, wie er die Wache überwältigen, Kitty befreien, sich den Panzerwagen unter den Nagel reißen würde ... Stellte sich vor, wie er sich eine Mauser nahm und Grünner erschoss ... Er hatte schon so viele Begegnungen mit dem Tod gehabt – mehr als ein einzelner Mensch jemals haben durfte –, und auch wenn er sich manchmal einreden wollte, dass ihm das nichts ausgemacht hatte, wusste er doch tief im Innersten, dass das nicht stimmte.

Einen Menschen aus nächster Nähe zu töten, ungerührt und kaltblütig – ob er dazu jemals in der Lage sein würde?

Morgen sollte er eine Arena betreten, und wenn er dann nicht konnte, was von ihm erwartet wurde, würde er selbst getötet werden.

James versuchte, sich auf seine Umgebung zu konzentrieren, und prägte sich einzelne Besonderheiten ein. Es war ja immerhin möglich, dass ihm das zu einem späteren Zeitpunkt nützlich werden konnte. Doch Stück für Stück ergriff die kalte Gewissheit von ihm Besitz, dass es keine Rettung geben würde.

Du darfst jetzt nicht aufgeben, ermahnte er sich eindringlich. *Du hast so vieles auf dich genommen, um bis hierherzukommen. Das kann nicht alles umsonst gewesen sein.*

Als er und sein Bewacher um die nächste Ecke bogen, nahm er erneut ein näher kommendes Motorengeräusch wahr. Da sah er auch schon einen anderen D-8 auf sich zukommen, voll beladen mit Maschinenteilen. Er spürte, wie der Boden unter seinen Füßen bebte. Die Ventilatoren rauschten und übertönten damit ein tiefes, kräftiges Brummen. Wo brachte man ihn hin?

Endlich öffnete der Wachmann eine Tür, und sie betraten eine riesige, lärmerfüllte Fabrikhalle, die in den Fels geschlagen worden war. In der Mitte stand ein gewaltiger Schmelzofen, ein Berg aus Stahl, umgeben von einer Gießerei. Die Spitze des Schmelzofens ragte durch die Höhlendecke ins Freie. Arbeiter in Schutzanzügen schöpften die Schlacke von der Oberfläche des geschmolzenen Metalls und schütteten sie in Gussformen, um daraus Metallteile zu gießen. Andere waren damit beschäftigt, mit Schweißbrennern das blutrote Skelett eines Blutbanners in die richtige Form zu bringen.

In einer Ecke der Halle, weit weg von der Gießerei, befand sich eine große Werkstatt. Dort saß Blade in seinem Rollstuhl, aufmerksam beäugt von einem nur ein, zwei Meter entfernt stehenden Wachmann. Seine Leibwächter waren weit und breit nicht zu sehen. Neben ihm befand sich ein Stählerner Schatten, und James musste unwillkürlich an eine sogenannte »Eiserne Jungfrau« denken, ein grausames Folterinstrument aus früheren Zeiten.

Er konnte sich nur schemenhaft daran erinnern, wie man ihn aus dem mechanischen Anzug befreit hatte – da hatte er immer noch unter den Nachwirkungen des Nervengiftes zu leiden gehabt –, aber er hasste und fürchtete dieses Ding. Es besaß eine senkrechte Öffnung in der Mitte, durch die der Pilot ins Innere klettern konnte. Offensichtlich war sie schon auf seine Körpermaße eingestellt worden. Sobald der Pilot an seinem Platz stand, wurde er an die verschiedenen Drähte angeschlossen. Zu guter Letzt wurde dann das Frontgitter befestigt, so dass der Käfig rundum geschlossen war, und anschließend wurden der Dampfkessel befeuert und Panzerplatten angebracht, um das Paket aus zartem Fleisch im Inneren des Apparates zu schützen.

James schauderte und wandte den Blick ab. Sein Bewacher ließ ihn mit Blade alleine, der James einen Moment lang musterte.

»Nun denn, Bond«, sagte er. »Ich soll dir die verschiedenen Angriffs- und Verteidigungsmanöver erklären, die mit dem Schatten möglich sind.«

James starrte ihn an. »Sie wollen tatsächlich bei dem Ganzen mitmachen? Obwohl Ihre eigenen Leibwächter ...«

»Auf ihren Zimmern sind. In diesem Augenblick, während wir hier miteinander reden, bekommen sie das Nervengas verabreicht.« Blades Miene war genauso undurchdringlich wie immer. »Ich habe es selbst entwickelt, als Mittel gegen meine Schmerzen. Ohne dieses Mittel wäre die körperliche Belastung durch die Rüstungsapparate so groß, dass sie zu ernsthaften Schädigungen der Gesundheit führen würde.« Er rollte vor den Schatten. »Keine Sorge, du hast nach der Dosis, die Herta dir verabreicht hat, immer noch genügend davon im Blut.«

»Beeilung!«, rief der Wachmann ihnen zu.

»Stell dich in den Stählernen Schatten, Bond. Ich muss die Verbindungen optimieren, damit dir wirklich alle Möglichkeiten zur Verfügung stehen.«

»Sie meinen wohl, damit ich Ihrer dämlichen Rüstung zur Verfügung stehe. Gestern Abend haben Sie noch eigenhändig versucht, mich umzubringen.«

»Ich habe versucht, dich zurückzuhalten, zu deinem eigenen Schutz, so lange, bis diese Angelegenheit hier vorbei ist.«

»Angelegenheit?« James merkte, wie seine Niedergeschlagenheit sich in Wut verwandelte. »Sie helfen den Nazis, bloß um Ihre eigene Haut zu retten ...«

»Sei doch still«, zischte Blade ihm zu. »Um Gottes willen, Junge!« Er hielt für einen Moment inne. »Das Leben ist ein Geschenk, das wirft man nicht einfach so weg – du hältst es vielmehr so lange wie möglich fest, ganz egal, wie schwer es auch wird.«

»Ist das der Grund, weshalb Sie so bereitwillig alles machen, was Grünner von Ihnen verlangt?«

Der Wachmann blickte James mit gerunzelter Stirn an

und zeigte auf den Stählernen Schatten. Zögerlich stieg er ein, und Blade befestigte sorgfältig die Schleifen und Schnallen, mit denen er an den Apparat gefesselt wurde.

»Ich gebe zu, dass ich Grünner unterschätzt habe. Anscheinend hat er seinen Traum genauso ... hingebungsvoll verfolgt wie ich meinen.« Auf Blades angespanntem, unbeweglichen Gesicht war nicht die geringste Gefühlsregung zu erkennen. »Ich habe mein Leben lang von einem Schutzanzug geträumt, der mir gestattet, mich ohne fremde Hilfe fortzubewegen. Der mich stark macht und mir ein Leben ohne Furcht ermöglicht.« Blade zögerte und starrte auf seine verkrüppelten Finger hinab. »Mir ... und anderen, die genauso wie ich unter einer Behinderung zu leiden haben. Die vom Leben ausgeschlossen sind.«

»Ich habe den Apparat gesehen, den Sie zu Hause haben.« James blickte sich um. »Aber das hat Ihnen nicht gereicht, stimmt's? Sie haben den Stählernen Schatten speziell für das Militär entwickelt. Um andere zu töten.«

»Eine Waffe kann ebenso gut Leben retten wie Leben zerstören. Wäre es dir vielleicht lieber, wenn wir es wieder jahrelang in irgendwelchen Schützengräben aushalten müssten?« Blade schloss ein Kabel an die Beinschale an, und ein leises Summen setzte ein. »Wie ich dir schon bei meinem Besuch an deiner Schule gesagt habe: Die Suche nach der perfekten Waffe treibt die technologische Entwicklung immer weiter voran. Dies sind buchstäblich die ersten Schritte des Rüstungsapparates. Wir sind unserer Zeit bereits jetzt um Jahrzehnte voraus.«

James verzog verächtlich die Lippen. »Na ja, jetzt stecke ich zwar in diesem Ding, ... aber ich kann für mich keine große Zukunft mehr erkennen.«

»Vermutlich mache ich auf dich einen recht unsensiblen Eindruck.« Blade ließ sich in seinen Rollstuhl sinken und wies mit dem Kopf auf den gelangweilten Wachmann in seinem Rücken. Dabei verdrehte er die Augen. »Bond, wir sind alle Grünners Gefangene. Falls wir das hier überleben wollen, müssen wir zusammenarbeiten.«

James schnaubte spöttisch. »Gegen Großbritannien? Vergessen Sie's. Ich werde Ihnen ganz bestimmt nicht helfen, nach allem, was Sie bisher schon angerichtet haben.«

»Nach allem, was ich angerichtet habe …?« Blade senkte die Stimme. »Hast du eigentlich auch nur annähernd eine Vorstellung davon, was die Entwicklung des Stählernen Schattens gekostet hat? Ohne die ganzen illegalen Waffengeschäfte hätte Blade-Rise das niemals finanzieren können …« Ein verschlagenes Lächeln umspielte seine schmalen Lippen. »Darum hat die britische Regierung mir ja überhaupt erst die Genehmigung erteilt, Deutschland damit zu beliefern.«

James starrte ihn wortlos an, während die geflüsterten Worte seines Gegenübers in sein Bewusstsein eindrangen. »Die *Genehmigung* erteilt?«

»Die britische Regierung war von Anfang an darüber informiert, dass ich insgeheim an der Wiederbewaffnung der Deutschen beteiligt bin.« Blade stieß ein pfeifendes, blubberndes Lachen aus. »Ich hätte zwar meine liebe Mühe, auf einem weißen Schimmel eine Siegesparade anzuführen, aber Tatsache ist, Bond … Ich bin ein Held, verdammt nochmal.«

KAPITEL 25

SCHICKSALHAFTE BEGEGNUNGEN

James starrte Blade an. »Soll ich Ihnen etwa abnehmen, dass Sie plötzlich einer von den Guten geworden sind?«

»Zeig mir doch einen von deinen ›Guten‹, Bond.« Blade wirkte belustigt. »Ob attraktiv und schön oder verkrüppelt und hässlich. Letztendlich schlummert in jedem Menschen eine explosive Mischung aus Edelmut und abgründiger Tiefe. Wie stark die Explosion ausfällt, hängt lediglich davon ab, wo die Zündschnur angebracht wird und wer sie ansteckt.«

»Sofort aufhören mit dem Geschwätz.« Der Wachmann machte einen Schritt auf die beiden zu und fuchtelte drohend mit seinem Gewehr herum. »Los, wieder an die Arbeit.«

James hielt still, während Blade ihn mit dem Apparat verkabelte, aber seine Gedanken überschlugen sich. Plötzlich hörte er laute Rufe aus dem Bereich der Gießerei beim Schmelzofen. Dort war flüssiges Metall aus einer Form gespritzt, und einer der Arbeiter hielt sich laut brüllend vor Schmerz den Arm. Der Mann, der sie bewachte, wurde von seinem Kollegen zu Hilfe geholt.

»Das Spiel hat schon vor langer Zeit begonnen, Bond, und der Einsatz ist gewaltig«, fuhr Blade fort. »Als ich mit

Dr. Whittaker zusammen über den ersten Entwürfen für den Rüstungsapparat gesessen habe, da waren seine Gedanken so fortschrittlich, dass jedes einzelne Bauteil extra angefertigt werden musste. Und anstatt mich mit einem Konkurrenten zusammenzutun, habe ich mich lieber an die staatlichen Behörden gewandt.«

»Und warum hätten die Ihnen helfen sollen?«, wollte James wissen.

»Weil mir der Ruf der Genialität vorauseilt.« Nicht ein Hauch von Arroganz war in Blades Stimme zu erkennen. Für ihn war das schlicht und einfach eine Tatsache. »Der britische Secret Intelligence Service wusste bereits, dass Deutschland heimlich angefangen hatte, wieder eine Armee aufzubauen. Und wenn ich die Deutschen mit Waffen belieferte, dann konnte ich dadurch wertvolle Kontakte knüpfen, die dem SIS wiederum helfen würden, das Ausmaß dieser Wiederbewaffnung einzuschätzen. So haben sie sich das zumindest gedacht.«

»Also wie ein Doppelagent?«

»Wenn du unbedingt so melodramatisch sein willst, ja«, erwiderte Blade. »Und natürlich bedeutete das auch, dass die Deutschen sich in erheblichem Maß an den Kosten für die Entwicklung einer britischen Geheimwaffe beteiligen würden. Whittaker fand diese kleine ironische Wendung ausgesprochen amüsant.«

»Er wusste auch Bescheid?«, fragte James verwundert.

»Von Anfang an.« Blade sprach leise weiter. »Dein erlauchter Direktor in Fettes war nicht der Einzige, der Raum und Mittel für dieses Projekt zur Verfügung stellen musste. Whittaker hat auch zeitweilig an der Glenalmond School gearbeitet, in Loretto, in Merchiston ...«

»Also an lauter Orten, die Industriespione normalerweise nicht auf dem Schirm haben?«

»Geheimhaltung war das oberste Gebot. Deshalb musste Stephensons Tod – und dein Versuch, einzugreifen – nach außen als Dumme-Jungen-Streich dargestellt werden.«

Erinnern Sie mich nicht daran, dachte James düster. »Aber dann haben Sie die Stählernen Schatten Grünner übergeben.« Er verzog das Gesicht, als Blades Finger ihm die Haut am Oberarm einklemmten. »Vier fertige Exemplare.«

»Aus gutem Grund. Du glaubst doch nicht etwa, dass das hier das einzige streng geheime Waffenforschungszentrum der Nazis ist, oder?« Blade sah ihn an. »Stell dir vor, du könntest all diese Stätten ausfindig machen und zerstören. Dadurch würden die deutschen Kriegsvorbereitungen um Jahre zurückgeworfen werden.«

»Aber wie wäre das möglich?«, fragte James nachdenklich.

»Ach, nun komm schon, Bond. Was ist das Einzige, was irgendwann unweigerlich in einem Forschungszentrum für streng geheime Waffen landen wird?«

Leise stöhnend erwiderte James: »Eine streng geheime Waffe.«

»So wie der Stählerne Schatten.« Blade verzog das Gesicht zu einem schiefen Grinsen. »Zu diesem Zweck haben wir in jedem Segment des äußeren Skeletts der Stählernen Schatten einen Funksender untergebracht.«

James starrte ihn an. »Dann kann man sie also orten?«

»Im besten Fall wären die Apparate auseinandergebaut und in Einzelteilen an viele verschiedene Forschungsstätten geschickt worden – und wir hätten diese Stätten dann zerstören können.«

»Aber das war, bevor Sie erfahren haben, dass Grünner bereits seine Blutbanner entwickelt hat und dass die Apparate hierbleiben und vernichtet werden sollen.«

»Das behauptet zumindest Grünner«, erwiderte Blade. »Er würde ohnehin nie zugeben, dass meine Apparate den seinen überlegen sind. Aber solange sie zu Vorführzwecken hier sind, senden sie alle zusammen ihr Funksignal aus.« Er senkte die Stimme noch ein wenig mehr. »Nachdem du mir in meinem Haus entwischt warst, noch bevor Herta mich schließlich mit vorgehaltener Waffe gezwungen hat, hierher mitzukommen, ist es mir gelungen, eine Botschaft an den SIS in London abzusetzen.«

James merkte, wie ein Hoffnungsfunke in ihm aufflackerte. »Dann ... ist vielleicht schon Hilfe unterwegs.«

»Die Chance besteht immer. Falls wir die Blutbanner-Technologie für Großbritannien erbeuten ... oder sie irgendwie sabotieren können.« Die neue Entschlossenheit in Blades Stimme war nicht zu überhören. »Deshalb erzähle ich dir das, Bond. Ganz egal, wie hoffnungslos die Lage auch scheinen mag, du musst deine Zeit *nutzen*. Das gilt auch für deinen Kampf morgen im Stählernen Schatten.«

»Grünner muss ja sehr zuversichtlich sein, dass er zwei seiner Naziapparate gegen drei von Ihren kämpfen lässt.«

»Ja, das stimmt.« Blade hatte die letzte Verbindung befestigt und ließ sich blass und erschöpft in seinen Rollstuhl sinken. »So, da wir nun festgestellt haben, dass ich ein selbstloser Held bin, werde ich mich wohl mit der Frage beschäftigen müssen, was sich gegen diese verflixten Blutbanner unternehmen lässt, nicht wahr?«

Blades Prahlereien waren für James nur ein schwacher Trost. Der Abend schleppte sich langsam und zäh wie ein kalter Albtraum dahin. Er wurde in die erste Höhle zurückgebracht, wo Herta ihn bereits erwartete. Carrel und Van Diemen waren auch da, beide noch benommen durch das Nervengas. Man hatte sie in die Stählernen Schatten geschnallt und gezwungen, umherzugehen und sich mit der Steuerung vertraut zu machen. Durch das tiefe Keuchen der Dampfdynamos auf ihrem Rücken hörten sich die mechanischen Anzüge erschreckend lebendig an.

Ob es stimmte, dass sie per Funksignal ihre Position weitermeldeten? Und ob die Funkwellen tatsächlich die massive Felsendecke über ihren Köpfen durchdringen konnten?

Wenigstens erhielt James durch den Probelauf eine Gelegenheit, die Umgebung gründlich kennenzulernen. Die dick gepanzerte Stahlkammer befand sich in der Mitte einer großen Arena, ähnlich wie die *Spina* im Zentrum des Circus Maximus in Rom. Sie war so groß, dass sie sich gut als Deckung nutzen ließ. James dachte an die Funk-Fernsteuerungen, die sicher und geborgen in diesem stählernen Bunker lagen, bereit, das bevorstehende Gemetzel zu inszenieren. Wie sehr er sich selbst nach Schutz und Geborgenheit sehnte!

Er dachte zurück an die Vorführung in Ruskie und daran, wie die Granatwerfer Herta unter Beschuss genommen hatten. Sie hatte den Geschosshagel ohne gravierende Schäden überstanden. Die Rüstungsapparate boten also einen hervorragenden Schutz, genug jedenfalls, um die Piloten eine ganze Zeit lang am Leben zu lassen ...

Oder um ihr Leiden in die Länge zu ziehen.

Nein, sagte sich James. So durfte er es nicht sehen. Leiden gehörte automatisch zum Leben dazu, aber wie man damit umging, war jedem selbst überlassen.

Und wenn sie mich leiden lassen wollen, dann zahle ich es ihnen mit gleicher Münze heim, irgendwie …

Herta und die Techniker brachten James, Carrel und Van Diemen bei, was sie tun mussten, um die verschiedenen vorprogrammierten Manöver der Rüstungsapparate zu aktivieren. Aber es waren viel zu viele Bewegungen und Steuerbefehle, um sie sich auf einmal zu merken, zumal sie ohnehin sehr erschöpft waren. Andererseits sollten sie in diesem Kampf ja auch nicht besonders gut aussehen, dachte James. Im Moment waren die Munitionsschächte der eingebauten Maschinengewehre noch leer. Ob sie morgen wohl geladen sein würden?

Endlich war Schluss, und sie durften die Schatten verlassen.

»Welche Waffen wird Ihre Rüstung denn haben?«, wollte Van Diemen von Herta wissen. »Mit einer Schere kann man ja gegen Maschinengewehre wenig ausrichten.«

»Die Gliedmaßen des Blutbanners können mit einer Vielzahl unterschiedlicher Waffen bestückt werden.« Herta ließ ein wissendes Lächeln sehen. »Je besser ihr mit euren eigenen Apparaten umgehen könnt, desto länger werdet ihr überleben.«

»Ja, na klar. Das wird ein Spaziergang werden«, erwiderte Carrel. »Aber ich kämpfe garantiert nicht gegen kleine Mädchen, nur damit irgendwelche alten Männer ihren Spaß daran haben. Das ist doch krank.«

Van Diemen blickte James an. »Wenn keiner von uns kämpft, dann gibt es auch keine Vorführung.«

Herta wollte gerade etwas erwidern, da drang Grünners knisternde Stimme aus den Lautsprechern, die hoch oben in der Dunkelheit über ihren Köpfen hingen. »*Meine Herren, die Vorführung wird stattfinden.*« Dann flammten Deckenscheinwerfer auf und machten eine breite Glasfront weit oben in der Felswand sichtbar. Dahinter befand sich ein Zuschauerraum, ausgestattet mit hölzernen Sesseln. Grünner stand hinter der Scheibe und sprach in ein Mikrophon. »*Sollten Sie sich weigern, die Schatten zu bedienen, dann sehe ich mich gezwungen, meinen Gästen zu demonstrieren, wie die Blutbanner ihre Gegner auseinandernehmen … und zwar sehr, sehr langsam.*«

James spürte, wie sein Magen sich vor Angst zusammenballte, und sah, dass Carrel und Van Diemen einander grimmig anblickten.

»*Sie können den Schatten lediglich zu Verteidigungszwecken nutzen oder zum Angriff*«, fuhr Grünner fort. »*Aber wenn Sie einen guten Kampf liefern, werden wir Sie am Leben lassen.*«

»Er hält sich *tatsächlich* für einen römischen Kaiser«, murmelte James leise und sagte dann laut: »Wozu denn am Leben lassen?«

»Damit Sie weiter für mich arbeiten. Ich benötige erfahrene Freiwillige als Piloten für unsere Rüstungsapparate, um sie weiter zu verbessern …« Grünner hielt einen Moment inne. »Wenn Sie Gehorsam zeigen, Loyalität und Ehre, dann können Sie damit rechnen, belohnt zu werden.«

Die Schweinwerfer erloschen und der Raum über ihren Köpfen wurde wieder in tiefe Dunkelheit getaucht. Van Diemen und Carrel dachten über das Angebot nach, das sah man ihnen an.

»Ihr wollt ihm diesen Quatsch doch wohl nicht ernsthaft abnehmen, oder?«, sagte James fassungslos. »Grünner lügt. Das ist doch klar.«

Als James nach einem schnellen Abendessen wieder in seinem Bett lag, konnte er, obwohl er sehr erschöpft war, kaum schlafen. Immer wieder schreckte er auf. Der Wecker auf dem Tisch zeigte 1.00 Uhr an, dann 3.00 Uhr. Die Zeit raste an ihm vorbei wie ein Countdown bis zu der bevorstehenden Vorführung – in Gestalt einer Schlacht.

Immer wieder musste er an Blade und sein spektakuläres Täuschungsmanöver denken. Die List mit den Stählernen Schatten war sehr gewagt gewesen und hatte sich letztendlich als Fehlschlag erwiesen, weil die Rüstungsapparate schon längst von anderen, moderneren Technologien überholt worden waren. Also war die wahre Ursache für Marcus' Tod vertuscht worden, um eine bedeutungslos gewordene Erfindung zu schützen.

Es fiel James sehr schwer, seine Haltung gegenüber Blade zu ändern. Er war ein selbstsüchtiger Angeber und ein Opportunist, wie er im Buche stand – aber das war wahrscheinlich von Vorteil, wenn man im Interesse der nationalen Sicherheit geheime Bündnisse eingehen musste. Die Dinge waren eben nie so klar und einfach, wie sie zu sein schienen, aber trotzdem ... Konnte man sich jetzt wirklich darauf verlassen, dass Blade Grünner die Stirn bot?

James sehnte sich nach Schlaf, aber die Geräusche draußen vor der Tür hielten ihn wach: Schritte, Klopfen, ein vorbeidröhnender D-8. Und auch wenn es still war, fuhr er jedes Mal erschreckt hoch, sobald ihm die Augen zugefallen waren. In der Rüstung hatte er Metallhandschuhe tragen müssen, die ununterbrochen an seinen Fingern gescheuert hatten. Darum waren sie jetzt mit Blasen übersät, und die Haut rund um seine Augen war geschwollen und gereizt. Das war vermutlich eine Nebenwirkung des Nervengases.

Um halb acht kam eine Wache in sein Zimmer und befahl ihm, aufzustehen und mit den anderen Geiseln zusammen in einem abgetrennten Raum neben der Kantine zu frühstücken. Jeder bekam eine Portion Buttertoast mit Rührei. James schlug das Herz bis zum Hals, als er sah, dass Kitty schon am Tisch saß. Hinter ihr stand Herta. Sie sah blass und erschöpft aus, wie James zufrieden registrierte. In der Hand hielt sie keine Pistole, sondern eine Spritze mit einer kurzen Nadel.

Wir sind zu wertvoll. Sie können uns nicht erschießen, dachte James.

»Ich wünsche den Todgeweihten einen guten Appetit.« Herta lächelte matt. »Und frohe Weihnachten.«

»Weihnachten und letztes Abendmahl zugleich«, sagte Carrel.

»Friede auf Erden und den Menschen ein Wohlgefallen«, murmelte Kitty.

Natürlich, das wurde James erst jetzt klar. Heute war ja Heiligabend. Er hätte jetzt eigentlich bei Charmian vor dem offenen Kamin sitzen, die Geschenke unter dem Baum bestaunen und Weihnachtslieder aus dem Radio hören müssen. Dieser Gedanke ließ ihm seine momentane Situation allerdings so unerträglich erscheinen, dass er alle Wehmut beiseitefegte.

James wollte sich neben Kitty setzen, doch die Wache deutete auf einen Platz am Nebentisch. Sie sah ihn an, und er entdeckte noch einen Hauch des alten Feuers in ihren dunklen Augen. *Gut*, dachte er. *Sie hat noch nicht aufgegeben.*

»James, ist alles in Ordnung?«, rief sie ihm zu, hielt inne und schüttelte den Kopf. »Entschuldige bitte, blöde Frage. Ich habe mir eigentlich fest vorgenommen, keine lächerlichen Bemerkungen zu machen, aber in so einer Situation … Nicht dass ich …«

»Alles in Ordnung«, erwiderte er.

»Das glaube ich dir.« Kitty warf Herta einen kurzen Blick zu. »Sie hat mich in diesen widerlichen, mannsgroßen Panzer gesteckt und mich gezwungen, den Wachen mit einem silbernen Löffel Honig in den Mund zu schieben.«

James runzelte die Stirn.

Herta sah seine Verwirrung und lächelte. »Kitty wird unsere besonders bedeutenden Gäste mit Honig füttern. So können wir auf sehr amüsante Art und Weise zeigen, mit welcher Präzision das Blutbanner gesteuert werden kann. Stell dir nur einmal vor, welche Einsatzmöglichkeiten dadurch denkbar sind.«

Van Diemen schluckte einen Bissen Toast hinunter. »Ich hab jetzt schon die Schnauze voll davon.«

»Unter der kundigen Führung eines Offiziers könnte ein Pilot zum Beispiel eine Bombe entschärfen – oder eine konstruieren und genau dort platzieren, wo sie benötigt wird«, sagte Herta.

James sah sie mit erhobener Augenbraue an. »Ich habe gar nicht gewusst, dass die Nazis auch Frauen in die SS aufnehmen …«

»Offiziell tun sie das auch nicht. *Noch* nicht.« Herta trank einen Schluck Kaffee und leckte sich über die Lippen. »Aber mein Ruf und mein Einfluss nehmen stetig zu. Wer weiß, was eines Tages aus mir wird.«

»Eine Leiche?«, schlug James vor.

»Das sagt genau der Richtige.« Sie bedachte ihn mit einem kühlen Blick. »Die Kämpfe beginnen um zwölf Uhr. Euch bleiben also noch etwas weniger als dreieinhalb Stunden.«

Die Tür ging auf, und Grünner trat ein. Er wirkte genauso ernsthaft und nüchtern wie immer, und die Wachen nahmen voller Respekt Habachtstellung ein. Er schnipste mit dem Finger in Hertas Richtung, und sie kam sofort zu ihm gelaufen. James versuchte, ihren Wortwechsel zu belauschen, aber es ging lediglich um die Position des vierten Stählernen Schattens. Er sollte in einem Nebenraum aufgebaut werden, damit die Generäle ihn aus der Nähe besichtigen konnten, bevor sie die anderen in Aktion sahen. Dann verließen Grünner und Herta das Zimmer, ins Gespräch vertieft, und die Wachen machten die Tür hinter ihnen zu.

»Hier wären wir also«, sagte Kitty beherzt. *Sie möchte so gerne tapfer sein,* dachte James. »Ich ... Ich muss immer wieder an den Zug denken ... Wenn ich nicht geschnappt worden wäre, hätte ich vielleicht ...«

»*Mich* haben sie aber zuerst gesehen«, fiel James ihr ins Wort. »Und außerdem – einen Schuldigen zu suchen hilft uns jetzt bestimmt nicht weiter.«

Kitty schnaubte. »Nichts kann uns helfen.«

»Die Lage ist nicht hoffnungslos«, beharrte Van Diemen. »Der Boss sagt immer, dass jeder, der ihn sieht, denkt, dass er zu gar nichts imstande ist. Und dass er sein ganzes Leben lang das Gegenteil bewiesen hat.«

»Na ja, aber er sitzt jetzt auch nicht hier«, meinte Carrel. »Oder?«

James hätte ihnen zu gerne erzählt, was Blade ihm mitgeteilt hatte, aber selbst wenn es wahr war … Mit tröstenden Worten hätte er sowieso nichts erreicht. »Kitty«, sagte er. »Was immer heute passieren wird …«

Die Wache, die hinter ihm stand, versetzte ihm einen kräftigen Faustschlag genau aufs Ohr. »Essen. Nicht reden.«

James beendete sein Frühstück, ohne das Geringste zu schmecken, und die Wache eskortierte ihn zur Tür. *Also wieder von vorne,* dachte er.

Er sah noch einmal hinüber zu Kitty und brachte ein mühsames Lächeln zustande. Sie hob die Hand zu einer hilflosen Geste, fast wie ein Lebewohl.

KAPITEL 26

COUNTDOWN ZUM GEMETZEL

Bald schon summte und brummte der ganze Stützpunkt vor Aktivität. James wurde auf sein Zimmer gebracht, wo er in den isolierten Overall schlüpfen sollte. Allein schon vom Geruch wurde ihm schlecht.

Anschließend wurden James, Van Diemen und Carrel in einem Panzerwagen zur Gießerei gebracht, wo Blade sie bereits in seinem Rollstuhl erwartete. Wie Statuen standen die vier auf Hochglanz polierten Stählernen Schatten hinter ihm. *Falls tatsächlich Rettung unterwegs sein sollte,* dachte James, *dann muss sie sich ein bisschen beeilen.*

Zweieinhalb Stunden noch.

»Das ist Ihre letzte Chance, sich mit den Rüstungsapparaten und ihren Möglichkeiten vertraut zu machen«, verkündete Blade. »Stellen Sie sicher, dass die Steuerungshebel in der richtigen Höhe angebracht sind, und überprüfen Sie den Ausklink-Mechanismus. Bond, wenn du so freundlich wärst, deinen Apparat zu besteigen.«

Eine Wache versetzte James einen Stoß in den Rücken. Zögerlich kletterte er hinein und merkte, dass sich an der Steuerung etwas verändert hatte. In der linken Faust des Rüstungsapparats war ein dickes Metallstück – es sah aus wie ein C-förmig gebogener Zylinder – befestigt worden. Irgendjemand hatte das Ganze dick mit isoliertem Kupferkabel umgewickelt und mit dem Innenleben der Rüstung verbunden.

Er wollte Blade fragen, was das war, doch dieser schüttelte nur den Kopf und wies mit einer kaum sichtbaren Kopfbewegung auf den Wachmann. James sah, dass auch Van Diemen etwas Ähnliches in seinem Schatten vorgefunden hatte, nur Carrel nicht.

Können wir Ihnen trauen, Blade?, diese Frage lag James auf der Zunge.

Blades Miene war genauso undurchdringlich wie immer. »Ich habe alles getan, was ich konnte. Nur eine Sache noch.« Er ließ den Blick von James zu Van Diemen schweifen. »Eine Möglichkeit, wie Sie eine Achillesferse zu Ihrem Vorteil nutzen können. Am einen Ende finden Sie den Elektro…«

»Festschnallen«, unterbrach ihn der Wachmann, noch bevor Blade seinen Satz zu Ende bringen konnte. »Sie müssen bereit sein.«

»Jawohl, genau so ist es.« Grünner hatte die Werkstatt betreten. Er trug eine makellose SS-Uniform und eilte mit hastigen Schritten auf sie zu. »In der Höhle sind die letzten Vorbereitungen jetzt abgeschlossen. Unsere freiwilligen Testpiloten müssen bereit sein, bevor die ersten unserer bedeutenden Gäste eintreffen …«

»Hier haben wir das Ausstellungsstück.« Blade kam eilig nach vorne gerollt und blieb neben dem vierten Stählernen Schatten stehen. »Ich gehe davon aus, dass es Ihre Zustimmung findet, Herr Stabsscharführer?«

Grünner starrte Blade an. »Ich lasse es in das Nebenzimmer bringen. Und Ihre Soldaten in die Arena, wo die Vorführung stattfinden wird.«

»Es sind *Ihre* Soldaten«, verbesserte ihn Blade. »Und *Ihre* Schlacht.«

Grünner lächelte. »Aber jetzt ist *mein* Krieg zu *Ihrem* Krieg geworden.«

»Ja ...« Blade lächelte ebenfalls. »So empfinde ich es auch, Herr Stabsscharführer Grünner.«

Nervös beobachtete James, wie die beiden Wachen die Klappe des Stählernen Schattens verriegelten. Er kam sich vor wie in einer Falle. Mit der Hand verdeckte er die geheimnisvolle Ergänzung, die seine Rüstung erhalten hatte, schließlich hatte Blade ganz eindeutig versucht, Grünner davon abzulenken. Aber wozu war dieses Gerät gut? Wie konnte es ihm helfen?

Dann sollten Van Diemen, Carrel und James noch einmal alle möglichen Bewegungen machen, mussten Arme und Beine heben, während Verbindungen überprüft und letzte Einstellungen vorgenommen wurden.

»Schluss jetzt mit den Übungen«, sagte Grünner dann. »Sie stehen Ihren Mann und kämpfen, komme, was da wolle.«

»Wollen Sie uns immer noch zu dritt gegen zwei Ihrer Apparate antreten lassen?« Carrel starrte ihn wütend an. »Was haben Sie vor?«

Grünner beachtete ihn gar nicht. »Ihre Dampfenergie reicht für genau fünfzehn Minuten.« Quiekendes Gelächter drang aus seiner Kehle hervor. »Nutzen Sie sie gut.«

»Darf ich mir die Vorführung auch ansehen?«, wollte Blade wissen.

»Ich fürchte, für Sie habe ich eine andere Aufgabe vorgesehen«, teilte Grünner ihm mit. »Die beiden speziell nach Ihren Wünschen angefertigten Tatras werden gerade vom

Bahnhof hierhergebracht, um sie einzuschmelzen. Sie würden zu viel Verdacht erregen.« Er senkte die Stimme. »Und da Sie in Kürze auch Ihren Chauffeur verlieren werden, möchte ich, dass Sie das Zerlegen der Automobile und ihr Ende im Schmelzofen persönlich überwachen.«

James musterte Blade. Ob er irgendeine Reaktion auf diese Erniedrigung zeigte? Aber mehr als ein schmales, verzerrtes Lächeln gab er nicht preis. »Wie Sie wünschen, Herr Stabsscharführer.«

Grünner beobachtete ihn aufmerksam. »Sie sind heute ja außerordentlich entgegenkommend«, sagte er, und es klang fast ein wenig enttäuscht.

»Ich stimme diesbezüglich voll und ganz mit Charles Darwin überein«, gab Blade zurück. »Nicht die stärkste Art überlebt, und auch nicht die intelligenteste ... sondern die, die sich am besten anpassen kann.«

Ketten klirrten, dann öffnete sich die Schleuse der Gießerei, und der schöne, burgunderrote Tatra fuhr herein, gefolgt von dem silberfarbenen Modell, das James in der Einfahrt der Fettes School zum ersten Mal gesehen hatte – vor hundert Jahren und eine Million Kilometer weit entfernt. Höchstwahrscheinlich würde er seine Schule nie wiedersehen.

Anpassen oder sterben, dachte er.

Ein Soldat an der Tür gab ein Handzeichen.

»Es ist so weit«, sagte Grünner.

Vor der Gießerei wartete bereits das Fahrzeug, das sie mitnehmen sollte: ein großer Tieflader, gezogen von einem umgebauten D-8 mit offenem Verdeck. James, Carrel und Van Diemen betraten mit etwas steifen, ungelenken Bewegungen den Anhänger. James überlegte kurz, ob er vielleicht einen Fluchtversuch wagen sollte, aber ohne Panzerung, Gasmaske und Schutzhelm würde er nicht eine Minute überleben, das war ihm klar. Eine einzige Kugel würde reichen, um das Stahlgitter zu durchschlagen und ihn zu töten.

Als er wieder vom Anhänger herabstieg, fing sein Herz an, schneller zu schlagen. Sein Blick fiel auf die Wanduhr. Es war kurz vor elf. Noch eine Stunde bis zum Beginn des Martyriums.

Er wurde zusammen mit Van Diemen und Carrel durch die dicke Stahltür ins Innere der Höhle gescheucht, wo Herta und eine ganze Schar von Technikern mehreren Soldaten und Arbeitern Anweisungen gaben. Dann fiel ihm auf, dass über Nacht quer zwischen der *Spina* und den Felswänden zwei drei Meter hohe, gehärtete Betonwände errichtet worden waren.

Als Herta näher kam, sah James, dass Van Diemen die Hand über die neueste Ergänzung seiner Rüstung legte, und machte es ihm nach. *Was ist das für ein Ding?*, fragte er sich. *Und wie kann ich es nutzen?*

Zum Glück schien Herta wenig Interesse an einer gründlichen Überprüfung der Stählernen Schatten zu haben. Stattdessen dünstete sie aus jeder Pore Selbstgefälligkeit aus. »Diese Wände sind eineinhalb Meter dick und mit Stahlarmierungen verstärkt«, sagte sie. »Ihr startet auf dieser Seite der einen Mauer, Kitty und ich jenseits der anderen. Nach dem Startsignal werden wir unsere Mauer niederreißen, um zu euch zu gelangen, und ihr werdet dasselbe mit eurer Mauer tun. Und bitte denkt immer daran, dass ihr um euer Leben kämpft.«

»Und was ist mit dem Leben des Mädchens?«, wandte Van Diemen ein. »Und mit Ihrem?«

»Wir sind im Krieg«, erwiderte Herta schlicht und winkte einen Wachmann herbei. »Nicht aus den Augen lassen«, befahl sie ihm. »Die Panzerung wird erst eine halbe Stunde vor Beginn angelegt. Sollten sie aufmüpfig werden, dann schießen Sie. Aber nur verletzen. So, dass sie immer noch kämpfen können.«

Carrel sah zu, wie sie eine der Fernbedienungen inspizierte. »O, ja«, flüsterte er. »Kämpfen werden wir.«

»Was, zum Teufel, ist denn das für ein Ding, das Blade noch eingebaut hat?«, wollte James wissen.

»Hä?« Carrel sah ihn verwirrt an.

»Das muss irgendeine Waffe sein«, erwiderte Van Diemen leise. »Und zwar eine ziemlich starke. Aber wie sollen wir die einsetzen, verdammt nochmal?«

»Ich sehe hier nichts«, meinte Carrel und runzelte die Stirn. »Wieso habt ihr beiden eine bekommen und ich nicht?«

Die Wache schnauzte sie an, dass sie still sein sollten.

»Vielleicht hatte Blade ja keine Zeit mehr«, zischte James. »Wenn wir sie gar nicht einsetzen können, dann sind wir auch nicht besser dran als ...«

Der Wachmann gab einen Warnschuss ab. Die Kugel schlug neben James' Füßen in die Felswand, und sie verstummten schlagartig. James schwitzte aus allen Poren. Sie hatten keine Ahnung, was sie machen sollten, also, wie sollten sie diese Waffe einsetzen? Woher sollten sie wissen, welche Wirkung man damit erzielen konnte?

Zäh vergingen die Minuten, während emsige Arbeiter ihre Aufgaben erledigten: Sie legten Leitern an, um die Stellung einzelner Scheinwerfer zu korrigieren oder das Gestell mit den Batterien für die Blutbanner gerade zu rücken. James hatte beschlossen, die Kabel ins Visier zu nehmen. Ohne Energieversorgung konnten die Nazirüstungsapparate auch keinen Schaden anrichten. Doch allem Anschein nach waren auch in der Krone der dicken Mauer mehrere Energiespender eingebaut, und die Kabel waren mit einer schützenden Metalllegierung ummantelt.

Noch fünfundvierzig Minuten, erkannte James plötzlich.

Die hochrangigen Nazizuschauer waren bestimmt schon da. Er stellte sich vor, wie sie sich im Nebenzimmer um den Stählernen Schatten scharten, malte sich aus, wie Kitty in ihrem Blutbanner einen vergnügten General mit Honig fütterte, während die anderen Gäste anerkennend applaudierten …

Sein Blut fing an zu kochen.

Vierzig Minuten …

James blickte sich in der Höhle um. Vielleicht entdeckte er ja einen Schlupfwinkel, in dem er Deckung fand, oder sonst etwas, was ihm einen Vorteil verschaffen konnte. In der hinteren Wand klaffte ein tiefer Riss, zu schmal, um sich darin zu verkriechen, aber trotzdem vielleicht so etwas wie ein Ansatzpunkt. Zuerst hatte er sich überlegt, die Stahlkammer in der Mitte zu attackieren und die Fernbedienungen zu zerstören, anstatt die eigentlichen Blutbanner, so dass Kitty zumindest eigenständig handeln konnte. Doch bei näherer Betrachtung hatte er festgestellt, dass das aussichtslos gewesen wäre. Die Stahlwände waren über sechzig Zentimeter dick. Es gab nicht die geringste Möglichkeit, sie in kurzer Zeit plattzumachen.

Fünfunddreißig Minuten …

Sirenengeheul ertönte, und die Arbeiter machten sich aus dem Staub. James nahm die Metalltür zur Arena in den

Blick. Sie würde sein erstes Ziel werden. Wenn er sie zerstören und dadurch den Weg in den dahinter befindlichen Stützpunkt frei machen konnte, würde ihm vielleicht sogar die Flucht gelingen. Und ganz egal, ob sie erfolgreich war oder nicht, es war immer noch besser, als Grünners krankes Spielchen mitzuspielen.

»Was ist denn mit dem Spray?«, rief Carrel. »Ohne das Gas nehmen die anderen uns doch sofort auseinander.«

»Kein Nervenspray«, erwiderte ein Techniker in stockendem Englisch. »Nicht notwendig.«

»Wahrscheinlich weil wir einer mehr sind«, mutmaßte Van Diemen. »Sie glauben bestimmt, dass wir dann solche Schmerzen haben, dass wir sie nicht besiegen können.«

»Jedenfalls können wir auf keinen Fall Kitty angreifen«, sagte James.

Die anderen sahen ihn an, ohne ein Wort zu sagen.

Als es nur noch eine halbe Stunde bis zum Beginn der Schlacht war, ertönte wieder eine Sirene. Mehrere Techniker eilten herbei und befestigten die Stahlpanzerungen an den Stählernen Schatten. Dann wurde James die Gummigasmaske übers Gesicht gezogen und der Schutzhelm auf den Kopf gestülpt. Er hörte seinen heiseren Atem und konnte durch die dicken Plastiklinsen nur sehr verzerrt sehen. Ein Schweißtropfen rann ihm den Nacken hinunter. Er hob den Kopf und blickte in die Richtung des Zuschauerraumes. Dort, hinter der Scheibe, versammelte sich bestimmt bereits das Publikum.

Mr Bond, alles bereit für die Nahaufnahme ...

James spürte einen Druck auf dem Rücken. Kohle wurde in seinen Dampfgenerator geladen. Es rauschte, als das Feuer zum Leben erwachte, dann folgte ein Zischen, und er merkte, wie die Hitze ihm die Wirbelsäule entlangkroch. Sein Herz klopfte wie wild.

Fünfzehn Minuten …

Genauso lange, wie der Stählerne Schatten durchhalten wird, dachte James. *Wenn sie uns das Startsignal geben, bleibt uns nur das, was wir im Kessel haben, mehr nicht.*

Ein Techniker dirigierte ihn vor die Wand. Sobald sie eingerissen war … würde die Schlacht beginnen. Hoch oben im Zuschauerraum brannte jetzt Licht, und James stellte sich vor, dass viele neugierige Blicke auf ihnen ruhten. Aus der Dunkelheit jenseits der Mauer drang lautes Knirschen an sein Ohr. Adrenalin pumpte durch seine Adern. Das waren die Blutbanner. Es würde nicht mehr lange dauern, bis Herta die Jagd auf ihn eröffnete … Und Kitty auch, wie er sich schweren Herzens eingestehen musste. James kaute auf seiner Unterlippe herum, während das Maschinengeräusch auf seinem Rücken immer lauter wurde. Der tragbare Feuerofen setzte die Kolben in Bewegung, und die Batterien des Apparats schickten die ersten Energiestöße durch das Kabelnetz. Die Anspannung ballte sich als dicker Klumpen in James' Magengegend, Arme und Beine fingen unkontrolliert an zu zittern. Er zwang sich, ruhig und tief zu atmen. Die Stahlbeton-Barriere füllte sein gesamtes Blickfeld aus. *Was sollen wir bloß machen?*, fragte er sich, während ein Kribbeln sich über seinen ganzen Körper ausbreitete. *Was, zum Teufel, sollen wir bloß machen, wenn die Sirene …*

Das Heulen war ohrenbetäubend laut.

Das Startsignal.

KAPITEL 27

LEBEN UND STERBEN LASSEN

Carrel hob den linken Arm und rammte ihn gegen die Wand. Dabei aktivierte er die Hammerschlagfunktion. James sah geistesabwesend zu, wie die Metallfaust anfing, den Beton zu bearbeiten. Doch bald waren über dem Hämmern auch Carrels qualvolle Schreie zu hören. Ohne das Nervengas spürte er bei jedem der hydraulisch verstärkten Schläge die Erschütterung bis ins Mark. Als Van Diemen anfing, das Fundament der Mauer mit Fußtritten zu traktieren, brach Carrel ab.

James warf einen Blick auf die andere Seite und nahm hinter der Mauer der Blutbanner dröhnende Schläge wahr. Schon zeigten sich erste Risse im Stahlbeton. War deren Mauer etwa absichtlich schwächer? Ging bei diesem Kampf wirklich alles mit rechten Dingen zu?

»Nun mach schon, James!«, blaffte Carrel ihn an. »Wenn wir alle zusammenarbeiten ...«

»Ich finde, wir sollten da rübergehen«, rief James zurück. »Dann können wir Herta überrumpeln, sobald sie durchgebrochen ist.«

»Aber sie sind besser bewaffnet als wir«, sagte Van Diemen.

»Deshalb müssen wir sie ja überrumpeln!«

»Du bist doch bloß ein Kind«, erwiderte Carrel. »Du tust, was wir sagen.«

Doch James war bereits unterwegs auf die andere Seite der Mauer. Immer wieder kontrollierte er die Steuerung. Wie der Atem eines Drachen fauchte die Dampfmaschine auf seinem Rücken.

Er blieb stehen ... Und im selben Augenblick brach ein Blutbanner in einer Wolke aus Staub und Trümmern durch die Mauer. Der Rüstungsapparat der Nazis war schnell, viel schneller als der Schatten. Der dunkle, stählerne Koloss prallte gegen James, und für einen kurzen Moment konnte er Hertas Gesicht, ihre gefletschten Zähne durch die Maske erkennen. Er wandte sich ab und hoffte inständig, dass er das Gleichgewicht halten konnte, als ein gewaltiger Feuerstrahl direkt auf ihn zuschoss. Der Asbest-Schild verhinderte zwar das Schlimmste, aber die Augengläser seiner Gasmaske färbten sich rot, und James spürte, wie die Hitze seinen Körper durchströmte. James hob den rechten Arm und gab den Code ein, um das Maschinengewehr zu aktivieren. Ein Kugelhagel durchbohrte den Feuersturm, und er wich auf wackeligen Beinen zurück, fast so, als würde er durch Sirup waten.

Da zuckte ihm ein furchtbarer Gedanke durch den Kopf: *Und wenn ich Kitty treffe?* Sofort stellte er das Feuer ein.

Im Inneren der Maske waren seine hastigen Atemzüge klar und deutlich zu hören. Sein Herz pochte wie verrückt, und er konnte kaum etwas erkennen, weil sich dichter, weißer Nebel um ihn gelegt hatte. War das etwa Gas? Oder eine Rauchbombe, die das Durcheinander noch größer machen sollte? Wo war eigentlich Herta?

Schüsse ertönten, Kugeln zischten durch den Qualm.

Jetzt konnte James die Spitze der Betonbarrikade erkennen. Er hob den Arm mit dem Maschinengewehr noch höher und schoss erneut. Vielleicht gelang es ihm ja, die Energieversorgung der Blutbanner zu treffen.

Der nächste Zusammenstoß kam plötzlich und völlig unerwartet. Ein Blutbanner hatte ihn frontal gerammt. Durch das dunkelrote Gitter sah James Kittys völlig verängstigtes Gesicht. Der Rest der Rüstung war in all dem Rauch und dem düsteren Dämmerlicht nicht zu erkennen. Er verzog das Gesicht, während das Blutbanner ihn immer weiter nach hinten drängte. Mit ruckartigen Schritten wich er zurück, schaffte es nicht, sie zu stoppen, konnte seinen Apparat nicht dazu bewegen, vorwärtszustürmen. *Wenn es so weitergeht*, dachte er, *dann sind wir bestimmt bald ...*

James schrie auf, als er mit dem Rücken gegen die Mauer prallte. Seine Hand umklammerte das Gerät, das Blade neu eingebaut hatte, aber er hatte natürlich keine Ahnung, wie er es aktivieren sollte. Kitty rief ihm etwas zu, und er sah, dass ihr die Tränen über die Wangen liefen. Dann krachte plötzlich eine dunkle Faust auf seine Panzerung. Funken sprühten. Beim nächsten Schlag jagte ein stechender Schmerz in jeden Winkel seines Körpers. James hatte die Mauer im Rücken und konnte nicht ausweichen. Schützend legte er den Unterarm vor seinen Oberkörper, aber dennoch musste er noch zwei weitere, brutale Schläge einstecken. Er konnte sich gut vorstellen, wie seine Stahlpanzerung allmählich verbeult wurde, langsam nachgab ...

Mit aller Kraft stieß er sich nach vorne ab, und es gelang ihm, Kitty ein paar Schritte zurückzudrängen. Dann aktivierte er seinen Schlagarm und deckte ihren linken Arm mit einem ganzen Hagel aus Hieben ein. Er brüllte dabei zwar laut vor Schmerz, aber immerhin gelang es ihm, sie zur Seite zu drängen. Dann brach er den Angriff ab und marschierte an ihr vorbei.

Aber wohin?, fragte er sich voller Panik. *Wenn ich zur Tür gehe, dann drehe ich den Blutbannern ja den Rücken zu.* Wenigstens befand Kitty sich jetzt am Rand der Höhle und war zunächst einmal außer Gefahr. Doch der Techniker, der sie fernsteuerte, war zweifellos schon dabei, sie wieder zurück ins Kampfgetümmel zu lenken ...

Die Schlacht ging noch nicht einmal eine Minute, aber James' Rüstung war jetzt schon schwer beschädigt, und sein linker Arm pochte heftig. Ein grauenhafter Gestank stieg ihm in die Nase, so dass sein Magen sich zusammenballte ...

Großer Gott!

Während er sich einen Weg durch den Qualm suchte, sah er, dass einer der Schatten in die Knie gesunken war und in Flammen stand. War das Carrel oder Van Diemen? Er wusste es nicht, aber Herta hatte sich vor dem brennenden Kampfroboter aufgebaut und war gerade dabei, ihn mit der Schere auseinanderzunehmen. Wahrscheinlich hatte sie zunächst die Kabel und die Kommandodrähte durchtrennt und so das elektronische Rückgrat des Schattens zerstört. Anschließend hatte sie einfach den zweiten Arm auf den Apparat gerichtet und den Flammenwerfer aktiviert. Der Mann im Inneren hatte schnell Feuer gefangen.

Völlig entsetzt starrte James das Bild an, das sich seinen Augen bot. Und dann erkannte er auch die Züge des Mannes hinter der Maske: Es war Van Diemen.

Plötzlich wurde er von hinten gerammt. Schon wieder

Kitty, die ihn vorwärtsschubste. Er drehte sich um, aber sie hatte seinen Maschinengewehrarm bereits gepackt.

Er sah ihr an, wie sie litt, und dann machte sie die Augen zu, weil sie das, wozu sie jetzt gezwungen wurde, nicht mitansehen konnte. James versuchte vergeblich, sich loszureißen. *Du darfst jetzt nicht aufgeben!*, sagte er sich. Elektromotoren jaulten und stockten, während er sich mit aller Macht dagegen wehrte, dass sie ihm den Arm auf den Rücken drehen wollte. Aber es hatte keinen Zweck. Sosehr er sich auch bemühte, ihm war klar, dass er diesen Kampf verlieren würde. Das Blutbanner war schlicht und einfach stärker als der Stählerne Schatten.

James konnte sich sehr genau vorstellen, wie die bedeutenden Persönlichkeiten im Zuschauerraum zu ihm herabsahen, während er um sein Leben kämpfte ... Manche gleichgültig, andere aufgeregt. *Seht doch, die Freundin des Jungen wird jetzt über Funk dazu gezwungen, ihn zu töten! Jetzt können wir auch von unseren schlimmsten Feinden alles verlangen, was wir wollen!* Ob sie schon Wetten abgeschlossen hatten, wie lange er noch überleben würde? Schüttelten sie Grünner die Hand, beglückwünschten sie ihn zu seiner schlauen Strategie?

Dann spürte er einen heftigen Stoß, gefolgt von einem lauten Scheppern, als wären zwei Dampflokomotiven frontal aufeinandergeprallt, und dann war er frei. Er schnellte um hundertachtzig Grad herum, wäre dabei beinahe gestürzt – und sah, dass Carrel aus dem Qualm hervorgebrochen war und Kitty über den Haufen gerannt hatte. Sie hatte sich in ihn verkrallt, so dass sie jetzt wie ein albtraumhaftes Tanzpaar über den Boden der Arena wirbelten.

Mittlerweile hatte sich auch Herta von Van Diemen gelöst.

Sein Rüstungsapparat lag auf dem Boden, während Dampf aus der Maschine auf seinem Rücken quoll.

Sie kam auf James zu.

Jetzt ist es so weit, dachte er. *Jetzt geht es um alles oder nichts.* Jeder Schatten hatte fünfhundert Schuss Munition an Bord, und James ließ ihnen freien Lauf. Eine Kugel nach der anderen prallte an der Außenhaut ihrer Rüstung ab, ohne sie auch nur annähernd zu bremsen. Sie hob ihre Schere, packte damit den Lauf seines Maschinengewehrs und verbog ihn. Der Kugelhagel versiegte, die Waffe war nutzlos geworden. James riss sich los und wich ein paar Schritte zurück.

Herta hielt kurz inne und bediente verschiedene Steuerungshebel im Cockpit ihres Blutbanners. Dann ertönte ein lautes Druckluftzischen, und die Schere wurde abgeworfen. Stattdessen erschien an ihrer Stelle ein sechzig Zentimeter langer Metallspieß. Sie zog ihren Unterarm ein Stück zurück, um Schwung zu holen, dann zuckte der Spieß auf James' Gesicht zu.

Er parierte den Stoß mit seinem Gewehrarm. Die Spitze des Spießes verfing sich in dem verbogenen Metall und hätte ihm um ein Haar den Unterarm abgetrennt. Mittlerweile standen sie sehr dicht beieinander, und er rechnete jeden Moment damit, dass sie noch einmal zustach. Aber dann spürte er mit einem Mal ein seltsames Brummen, so, als würde sich eine Spannung aufbauen.

Elektrizität.

»Dein Freund Marcus ist nicht umsonst gestorben!«, rief Herta ihm zu. »Dank ihm wissen wir genau, wie viel Spannung wir brauchen, um deine Rüstung schön knusprig zu braten. Und dich gleich mit!«

Sie will mich mit einem Energiestoß durchbohren, der so stark ist wie ein Blitzschlag, dachte James verzweifelt. Er riss seinen freien Arm nach oben und wollte die Hammerschlagfunktion aktivieren. Wenn er schon sterben musste, dann würde er dabei wenigstens das stählerne Schutzgitter vor Hertas Gesicht mit Schlägen überziehen.

Aber bevor er seinen Angriff starten konnte, spürte er, dass das C-förmige, mit Draht umwickelte Metallstück neben seiner Hand immer heißer wurde. Und im nächsten Augenblick kam Hertas Rüstung auf ihn zugeflogen, wie von unsichtbaren Kräften angezogen.

Elektro… Und plötzlich kannte James des Rätsels Lösung. *Das ist ein Elektromagnet. Er hat sich eingeschaltet …*

Er nutzt dafür Hertas Blitzenergie!

James hätte beinahe laut gelacht, als ihm Blades Worte wieder einfielen. *Eine Achillesferse zu Ihrem Vorteil nutzen!*

Dann stürzte Herta nach vorne. James löste den Hammerschlag aus und traf den Halsbereich ihres Blutbanners mit seiner eisernen Faust. Der Elektromagnet hielt sie fest, so dass sie wie eine Puppe von den Schlägen durchgeschüttelt wurde. Herta kreischte laut. Kabel wurden abgerissen, und ein Funkenregen hüllte sie ein.

Dann brannte der Draht, der um den Eisenkern gewickelt war, durch. Der Elektromagnet gab schlagartig den Geist auf, und Herta wurde rückwärtsgeschleudert. Dabei riss sich auch der verkantete Spieß wieder los. Voller Verzweiflung aktivierte sie ihren Flammenwerfer, und James spürte die brennende Hitze – bis sie über Van Diemens Leichnam stolperte und unter ohrenbetäubendem Krachen auf dem Fußboden landete. Der Flammenwerfer spuckte jedoch weiterhin Feuer, weil sich der Mechanismus verklemmt hatte.

James stand einfach nur da und konnte kaum glauben, dass er immer noch am Leben war, da rissen ihn Kittys Schreie aus seiner Lethargie. Er drehte sich um und sah Carrels Stählernen Schatten mit dem Gesicht nach unten auf dem Boden liegen. Doch er wandte sich schnell wieder ab, als Kittys Blutbanner seinen Stahlfuß hob und mit einem kraftvollen Tritt Carrels Schädel zermalmte. Anschließend drehte sie sich um, um Herta zu helfen.

Voller Bitterkeit und Wut stürmte James ihr entgegen, wollte sich ihr in den Weg stellen, doch er erkannte schnell, welche Gefahr ihm dort drohte. Die Feuerzungen aus Hertas Flammenwerfer leckten gierig an dem Dampfgenerator auf Van Diemens Rücken. Und im Inneren des Generators herrschte ein enormer Druck.

»Kitty, pass auf!«, rief James. Im selben Augenblick explodierte das Gerät. Herta schrie laut auf, als sie von einem Schwall kochenden Wassers getroffen wurde. Doch ihre grellen Schreie verstummten schnell, und dann war sie tot.

Die Explosion hatte auch Kitty nach hinten geschleudert. James zog an einem Hebel, und die Ausstiegsluke seines verbeulten Schattens öffnete sich. Er stieg aus, und dann legte sich eine zitternde Hand auf seinen mit blauen Flecken übersäten Arm.

Das war Carrel.

»Wer mitdenkt, hat mehr vom Leben«, sagte er. »Zum Glück bin ich von Bord gegangen, bevor sie meinen Schädel zu Brei gestampft hat.«

»Wir müssen auch Kitty rausholen«, rief James ihm zu. »Kommen Sie ...«

Doch anscheinend hatten die höheren Mächte bereits das Ende der Vorführung beschlossen. Die Stahltüren in der Höhlenwand flogen auf, und vier SS-Männer stürmten herein. Jeder hatte eine Mauser-Maschinenpistole im Anschlag.

KAPITEL 28

IN DER HÖLLE

James hob geschlagen die Hände, aber Carrel drehte sich um und rannte zurück zu seinem am Boden liegenden Stählernen Schatten. »Das Maschinengewehr ...«, stieß er noch hervor.

Gleichzeitig eröffneten die SS-Wachen das Feuer und schnitten ihm das Wort ab. Von Zuckungen geschüttelt drehte er sich im Kugelhagel mehrfach um die eigene Achse. James warf sich neben Kitty auf den Boden und benutzte ihre Rüstung als Deckung. Er atmete schwer. Alles tat ihm weh, und er erkannte voller Entsetzen, dass er jetzt absolut gar nichts mehr tun konnte. Die Soldaten kamen bereits auf ihn zu. Gleich würden sie ihn mit Blei vollpumpen.

»James?«, rief Kitty in diesem Moment. »Ich ... Ich glaube, dass die Fernbedienung nicht mehr funktioniert.«

Mit dem Gesicht nach unten lag sie da, daher konnte sie die SS-Wachen nicht sehen. »Gut so«, flüsterte er ihr zu. »Alles wird gut, Kitty, alles wird gut. Wir haben ...«

Lautes Motorengeheul schnitt ihm das Wort im Mund ab, dann kam ein Panzerwagen durch die Doppeltür hereingerast. Er bremste scharf und schlitterte in weitem Bogen über den Boden der Arena. Die Soldaten nahmen das Fahrzeug sofort unter Beschuss, während Kitty mit ihrem Flammenwerfer gleichzeitig auf ihre Beine zielte. »Entschuldigung!«, rief sie, als die Uniformen der Soldaten Feuer fingen. Sie schrien laut auf vor Schreck und Schmerz und ließen ihre Waffen fallen, um die Flammen zu ersticken.

»*Alles wird gut,* hat er gesagt«, grummelte sie leise.

Da tauchte hinter dem Seitenfenster des D-8 ein bekanntes, wenn auch zu Tode erschrockenes Gesicht auf. »Steigt endlich ein, um H-H-Himmels willen.«

»Perry?« Mit weit aufgerissenem Mund stand James da, bis das laute Klacken des Schnellverschlusses an der Einstiegsluke des Blutbanners ihn aus seiner Erstarrung riss. Er half Kitty nach draußen, stützte sie auf dem Weg zu dem Panzerwagen, hob sie hoch und warf sie ohne großes Federlesens hinein, bevor er ihr hinterherkrabbelte. Perry legte hastig den ersten Gang ein und fuhr los.

James und Kitty klammerten sich aneinander wie zwei halbertrunkene, ans Ufer gespülte Seeleute. »Wo, zum Teufel, kommst du denn auf einmal her, Perry?«, wollte James wissen.

»Aus genau dem A-A-Automobil, in dem du mich zurückgelassen hast! Blades burgunderrotem Tatra 77.« Mit quietschenden Reifen jagte Perry um eine Kurve. Er klammerte sich so fest an das Lenkrad, dass seine Knöchel kreideweiß wurden. »Nachdem ihr losgezogen seid, um euren Geisterzug zu suchen, bin ich mit einem Mal so müde geworden, dass ich unbedingt ein Nickerchen machen musste. Und weil ich mich auf der Rückbank zu sehr gefürchtet hätte, bin ich in den Kofferraum gekrochen, wo mich niemand sehen konnte. Als ich dann wieder aufgewacht bin, war der Wagen schon unterwegs! Und zwar … Nun ja, hierher, in dieses grauenhafte Loch, um genau zu sein.«

»Grünner wollte jede Spur von Blade auslöschen«, erläuterte James.

»Und da hat er dich einfach mitgebracht.« Kittys Lachen klang fast schon hysterisch. »Ist das nicht geradezu perfekt, James? Was wir alles durchgemacht haben, nur um schließlich hier zu landen – und Mandy kommt mit seinem ganz privaten Chauffeur!«

»Dafür bin ich aber auch praktisch verhungert!«, protestierte Perry. »Ich bin ja erst wieder aus meinem Versteck gekrochen, als sie angefangen haben, das Automobil zu zerlegen.«

James sah ihn verwundert an. »Und dann? Hast du etwa die Wachen überwältigt?«

»Es war nur eine Wache«, gab Perry zu. »Und der war so schockiert, als ich aus dem Wagen gesprungen bin, dass er sich den Kopf an dem riesigen Schmelzofen g-g-gestoßen hat. Ich habe mir seine Pistole genommen, und Blade hat die anderen Arbeiter in Schach gehalten, während ich sie gefesselt habe.«

»Blade?«, stieß Kitty hervor. »Aber ich dachte ...«

Hastig berichtete James ihr von Blades großangelegtem Plan, doch als er merkte, welchen Weg Perry eingeschlagen hatte, verstummte er wieder. »Moment mal ... Wir fahren zurück in die Gießerei? Wieso ist Blade denn nicht gleich mitgekommen?«

»Er hat gesagt, dass er erst noch was erledigen muss.«

»Ist vielleicht gar keine schlechte Idee, noch einmal in die Gießerei zu fahren«, sagte Kitty mit ängstlichem Unterton in der Stimme. »Grünners Männer werden ja glauben, dass wir zum Ausgang wollen. Wahrscheinlich lauern sie uns dort bereits auf.«

»Und ihre Gäste müssen sie auch noch nach draußen schaffen«, stimmte James ihr zu. »Ich glaube nicht, dass Grünners Ansehen nach alledem noch weiter steigen wird.«

»Aber unseres auch nicht«, meinte Kitty. »Wahrscheinlich schickt er gerade ein Killerkommando los.«

James legte den Kopf in die Hände und rieb sich die schmerzenden Schläfen. Das Hochgefühl ebbte bereits wieder ab und wurde von der grausamen Erkenntnis abgelöst, dass sie noch lange nicht in Sicherheit waren.

An einer Kreuzung stoppte Perry den kleinen Panzerwagen. »Und wohin jetzt?«

»Rechts, glaube ich«, sagte James.

»Pschscht.« Kitty setzte sich ruckartig auf und lauschte. »Hört ihr das?«

James hielt den Atem an. Und dann, über dem leisen Rauschen der Ventilatoren, die Frischluft in den Bunker bliesen, nahm er es auch war: ein gleichmäßiges *bumm, bumm, bumm*, das immer näher kam, immer lauter wurde.

»O nein …«, flüsterte Kitty.

Perry sah sie an. »Was ist das?«

Einen Wimpernschlag später bog er zu ihrer Linken um die Ecke: der vierte Stählerne Schatten, das Ausstellungsstück, offensichtlich voll funktionsfähig.

Im Cockpit war Konstantin Grünner zu erkennen. Er trug weder den Isolationsoverall noch Helm oder Maske und kam direkt auf sie zu. Der Arm mit dem Maschinengewehr hob sich und spuckte einen tödlichen Kugelhagel aus. Das gepanzerte Heck des D-8 bebte unter der Wucht der Einschläge.

»Losfahren!« James drückte Kitty nach unten und schlug Perry auf die Schulter. »Mach schon! *Mach!*«

Perry trat das Gaspedal bis zum Anschlag durch, und der Wagen setzte sich in Bewegung. Genau in diesem Moment ließen die Kugeln aus dem Maschinengewehr die hinteren Reifen platzen. Der Panzerwagen geriet ins Schlingern und krachte rechts gegen die Felswand. James wäre um ein Haar nach draußen geschleudert worden. Er duckte sich zurück ins Wageninnere, während Grünner ununterbrochen weiterfeuerte.

»Nun mach schon!«, brüllte Perry und schlug mit der Faust auf das Lenkrad ein. Aber durch die geplatzten Hinterreifen fühlte es sich so an, als würde der Wagen einen Fallschirm hinter sich herziehen.

»Grünner holt auf!«, rief Kitty.

»Stell den Wagen quer, so dass er den Gang blockiert, und dann nichts wie weg. Vielleicht lässt Grünner sich dadurch ja zumindest ein bisschen aufhalten.«

Perry riss das Steuer nach links. Die verbeulte vordere Stoßstange bohrte sich in den Fels. Kitty sprang ab, und James stolperte ihr nach, machte Perry die Fahrertür auf und zerrte ihn nach draußen. Grünners Maschinengewehr ratterte schon wieder, und James brachte seine Freunde geduckt hinter die nächste Ecke, wo sie zunächst Deckung fanden. Der D-8 war eine wirksame Barrikade und fing die meisten Kugeln ab.

»Wir müssen unbedingt in die Gießerei!«, rief James. »Der Schatten ist Blades Erfindung, also weiß er auch am besten, wie man ihn aufhalten kann. Er hat bestimmt einen Plan.«

»Hoffentlich«, stieß Kitty schnaufend hervor. Sie und Perry waren James dicht auf den Fersen. In ihrem Rücken ertönte blechernes Krachen, als Metall auf Metall traf. Grünner war bereits dabei, die Barrikade zu beseitigen.

James' Lungen waren kurz vor dem Platzen – so fühlte es sich zumindest an –, als endlich die Schleuse der Gießerei vor ihm auftauchte. Kaum hatten die drei die Schleuse passiert, sah James, dass er recht gehabt hatte. Blade hatte tatsächlich einen Plan. Schweißüberströmt und völlig zerfleddert saß er in seinem Rollstuhl neben einer Art Granatwerfer – und zielte damit direkt auf sie.

»Großer Gott! Ich hätte nicht gedacht, dass irgendjemand diese Vorführung überleben würde.« Blade blickte sie forschend an. »Was ist mit Carrel, Van Diemen? Sind sie ...?«

»Tot«, stieß James atemlos hervor. »Und dasselbe wäre mir auch passiert, ohne den Elektromagneten, den Sie gerade noch rechtzeitig eingebaut haben. Wenigstens haben die beiden noch mitgeholfen, Herta zu erledigen.«

Blade nickte und wandte sich ab.

James gab Kitty und Perry ein Zeichen, dass sie die Schleuse schließen und verriegeln sollten, dann wandte er sich erneut an Blade. »Sir, Grünner ist uns auf den Fersen. Er steuert den letzten Stählernen Schatten.«

»Den letzten?« Blade zeigte auf den Granatwerfer. »Nun, das hier ist ein Blade-Rise 12. Den habe ich in dem Lagerraum da drüben gefunden.« Er zeigte mit schmerzverzerrtem Gesicht nach hinten. »Eine der Waffen, die ich den Nazis verkauft habe. Wie überaus passend, findet ihr nicht?«

»Aber, Sir, Sie haben doch selbst gesagt, dass man mehr als einen Granatwerfer braucht, um einen Stählernen Schatten aufzuhalten.« James machte sich auf den Weg zu dem Lagerraum. »Mal sehen, ob wir dort noch andere Waffen finden ...«

Er unterbrach sich. Die Schleuse bog sich unter der Wucht eines gewaltigen Aufpralls nach innen.

Kitty zuckte zusammen. »Grünner.«

»Uns bleibt keine Zeit mehr«, sagte Blade, als der nächste ohrenbetäubende Schlag die dicken, stählernen Scharniere erzittern ließ.

»Moment mal. Der Tatra ...«, keuchte James. Die burgunderfarbene Luxuskarosse war zwar schon teilweise auseinandergenommen worden, aber die silberne war immer noch intakt. James rannte zur Fahrertür. »Das ist vielleicht kein Panzer, aber er dürfte Grünner zumindest ein bisschen aufhalten. Ihr beiden geht in dem anderen in Deckung.«

»Aber, James ...«, protestierte Kitty.

»Nun komm schon. Solange wir noch können.« Perry zerrte sie mit sich. »Mach ihn platt, James.«

James schwang sich auf den Fahrersitz und ließ den Motor an. Er blickte zu Blade hinüber. »Falls ich versage ...«

»Nein.« Blade war aufgestanden. Zitternd hielt er sich auf den Beinen und starrte seine verkrüppelten Hände an. »Wie gesagt, Bond ... Nutze deine Zeit bis zur allerletzten Sekunde. Du hast nur die Karten, die du in der Hand hältst, also mach das Beste daraus.«

Mit einem letzten, splitternden Krachen gab das Schleusentor seinen Widerstand auf. Grünner stand in der Öffnung und kickte die Trümmer beiseite.

James ließ den Motor des Tatra aufheulen und löste die Handbremse. Die quietschenden Reifen verursachten schwarze Streifen auf dem Fußboden, dann jagte das elegante Automobil dem Stählernen Schatten entgegen.

»Ha! Ist das wirklich dein Ernst, du jämmerliches Bürschchen?« Grünner hob seine Metallarme hoch und schlug dann mit voller Wucht auf die Motorhaube des Wagens, unmittelbar bevor dieser ihn rammen konnte.

James schrie laut auf, als er durch den Aufprall nach vorne geschleudert wurde. Er schlug sich den Kopf am Lenkrad an. Gleichzeitig platzte die Windschutzscheibe, und die Federung brach zusammen. Benommen und hilflos sah er zu, wie sich eine große, stählerne Klaue zur Fensteröffnung hereinschob und ihn, umgeben von einer Dampfwolke, im Nacken packen wollte.

Grünner steht immer noch, dachte James. *Ich habe versagt. Ich ...*

»Mach dich aus dem Staub, Junge, verdammt nochmal!«, hörte er Blade rufen. Er stand immer noch auf den Mörser gestützt da und hantierte ungeschickt mit einer Granate. »Mein ganzes Leben lang war ich davon überzeugt, dass Waffen Leben retten können – und du wirst mir nicht ausgerechnet jetzt das Gegenteil beweisen!«

James packte den Griff der Fahrertür, stieß sie auf und rollte sich nach draußen, noch bevor Grünners stählerne Zangen ihn packen konnten. Immer noch um Atem ringend kroch er über den schmutzigen Boden der Gießerei auf den burgunderroten Tatra zu. Kitty stieß von innen die Tür auf, und sie und Perry zogen James hinein.

»Keine Chance, Blade.« Grünner stieß das verbeulte, silberne Automobil einfach beiseite und hob seinen Maschinengewehrarm. »Sie sind tot, noch bevor Sie einen einzigen Schuss ...«

»Ich habe nicht vor, auf Sie zu schießen, Grünner.« Mit steifen Bewegungen drehte Blade sich zu dem Schmelzofen um und schob die Granate mit festem Griff in den Lauf des Mörsers.

»Großer Gott ...« James knallte die Tür des Tatra ins Schloss, während die Granate sich zischend auf den Weg machte, und kniff die Augen zusammen. Gleichzeitig zuckte und hüpfte Blades verkrüppelter Körper so frei und ungehemmt wie noch nie, umhergeschleudert von Grünners Kugeln, und dann ...

Der Lichtblitz der Explosion war heller als die hellste Glut, und der Donnerschlag so laut wie die Hölle auf Erden. James wurde gegen seine Freunde gedrückt, während der Tatra über den Höhlenboden schlitterte.

Als das Echo langsam verklungen war, blickte James zum Seitenfenster hinaus. Grünner stand immer noch regungslos da. Sein quiekendes Lachen wurde immer hysterischer. »Sie haben verloren, Blade! Sie haben verloren!«

Kitty biss sich auf die Knöchel. »Jetzt haben wir das alles überstanden, und trotzdem müssen wir sterben.«

Perry fummelte am Türgriff herum. »Na komm, wir können immer noch weglaufen ...«

»Warte ...« James deutete auf den Schmelzofen. »Ich glaube, Blade wusste ganz genau, was er tat ...«

Am unteren Rand des Schmelzofens, dort wo die Granate eingeschlagen hatte, bildeten sich erste, feine Haarrisse. Jetzt platzte einer dieser Risse auf und entließ einen Strom aus weißglühendem, über 1200 Grad Celsius heißem Kupfer ins Freie.

Grünner blieb das Lachen im Hals stecken, und auf seiner hassverzerrten Fratze lag plötzlich ungläubiges Entsetzen. »Nein! *Nein!*«

»Ach du Schreck.« Kitty bekreuzigte sich. »Im Untergeschoss müssen riesige Kühlaggregate stehen, um die Hitze des Schmelzofens zu absorbieren. Gewaltige Becken mit kaltem Wasser. Falls das geschmolzene Kupfer damit in Berührung kommt ...«

James war kein Naturwissenschaftler, aber er wusste, dass der Temperaturunterschied zwischen flüssigem Metall und kaltem Wasser enorme Dampfexplosionen und brutale Druckwellen auslöst …

Dieses Mal war die Explosion wirklich unvorstellbar kolossal. Ein Tsunami aus weißglühendem Kupfer und Trümmerteilen wurde aus dem Schmelzofen nach draußen geschleudert. Blades Körper verdampfte einfach in einem Sturm aus Asche, flüssigem Metall und Schlacke. Gussformen und Maschinenteile flogen durch die Gegend. Der burgunderrote Tatra wurde durch die Schleusenöffnung geschleudert und krachte gegen die Felswand. James klammerte sich mit aller Macht an seinem Sitz fest, während Kitty und Perry an ihn gepresst wurden.

Durch das zerbrochene Beifahrerfenster sah er Grünner im Auge des Orkans stehen. Er wurde von einem See aus geschmolzenem Kupfer umgeben, das bereits die Reifen des silbernen Automobils neben ihm in Brand gesteckt hatte. *Die Hitze muss unerträglich sein*, dachte James. Grünner versuchte, sich zurückzuziehen, aber das geschmolzene Kupfer hatte die Füße seines Rüstungsapparats fest mit dem Boden verschweißt. Er konnte sich nicht mehr bewegen, konnte nicht verhindern, dass er langsam zu Tode geröstet wurde.

Als sein Herz endlich aufhörte zu schlagen, war Konstantin Grünners Haut zu einer schwarzen Kruste verbrannt, während seine Arme immer noch aus dem Inneren seines stählernen Sarges zum Himmel emporragten.

KAPITEL 29

FRIEDEN UND WOHLGEFALLEN

Am ganzen Körper zitternd half James Kitty und Perry, aus dem schwer verbeulten Tatra hervorzukriechen. Die Gießerei und die Werkstatt waren praktisch vollständig verbrannt. Er betrachtete die Überreste des Stählernen Schattens. Ob er wohl immer noch Funksignale absetzte? Hofften die Menschen, die das Signal empfingen, nach wie vor, dass sie damit den Weg in die dunkelsten Winkel der Naziwissenschaftler finden konnten?

Zitternd lief Kitty los, gefolgt von James und Perry. »Mr Blade … Er hatte überhaupt keine Chance.«

James nickte. »Er hat das Beste aus seinem Blatt gemacht.«

»Da hinten im Lagerraum, d-d-da liegt noch jede Menge M-M-Munition«, sagte Perry. »Wenn das alles in die Luft fliegt …«

Schon fielen die ersten Brocken von der Decke herab, und Kitty fluchte laut. »Der ganze Laden bricht gleich zusammen.«

»Wir müssen weiter«, sagte James.

Wenige Minuten später hatten sie das Wrack des Panzerwagens erreicht, den sie vorhin hatten stehen lassen. Grünner und der letzte Stählerne Schatten hatten ihn fast in zwei

Teile gerissen. Dann hörten sie ein Motorengeräusch näher kommen. Sie versteckten sich hinter dem Wrack, während ein weiterer Panzerwagen von links nach rechts über die Kreuzung in ihrer Nähe rollte. Er war mit verletzten Soldaten besetzt. Einer rief immer wieder mit weinerlicher Stimme: »Wir müssen zum Ausgang ...«

»Das bedeutet, dass es noch einen anderen Weg nach draußen geben muss als die Bahnschienen«, sagte James.

»Natürlich. Die Tatras sind ja auch bis in die Höhle gefahren.« Perry kletterte über das Wrack hinweg und eilte den Gang entlang. »Wir müssen diesem A-A-Automobil folgen!«

James und Kitty liefen ihm hinterher. Als James sich an die Spitze des kleinen Grüppchens setzen wollte, ließen weitere Explosionen den Boden unter ihren Füßen beben. Er stolperte und landete neben Perry auf dem harten Untergrund. Die beiden Jungen klammerten sich aneinander, während es rundherum Staub und Steine regnete. Kitty hingegen wurde in einen Seitentunnel geschleudert und überschlug sich immer und immer wieder.

»Kitty, nein!« Hilflos streckte James die Hand nach ihr aus, ohne sie jedoch zu fassen zu bekommen, dann musste er seinen Kopf gegen die herabfallenden Trümmer schützen. »Nein ...!«

»Doch!«, erwiderte Kitty lautstark. »Doch, doch, DOCH!« James und Perry sahen einander an, während das Beben langsam nachließ. Erst jetzt vernahmen sie das charakteristische Dröhnen eines Dieselmotors. Unsicher kam James auf die Füße und tastete sich durch einen dichten Staubschleier in den Seitentunnel vor.

Kitty hockte auf dem Beifahrersitz eines verlassenen D-8. »Nun beeilt euch doch endlich, Jungs, um Himmels willen!«

James drehte sich um und versicherte sich, dass Perry hinter ihm war, dann setzte er sich auf den Fahrersitz. Behutsam lenkte er den Panzerwagen in den mit Steinbrocken übersäten Gang, dann gab er Gas.

»Gibt es hier eigentlich gar keine Wegweiser zum Ausgang?«, sagte Perry ärgerlich.

Hinter der nächsten Biegung bremste James scharf, weil er weiter vorne einen zweiten Panzerwagen sah. »Wenn wir Glück haben, kennen die den Weg.«

Er folgte dem Wagen in sicherer Entfernung, und sie gelangten auf eine Lieferzufahrt, die nach oben führte. Flackernde Lampen hingen von der rissigen Decke herab, und aus dem todgeweihten Nazistützpunkt drang frischer Rauch nach oben. James musste an Blade und Whittaker, an Carrel und Van Diemen denken und an die Opfer, die sie gebracht hatten. Aber vor allem dachte er an Marcus, seinen Freund, der von einem Blitzschlag in Fettes getötet worden war. James hatte beschlossen, seinen Tod zu rächen, und so hatte er schließlich dazu beigetragen, dieses ganze widerliche Vorhaben ein für alle Mal zu stoppen.

In Gedanken hörte er Blades Stimme: *Waffen retten Leben …*

Und mit einem Mal dachte er: *Werde ich jetzt etwa auch so?*

Er trat auf das Gaspedal. *Soll doch das alles hier zu Schutt und Asche verbrennen. Sollen die Rüstungsapparate spurlos ausgelöscht werden.*

Wenn wir anfangen, unsere Kriege wie Maschinen zu führen, wie viel schrecklicher würden unsere Konflikte dann wohl werden?

Kitty gähnte laut.

»Wie kannst du jetzt bloß an Schlaf denken, Drift?«, murmelte Perry. »Was bist du denn für eine Spionin?«

»Eine müde«, sagte Kitty. »Eine, die nach Hause möchte.«

»Das möchte ich auch.« James lächelte, als er weiter vorne Tageslicht erblickte. Die Schranken standen offen, und die Wärterhäuschen lagen verlassen da.

Sie gelangten in einen deutschen Nadelwald. Schwarzer Rauch quoll aus dem Eingang in ihrem Rücken, und sie spürten, wie es tief unter ihnen bebte und rumpelte. James nahm einen tiefen Atemzug. Die frische Luft brannte in seinen Lungen, und er wusste, dass er noch am Leben war. Dass er immer noch die Chance hatte, das eine oder andere besser zu machen. Aber jetzt wollte er als Allererstes einen öffentlichen Fernsprecher suchen, um Tante Charmian anzurufen und ihr zu sagen, dass er sie liebte und dass er so schnell wie möglich zu ihr nach Hause kommen würde. Mit etwas Glück und einer schnellen Verbindung konnte er vielleicht sogar sein Versprechen halten und rechtzeitig am ersten Weihnachtstag bei ihr in England sein. Die Zeit war knapp, und es gab noch vieles, was gesagt werden musste.

»Kitty ...« James wandte sich zu ihr. »Es gibt da etwas, was ich wissen muss, und was nur du mir sagen kannst.«

Sie musterte ihn durch die Brille mit einem feierlichen Blick aus ihren dunklen Augen. »Ja?«

»Ja.« Er lächelte. »Um wie viel Uhr fährt der nächste Zug von Düsseldorf nach Den Haag? Und könnten Perry und ich vielleicht heute bei dir übernachten?«

»Hervorragende Idee«, sagte Perry und strahlte über das ganze Gesicht. »Gemeinsame Zeit und ein kleines bisschen liebevolle Zuwendung.«

Kitty zog neckisch eine Augenbraue in die Höhe. »Ist dir das nicht zu langweilig?«

»Im Moment hört sich ›langweilig‹ absolut paradiesisch an.«

»Nun, ich glaube, dass um 18.03 Uhr ein Personenzug in Düsseldorf abfährt. Und ich glaube auch, dass Daddy so erleichtert sein wird, dass ich gesund und munter wieder nach Hause komme, dass er mit allem einverstanden sein wird. So ist es jedenfalls meistens.« Kitty beugte sich zu James und gab ihm einen Kuss auf die Lippen. »Frohe Weihnachten, Mr Bond.«

James sah sie lächelnd an. »Komisch, ich habe gar keinen Mistelzweig gesehen.«

»Nun werdet mal n-n-nicht sentimental«, sagte Perry. »Das Einzige, was zählt, ist, dass es in diesem Zug einen Speisewagen gibt. I-i-ich bin am Verhungern!«

James lächelte: »Hoffentlich finden wir überhaupt bis zum Bahnhof.«

»Was? Aber ... wir müssen!« Perry stand auf und blickte sich um. »Hallo? Ist denn da niemand, den wir nach dem Weg fragen können?«

»Vielleicht begegnen wir ja ein paar von Blades Leuten, die immer noch auf der Suche nach den Stählernen Schatten sind. Dann können wir sie fragen«, meinte James.

»Also, ich kann es irgendwie immer noch nicht glauben, dass Blade letztlich doch auf der Seite der Guten gestanden hat.«

Kitty schnaubte: »Du glaubst also wirklich, dass es bei dem Ganzen eine gute Seite gibt, Mandy ...?«

James fuhr durch den Wald und fiel in das fröhliche Geplauder ein. Aber gleichzeitig war ihm sehr wohl bewusst, dass sie es einfach nicht fertigbrachten, über das, was dort unten in dem Felsenbunker geschehen war, zu sprechen. Noch nicht. Irgendwann würde vermutlich die Zeit kommen. Aber bis es so weit war, konnten sie ihr Überleben feiern, während die ersten Sterne im Dämmerlicht am Himmel funkelten.

Die Freude spüren, die das Leben ihnen bereitete.

DANKSAGUNG

Ein erster und besonders großer Dank geht an Gemma Gray und Craig Marshall vom Fettes College in Edinburgh. Sie waren mir mit großem Eifer und viel Wohlwollen dabei behilflich, die Verhältnisse an der Schule, so wie James sie angetroffen hätte, zu rekonstruieren. Dafür bin ich den beiden außerordentlich dankbar.

Außerdem möchte ich mich bei mehreren ehemaligen Schülern des Fettes College bedanken, die mir einen persönlichen Einblick in ihre Schulzeit in den dreißiger Jahren gewährt haben: Mr Iain MacLaren, Dr. Hugh MacPhail, Sir Robert Sanders, Professor Ian Stewart, Mr Ian Hall und Mr Neil Irvine.

Herzlichen Dank auch an Rachel Griffiths-Johnson für ihre Judokenntnisse und an Evelien Pieterse vom Het Spoorwegmuseum in Utrecht, die mich mit Details zur niederländischen Eisenbahn jener Zeit versorgt hat.

Ein besonderer Dank geht außerdem an Sophie Wilson, Ruth Knowles, Corinne Turner, Jo Lane, Mainga Bhima und Philippa Milnes-Smith – für all die Mühe, die sie auf sich genommen haben, um dieses Buch möglich zu machen.

ANMERKUNGEN DES AUTORS

DER BLITZ SCHLÄGT DREIMAL EIN

STÄHLERNE SCHATTEN

Das Buch, das ihr gerade gelesen habt, hatte zunächst den Arbeitstitel *Blade-Rise*. Da James Mitte der dreißiger Jahre lebt, schwebte mir eine Geschichte vor, die sich mit den Waffenfabriken beschäftigt, die in jener von Unsicherheit geprägten Zeit wie Pilze aus dem Boden schossen, weil zahlreiche Nationen sich mit wilder Entschlossenheit auf einen bevorstehenden Krieg vorbereiteten. Aber um James, der damals ja noch zur Schule ging, mit ins Spiel zu bringen und um der ganzen Geschichte eine Bond-mäßige Richtung zu geben, wollte ich mich auf die Entwicklung ungewöhnlicher Waffen konzentrieren, wollte den Rauch, den Schmutz und die schiere Masse der Schwerindustrie mit elektronischer Technik und neuesten Entwicklungen der damaligen Zeit vereinen.

Die Idee der Stählernen Schatten kam mir zum ersten Mal, als ich auf den letzten Seiten meines zweiten Young-Bond-Romans *Tod oder Zahl* war. Ich recherchierte im Internet noch einmal die Namen der einzelnen Figuren, darunter auch Dr. Hardiman, der schon mit Bonds Eltern gut befreundet gewesen war. Dabei habe ich festgestellt, dass Mitte der sechziger Jahre des 20. Jahrhunderts unter der

Bezeichnung »Hardiman« der erste (misslungene) Versuch für einen mit Motorkraft betriebenen Rüstungsapparat durchgeführt worden war, bezahlt vom Verteidigungsministerium der USA und durchgeführt von der Firma General Electric. Aber wie hätte ein bewaffneter Rüstungsapparat aus den dreißiger Jahren wohl ausgesehen? Ich hatte sofort das Gefühl, man könnte hier eine interessante Kollision zweier Welten herbeiführen – Motto: »James Bond meets Steampunk«. Und mit einem Mal hatte mein dritter Young-Bond-Roman sein zentrales Thema.

Das Militär in aller Welt stellt sich den idealen Soldaten schon lange als einen nimmermüden Supermann vor, ausgestattet mit verschiedenen Waffensystemen sowie übermenschlicher Kraft, Geschwindigkeit und Ausdauer. Das erste Modell einer mechanisch unterstützten Rüstung stammt aus dem Jahr 1890. Damals sicherte sich ein russischer Wissenschaftler namens Nicholas Yagn das exklusive Vermarktungsrecht an einem »Apparat zur Erleichterung des Gehens, Laufens und Springens«. Der Apparat bestand aus verschiedenen Sprungfedern und Schiebern und sollte den russischen Soldaten ermöglichen, schneller größere Strecken zurückzulegen.

Es gibt zwar keinen Beweis dafür, dass Yagns Apparat jemals hergestellt wurde, aber seine Idee wurde von anderen aufgegriffen. Im Jahr 1919 ließ sich der Amerikaner Leslie Kelley ein Gerät patentieren, das er mit folgenden Worten beschrieb: »Energiebetriebene Laufhilfen, die der menschlichen Anatomie angepasst werden [...]. Verschiedene künstliche Bänder wirken mit unterschiedlichen Steuermechanismen zusammen [...], um dem Träger mehr Schwung und dadurch auch mehr Geschwindigkeit zu verleihen.« Von diesem Gerät sind verschiedene Zeichnungen erhalten geblieben, und zwar nicht nur von dem eigentlichen Stützapparat, sondern auch von der unglaublichen Rucksack-Dampfmaschine, die – zumindest in der Theorie – der Antrieb der Rüstung sein sollte.

Die Vorstellung, dass Soldaten in mechanische Anzüge geschnallt werden und mit tragbaren Dampfmaschinen auf dem Rücken in die Schlacht ziehen, erschien mir unwirklich und aufregend zugleich – und ich konnte es kaum erwarten, den jungen James Bond damit zu konfrontieren. Schon bald hatte ich ein Bild von einer roboterartigen Rüstung im Kopf, die mit Hilfe von Technologien hergestellt wurde, die zwar in den dreißiger Jahren recht unwahrscheinlich, aber nicht vollkommen unvorstellbar waren. Immerhin hat dieses Jahrzehnt auch den ersten ferngesteuerten Panzer, den ersten gehenden Roboter und den ersten digitalen Computer hervorgebracht. Eine Lizenz zur künstlerischen Freiheit kann da schon sehr hilfreich sein.

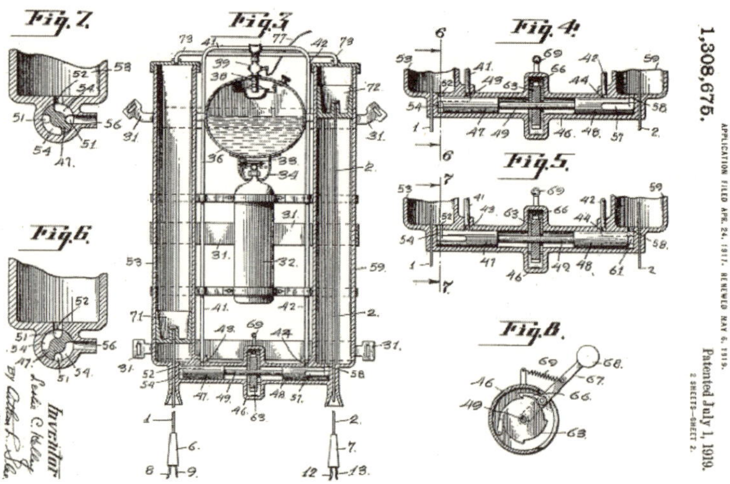

Wie hat es Ian Fleming in seinem Artikel *How to Write a Thriller* formuliert? »Meine Geschichten sind Produkte meiner Phantasie, aber sie fußen oftmals auf der Realität. Sie überschreiten zwar häufig die Grenzen des Wahrscheinlichen, aber nie – so glaube ich – die Grenzen des Möglichen.«

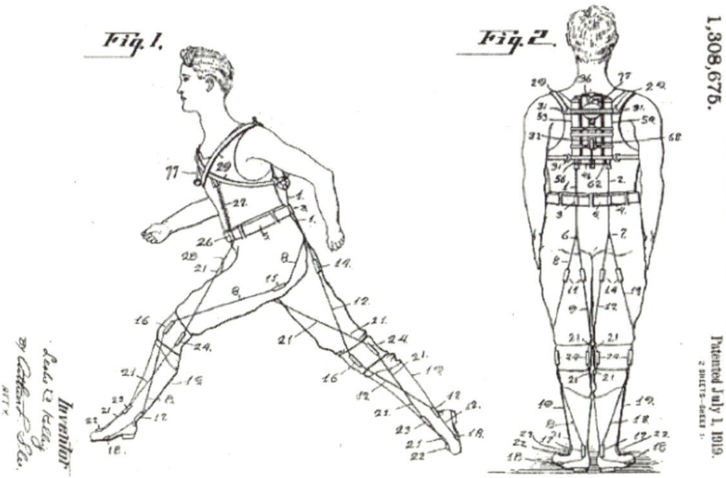

FLEMINGS PHANTASTISCHE GESCHICHTEN

In Ian Flemings Roman *James Bond jagt Dr. No* bekommt Bond es mit einem ausgesprochen seltsamen Apparat zu tun, der es mir schon immer besonders angetan hatte: einem riesigen Kraken.

Das Wasser unter ihm begann zu beben. Irgendetwas wühlte dort unten die Tiefen auf, etwas Gewaltiges. Langgestreckt, schimmernd und grau, so lauerte es tief unten in der Dunkelheit. Jetzt schlängelte sich etwas nach oben, eine Peitschenschnur, so dick wie Bonds Arm. Ihre Spitze war angeschwollen und bildete ein schmales Oval, bedeckt von regelmäßigen, knospenartigen Öffnungen. Das Ding wirbelte genau dort, wo der Fisch gewesen war, durch das Wasser und wurde wieder zurückgezogen. Jetzt war wieder nur der riesige, graue Schatten zu sehen. Was wollte er denn? Ob er … Ob er das Blut schmeckte?

Wie eine Antwort auf diese Frage schoben sich nun zwei Augen, groß wie Fußbälle, langsam in Bonds Sichtfeld. Sechs, sieben Meter unter ihm verharrten sie und starrten ihn durch das unbewegte Wasser an.

Ein Kribbeln lief Bond den Rücken hinunter. Leise und erschöpft kroch ein bitterer Fluch über seine Lippen. Das also war der letzte Streich des Doktor No, das Ende der Hetzjagd!

Halb hypnotisiert starrte Bond hinab in die flackernden Augen unter ihm. Das also war der riesige Krake, der geheimnisumwobene Tintenfisch, der ganze Schiffe unter die Wellen zerren konnte. Das über fünfzehn Meter lange Monster, das mit Walen kämpfte und über eine Tonne schwer wurde. Was wusste er noch über diese Tiere? Dass sie zwei lange Greifarme und zehn Fangarme besaßen. Dass sie über eine mächtige, rundliche Mundöffnung verfügten und darüber zwei Augen, die, wie beim Menschen und anders als bei allen anderen Fischen, nach dem Kameraprinzip funktionierten. Dass ihr Gehirn sehr leistungsfähig war und sie sich mit über fünfzig Stundenkilometern rückwärts durchs Wasser katapultieren konnten. Dass Sprengharpunen in ihrem gallertartigen Körper explodieren konnten, ohne Schaden anzurichten. Dass … Doch jetzt kamen die schwarzweißen Glubschaugen di-

rekt auf ihn zu. Die Wasseroberfläche zitterte. Nun konnte Bond auch den Wald aus Tentakeln sehen, der aus dem Gesicht des Ungetüms hervorspross. Sie schwebten vor seinen Augen umher wie dicke Schlangen. Bond konnte die Saugnäpfe an den Unterseiten erkennen. Direkt hinter dem Kopf öffnete und schloss sich eine Klappe in der Außenhaut in regelmäßigen Abständen, und dahinter erstreckte sich der gallertartige, schimmernde Körper in die Tiefe, so weit, dass das Ende vollkommen von der Dunkelheit verschlungen wurde. Großer Gott, das Ding war so groß wie eine Lokomotive!

Behutsam und sehr vorsichtig steckte Bond seine Füße und dann die Arme durch das Drahtgitter, verknotete sich darin, so dass die Tentakel ihn entweder in Stücke reißen oder aber das Drahtgitter ebenfalls mit in die Tiefe ziehen mussten. Er blickte nach rechts und links. In jede Richtung waren es knapp zwanzig Meter bis an Land, immer am Draht entlang. Und jede Bewegung, selbst, wenn er dazu imstande gewesen wäre, hätte tödliche Folgen gehabt. Er musste regungslos an Ort und Stelle verharren und darauf hoffen, dass das Ding das Interesse an ihm verlor. Falls nicht … Langsam schlossen sich Bonds Finger um sein mickeriges Messer.

Die Augen beobachteten ihn kalt und geduldig. Grazil, wie ein forschender Elefantenrüssel, durchbrach einer der langen Greifarme die Wasseroberfläche und tastete sich an dem Draht entlang bis zu seinem Bein. Als er seinen Fuß erreicht hatte, spürte Bond den kräftigen Kuss der Saugnäpfe. Er rührte sich nicht. Er wagte nicht, einen Arm nach unten zu strecken, weil er sich nicht von dem Draht lösen wollte. Behutsam fingen die Saugnäpfe an zu saugen, testeten den Widerstand und merkten, dass ihre Kraft noch nicht reichte. Langsam, wie eine riesige, schleimige Raupe, kroch der Greifarm das Bein hinauf. Bei der blutigen, aufgerissenen Kniescheibe angekommen, hielt er interessiert inne. Bond biss die Zähne zusammen vor Schmerzen. Er konnte sich gut vorstellen, welche Botschaft der dicke Tentakel gerade an das Hirn absetzte: Ja, ist genießbar! Und das Gehirn meldete zurück: Dann schnapp es dir! Bring es mir!

Im echten Leben sind Riesenkalmare natürlich erheblich kleiner, aber für Fleming war – völlig zurecht – das Ausmaß der Bedrohung, der grausame Schrecken, den Dr. No verbreitete, wichtiger als die banale Realität.

ÖRTLICHKEITEN

Nachdem ich die Handlung von *Schneller als der Tod* in groben Zügen festgelegt hatte, brauchte ich noch die verschiedenen Handlungsorte. Einer stand von vorneherein fest, denn in diesem Buch sollte James auf jeden Fall das Fettes College in Edinburgh besuchen. Im Nachruf auf Bond in *Man stirbt nur zweimal* erfahren wir, dass James nach seiner anrüchigen »Tändelei mit einem Hausmädchen« (was tatsächlich passiert ist, schildert Charlie Higson in dem großartigen Buch *By Royal Command*) auf diese prestigeträchtige Privatschule geschickt worden war. Ich habe allerdings beschlossen, James' Ankunft in Fettes ein paar Bücher nach hinten zu verschieben, damit er sich davor noch an etwas exotischeren Orten in Schwierigkeiten bringen konnte. Dadurch hatte ich genügend Zeit, um mich gründlich mit der Schule und ihrer Geschichte zu beschäftigen. Ich war mehrfach vor Ort und habe vom Fettes-Archivar Craig Marshall sowie der Leiterin der Abteilung für Öffentlichkeitsarbeit, Gemma Gray, jedes Mal unermüdlich Unterstützung bekommen. Gemma hat sogar ein Treffen mit ein paar ehemaligen Fettes-Schülern organisiert, die, wie James, in den dreißiger Jahren des vergangenen Jahrhunderts dort zur Schule gegangen waren. All diese Männer hatten sehr lebhafte und begeisterte Erinnerungen an ihre Schulzeit beizusteuern.

Für Den Haag habe ich mich entschieden, weil die Stadt als prachtvoller Schauplatz für den Mittelteil der Geschichte sehr gut geeignet war. Die Sache mit den Nazis ließ sich dort sehr glaubwürdig ansiedeln, denn, wie schon Herr Grünner sagt: Holland liegt an einem strategisch wichtigen Punkt zwischen Deutschland, Frankreich und Großbritannien. Im Februar 2016 war ich dann zur Recherche in Den Haag sowie dem nahe gelegenen Scheveningen und Rotterdam. Ich wollte eine möglichst genaue Vorstellung davon bekommen, wo James sich aufgehalten hat. Den Haag ist eine wunderschöne Stadt, die sehr viel Würde ausstrahlt. Viele Gegenden haben sich im Lauf der vergangenen achtzig Jahre kaum verändert, und auch das Hotel des Indes ist nach wie vor ein exklusives und luxuriöses Haus. Mein Besuch in Rotterdam war dagegen weniger entscheidend. Die Stadt ist im Zweiten Weltkrieg so schwer zerstört worden, dass James und Perry ein völlig anderes Bild vor Augen gehabt haben müssen. Nur rund um den Hafen herrschte zweifellos auch damals schon das gleiche lebhafte Gewimmel wie heute. Was Kitty Drift und ihre Leidenschaft für die Ferroequinologie angeht, tja ... Ich bin beileibe kein Zugbeobachter, aber in Utrecht gibt es ein hervorragendes Eisenbahnmuseum mit ausgesprochen hilfsbereiten und sachkundigen Mitarbeitern (sowie schönen Ausstellungsstücken).

Der Autor vor dem Hotel des Indes.

Blick aus dem Hotel des Indes. James läuft nach rechts aus dem Bild.

ÄUSSERE HÜLLEN

Ian Fleming hat Bonds verschiedene Gegner oftmals mit körperlichen Gebrechen oder Verstümmelungen ausgestattet, die als Metaphern für ihre inneren Mängel dienten. In *Schneller als der Tod* leidet Blade an einer tatsächlich existierenden und sehr schweren Krankheit, dem sogenannten Münchmeyer-Syndrom. Trotzdem ist er nicht der eigentliche Schurke der Geschichte. Seine Krankheit hat ihn veranlasst, sich intensiv mit der technologischen Entwicklung eines mechanischen Bewegungsapparates zu befassen (seine streng geheimen Fortschritte auf dem Gebiet der Schaltkreis-Minimierung und der Digitalisierung, genau wie die der Nazis, sind erst heute wieder ans Tageslicht gekommen ...).

Allerdings könnte der langgehegte Traum von einem Supersoldaten mit übermenschlichen Kräften schon bald Wirklichkeit werden. Das TALOS-Projekt (»Tactical Assault Light Operator Suit«, zu Deutsch etwa: »Leichte, taktische Angriffsrüstung«) des US-amerikanischen Militärs scheint jedenfalls kurz vor der Vollendung zu stehen. Dieser Anzug besteht aus verschiedenen Materialschichten und Sensoren sowie einer gepanzerten Roboterrüstung zum Schutz des Soldaten. Hätten Hepworth Maximilian Blade und seine Mitarbeiter einige Jahrzehnte später gelebt, sie würden dieses Projekt sicherlich ganz ohne Zweifel entscheidend mitgestalten.

Wird der Traum von einer funktionsfähigen Roboterrüstung eines Tages wahr werden? Die Zeit und die technologische Entwicklung werden es zeigen. Und falls es tatsächlich so weit kommt, werden es die echten James Bonds dieser

Welt garantiert früher oder später mit diesen Rüstungsapparaten zu tun bekommen.

Steve Cole
Juni 2016

Die YOUNG BOND-Serie bei FISCHER KJB:

YOUNG BOND – Der Tod stirbt nie

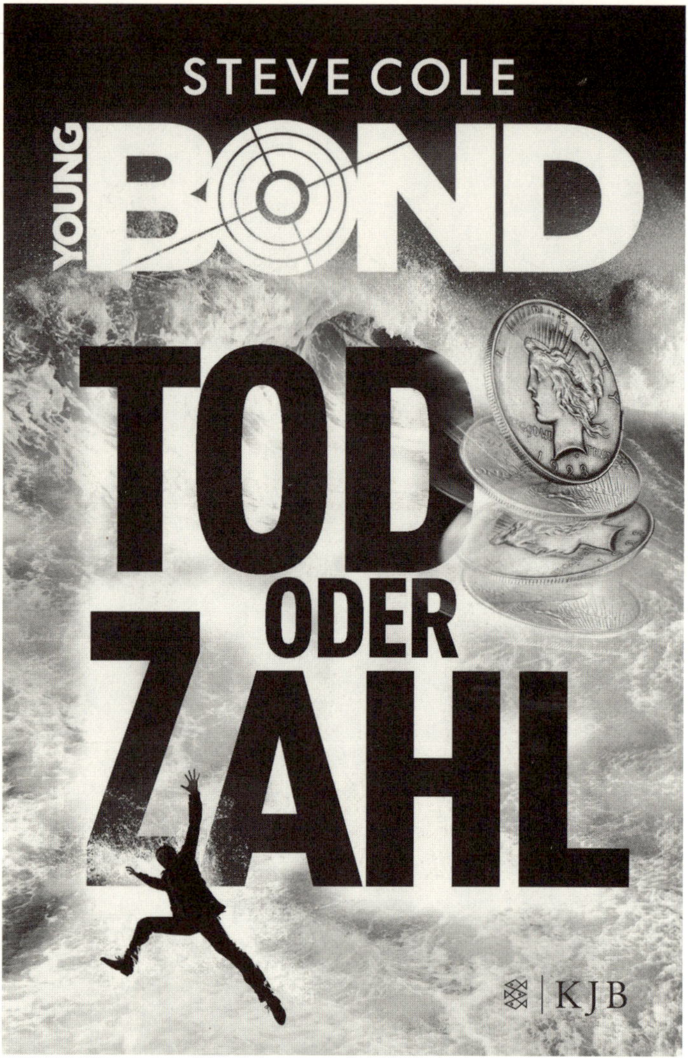

YOUNG BOND – Tod oder Zahl

YOUNG BOND – Schneller als der Tod

Weitere Bände in Vorbereitung!

YOUNG BOND wird zurückkehren!